La venganza

M.J. Fernández

LA VENGANZA

M.J. Fernández

(Segunda edición)

M.J. Fernández

Depósito legal: CS 468 - 2024

Impreso en España.

La venganza

«*La mejor venganza es no ser como tu enemigo*».

Marco Aurelio

M.J. Fernández

Índice:

Madrid 1982 - Dos almas, un destino.

Samuel se encontraba sentado en una esquina del patio de la cárcel, haciendo lo posible por aprovechar hasta el último rayo de sol. Su calidez le acarició la piel y le proporcionó algunos segundos de alivio. La luz natural, sentir el viento y el aire libre era lo que más extrañaba, desde que lo habían encerrado. Escuchó los gritos de ánimo alrededor del partido de fútbol improvisado, que algunos presos seguían con atención, mientras los cigarrillos cambiaban de manos como moneda válida para las apuestas. El chico cerró los ojos y escuchó los pasos de los jugadores sobre el suelo de cemento, el sonido seco de los pies cuando golpeaban el balón de cuero y el murmullo salpicado de algún que otro grito de ánimo o insulto, proveniente de los espectadores. Samuel trató de ignorar todo lo que lo rodeaba. Él no fumaba ni apostaba. Ni siquiera jugaba al fútbol. En una sola palabra: no encajaba.

Los dos últimos años habían sido un calvario, como correspondía a una cárcel. Y como era habitual, él juraba que era inocente. Sumido en sus pensamientos, permaneció ajeno al peligro, hasta que escuchó el grito de advertencia de Efraín, su compañero de celda. Cuando abrió los ojos y levantó la mirada en busca de su amigo, se dio cuenta de que se sacudía para soltarse de dos sujetos talla gorila, que le sujetaban los brazos con fuerza. Samuel se puso de pie, al mismo tiempo que su corazón comenzaba a latir con violencia. Entonces los vio: cuatro tíos de la banda de El Víbora que se le acercaban con paso decidido. Samuel se preparó para defenderse, aunque sabía que no tendría oportunidad contra un grupo tan numeroso y salvaje, pero no tenía otra opción.

Lo rodearon y cada uno sacó su cuchillo de fabricación propia. Entonces, Samuel comprendió que no recibiría una paliza como «lección». Aquello era mucho más grave. Venían a matarlo si nadie lo impedía. Miró hacia los guardias, pero estaban demasiado lejos, con su atención centrada en el otro extremo del patio, donde uno de los presos gritaba y se retorcía en el suelo. Samuel comprendió que se trataba de una distracción. Los gritos de Efraín alertaron a los demás presos, quienes interrumpieron el partido de fútbol, pero el joven sabía que ninguno de ellos iba a mover un dedo para ayudarlo. No contra El Víbora.

Un silencio tenso y opresivo se apoderó del patio de la prisión. Samuel ya tenía encima a los cuatro hombres, así que retrocedió un par de pasos, pero la reja le impidió alejarse. Lo tenían acorralado. El Víbora sonrió con malicia y lanzó el primer golpe de puñal. El joven levantó el brazo y recibió un corte profundo. Los tres hombres restantes lo atacaron a la vez, por lo que solo pudo sentir un dolor intenso en el abdomen y el pecho, antes de perder la conciencia.

Cuando por fin los dos sujetos que sujetaban a Efraín lo soltaron, el chico corrió para ayudar a su compañero, al mismo tiempo que gritaba, pidiendo auxilio. Samuel estaba tendido en el rincón del patio, donde pocos minutos antes se encontraba tomando el sol. En cuanto Efraín llegó junto a su amigo, el olor metálico de la sangre inundó sus fosas nasales. Se sintió impotente y abrumado por la tragedia. Apenas un mes antes había muerto el viejo Eladio, un preso que los aconsejaba y los protegía a Samuel y a él, por ser los reclusos más jóvenes de la prisión. Había muerto por causas naturales: dijeron que por un infarto en el corazón. Efraín estaba seguro de que nadie se habría atrevido a hacerle algo así a Samuel, si el viejo hubiera estado vivo. Todos respetaban a Eladio. Sin embargo, ahora… Eladio muerto, Samuel malherido… lo asaltó el temor de tener que purgar el resto de su condena solo en aquel infierno.

Por fin los guardias comprendieron lo que estaba ocurriendo, dieron la voz de alarma y corrieron en auxilio de Samuel. A Efraín lo apartaron de su amigo sin ninguna consideración. Entonces, pudo ver a media docena de carceleros que mantenían a raya al resto de los presos, quienes miraban con curiosidad al chico caído. A los cuatro asesinos y al señuelo los detuvieron y los escoltaron hacia las celdas de castigo, donde tendrían que pasar una buena temporada. Sin embargo, todos cumplían largas condenas, así que eran pocos los escarmientos que los impresionaban.

Los guardias les ordenaron a los internos que regresaran a sus celdas. La orden incluyó a Efraín, quien comprendió que sería inútil intentar quedarse con su amigo. Avanzó despacio, como si sus pies fueran de plomo. Sintió un pequeño alivio cuando se cruzó con una camilla. Eso significaba que Samuel no estaba muerto, lo que quería decir, que todavía quedaba alguna esperanza.

Los guardias subieron al herido a la camilla y su jefe centró su atención en él. Samuel Andara tenía mal aspecto, pues aquellos salvajes lo habían herido de gravedad. Era poco probable que el chico sobreviviera. Bien, aquel joven de aspecto inocente había asesinado a su novia embarazada a sangre fría, así que tal vez merecía ese destino. Con todos los presos ya camino de sus celdas, lo llevaron a la enfermería a toda prisa, pero cuando el enfermero lo vio, les dijo que llamaran a una ambulancia, porque era poco lo que él podía hacer. Tendrían que llevarlo a un hospital.

◊

Una fina lluvia calabobos empapaba todo lo que tocaba, cuando Álvaro Del Valle - Vandenberg salió de su casa. Iba con el tiempo justo. Aquella tarde se había quedado dormido por culpa de la resaca de la noche anterior. Sus amigos ya estarían preguntándose dónde se había metido. Él y Mauro habían conseguido que Carol y su mejor amiga, cuyo nombre no recordaba, aceptaran una invitación al cine. Luego, quizá consiguieran convencerlas de tomar una copa y tal vez ir a bailar. Carol le gustaba mucho, por lo que no quería dar una mala impresión, llegando tarde. Subió a su Ferrari negro y encendió el motor. La máquina ronroneó como un gran felino, deseoso de liberar su energía en una carrera.

Álvaro salió del chalé en Hoyo de Manzanares, resistiendo la tentación de pisar el acelerador por las estrechas calles rurales, hasta que pasó la Universidad Nebrija y llegó a la Autovía del Noroeste, en dirección a Madrid. Allí encontró la vía libre y pudo dar rienda suelta a su necesidad de adrenalina. El deportivo no tardó en superar los 200 km/hora.

La euforia se apoderó del joven, mientras sobrepasaba a los demás coches a máxima velocidad y escuchaba *Iron Maiden* a todo volumen. Su alocada carrera llegó a su fin cuando uno de los neumáticos traseros estalló, perdió el control y el Ferrari acabó estrellándose contra el guardarraíl. No sintió el golpe ni supo que el coche había saltado por encima de la barrera defensiva, para caer volcado en la vía contraria, donde un desprevenido conductor se había estrellado contra el amasijo de metal en el que quedó convertido el flamante deportivo. Tampoco fue consciente de lo difícil que les resultó a los bomberos sacarlo de los restos del coche, para poder subirlo a la ambulancia que lo llevaría al Hospital General de Villalba, el más cercano al accidente. Ni siquiera se enteró de que no solo no llegaría a tiempo a su cita, sino que nunca iba a llegar.

◊

A algunos kilómetros de distancia, pero al mismo tiempo, Samuel ingresaba en Urgencias del Hospital Carlos III. Ya el chico había recibido los primeros auxilios en la enfermería de la cárcel y la ambulancia, pero su estado era crítico. Los asesinos lo habían apuñalado repetidas veces con saña, por lo que había perdido mucha sangre. Uno de los guardias acompañaba al preso y les informó a los médicos, acerca de lo que había ocurrido. Luego salió a la sala de espera, para permitir que los doctores hicieran su trabajo sin presiones. Al cabo de pocos minutos, uno de los médicos salió de Urgencias.

—¿Cómo está, doctor? ¿Se salvará? —preguntó el guardia, preocupado por las consecuencias que les traería la muerte del detenido bajo su custodia. a sus compañeros y a él.

—Está muy grave —anunció el galeno—. Logramos estabilizarlo y lo subiremos al quirófano, pero sería conveniente que avisara a sus familiares.

—Entonces, ¿no cree que se salve?

—Sería un milagro, pero haremos lo que esté en nuestra mano.

Antes de que terminara de pronunciar las últimas palabras, la camilla que transportaba al reo salió de Urgencias, en dirección al quirófano. El guardia vio al chico y comprendió que el médico tenía buenas razones para ser pesimista. Para su sorpresa, sintió lástima, más por la familia que por el chaval. Mientras él llamaba por teléfono a la cárcel para que avisaran a la madre del joven, los médicos hacían lo posible por Samuel en la sala de operaciones. Después de una hora reparando órganos y suturando heridas profundas, el joven se descompensó y sufrió un paro cardíaco. El cirujano se hizo a un lado para dejar trabajar al anestesiólogo, que se esforzó en masajear el corazón del chico y proporcionarle respiración asistida, sin ningún resultado. Al cabo de varios minutos, comprendió que ya no sería posible recuperarlo, miró el reloj y le notificó a la enfermera.

—Causa de la muerte: paro cardiorrespiratorio. Hora de la muerte: 19:36.

◊

En el Hospital General de Villalba, otro equipo médico trataba de salvar la vida de Álvaro. Su nivel de alcohol en la sangre era normal. El chico ni siquiera había comenzado la noche, iba solo y nadie más resultó muerto o herido. El conductor del vehículo que impactó al Ferrari, después de que saltara por encima del guardarraíl, se frotaba las manos con inquietud, aunque los primeros guardias civiles que llegaron al lugar del accidente le habían asegurado que no era responsable. El Ferrari había caído del cielo en la vía contraria. Hubiera sido imposible esquivarlo.

El joven había sufrido un traumatismo severo en el cráneo, cuyas secuelas los médicos no se atrevían a prever todavía, varias costillas fracturadas le habían perforado el pulmón derecho y la pierna del mismo lado se había fracturado en la tibia y el peroné, a la altura del tobillo, a lo que se sumaban severas contusiones por todo el cuerpo. La Guardia Civil ya había avisado a la familia del chico. Su padre estaba viajando fuera del país, así que la persona a cargo en caso de emergencia era su abogado y amigo, Julián Ferrer, quien no tardó en presentarse en Urgencias, advirtiéndoles a los médicos que no debían escatimar recursos para salvarlo.

El equipo se esforzó a fondo, pero conscientes de que no había muchas esperanzas. Al cabo de una hora de lucha, el corazón de Álvaro se detuvo.

—Causa de la muerte: paro cardiorrespiratorio —dijo el jefe del equipo—. Hora de la muerte: 19:36.

Ambos jóvenes habían fallecido a sus veinte años, a la misma hora, a pocos kilómetros de distancia. Frustrados, los equipos médicos de los dos heridos comenzaron a retirarse, después de certificar la muerte de sus respectivos pacientes. Entonces, el chico se incorporó en la camilla con una inspiración profunda y dolorosa, como un ahogado que alcanza la ansiada bocanada de aire. Los doctores, todavía bajo el efecto de la sorpresa, se abalanzaron sobre él, para continuar su labor.

Madrid 1980 - Concierto letal.

Una vez más, Samuel se arregló la corbata frente al espejo.

—Cinco minutos —le anunció el ayudante.

Respiró profundo. El aroma a perfume y productos de maquillaje, propio del pequeño camerino, colmó sus fosas nasales. No era su primera vez, así que sabía que una vez sentado frente al piano se olvidaría del auditorio lleno y se concentraría en la música, pero esa presentación en particular era muy importante. Además, su madre y su hermanita Irma se encontraban entre el público. La madre de Samuel, primera violinista de una prestigiosa orquesta fue quien lo inició en la música cuando apenas tenía tres años. No se perdía ninguno de sus conciertos. Echó de menos a su padre. Sabía que también se encontraría allí, si hubiera estado vivo.

Samuel salió del camerino. A sus dieciocho años, ya sus maestros lo consideraban un pianista prodigioso y esa noche sería muy importante para su futuro. Antes de subir al escenario, se cruzó con los demás músicos que lo iban a acompañar durante la representación. Intercambiaron palabras de camaradería. La mayoría eran profesionales que admiraban su talento. Sin embargo, había excepciones. No se le escapó el gruñido de disgusto de Francisco Nadal, uno de los segundos violines. Samuel sabía que Nadal lo soportaba a duras penas. Profesores y estudiantes eran conscientes del escaso talento del violinista y su poca inclinación al esfuerzo. No era un secreto que Francisco resentía el reconocido virtuosismo del joven pianista.

Los músicos ocuparon sus lugares y lo dejaron solo, tiempo que él aprovechó para practicar ejercicios de relajación que le permitieran calmarse.

Por fin lo anunciaron y el público lo recibió con un aplauso, cuando salió al escenario en dirección al piano. Saludó con una reverencia y se acercó al director para estrecharle la mano. Entonces, se sentó frente al instrumento y comenzó el concierto.

Samuel se sintió transportado, como siempre le ocurría cuando ejecutaba una pieza. Sus dedos se movieron con agilidad sobre las teclas, y se convirtió en el intérprete entre las ideas de los grandes maestros antiguos y la melodía del presente. Con la habilidad de un músico prodigioso, tejió un tapiz sonoro que insufló un aliento fresco a las composiciones clásicas de tiempos remotos. La audiencia se desvaneció de la conciencia de Samuel, mientras él bordaba una narrativa emotiva en el aire, con cada arpegio y cada acorde impregnado de su singular concierto. La sucesión del repertorio, interpretado con pasión y precisión, no eran simples ejecuciones. Cada nota vibraba con un nuevo propósito, una nueva vida, gestada desde lo más profundo de su alma. Cuando terminó, lo aplaudieron y ovacionaron de pie. Su madre e Irma no cabían dentro de sí por el orgullo. Irma le decía a todos los que tenía a su alrededor que ese era su hermano. Ana también se encontraba entre el público, pero en otra fila. Samuel tuvo que regresar a saludar dos veces, porque los aplausos no terminaban. Cuando por fin pudo abandonar el escenario, su maestro de piano lo estaba esperando con una sonrisa.

—Estuviste grandioso, Samuel —lo felicitó, estrechándole la mano—. Hoy te superaste.

—¿Lo crees? En la fuga de la última sonata de Beethoven me sentí inseguro.

—Pero ¿qué dices? Si esa fue tu mejor ejecución de esta noche… Te tengo una sorpresa, pero no quería decirte nada hasta terminar el concierto, para no alterar tu concentración.

Nadal, que regresaba en ese momento, se ocultó para escuchar.

—¿De qué se trata? —preguntó Samuel.

—¿Recuerdas lo que hablamos sobre *Juilliards*?

—¿Te refieres a la beca?

—La misma. Hace tres días, su representante me llamó. Te quieren como estudiante. Escucharon la grabación que les envié de tu último concierto y quedaron impresionados. Dijeron que eras el talento joven más prometedor de tu generación, así que ni siquiera tendrás que pasar por una audición.

—Tendría que irme de España —argumentó el joven, un poco desconcertado por la noticia.

—Es una gran oportunidad, Samuel —insistió Edgardo—. Habla con tu madre. Estoy seguro de que te dará un buen consejo.

Él asintió, dispuesto a pensarlo. Después de despedirse de Edgardo, regresó al camerino, se cambió de ropa y se reunió con su familia. Su madre lo recibió con un abrazo, mientras su hermanita le sujetaba el brazo en gesto posesivo. Ana se acercó a ellos y la expresión de Samuel cuando la vio, le recordó a su madre que seguía siendo un chaval. Samuel y Ana se habían conocido hacía poco tiempo y solo llevaban un par de semanas saliendo juntos. Samuel saludó a la joven, un poco cohibido por la presencia de su familia. Martina comprendió enseguida su predicamento.

—¿Por qué no vais Ana y tú a dar un paseo? —le sugirió su madre. Samuel la miró con gratitud.

—¿No te importa?

—Claro que no, hijo. Esta es tu noche —corroboró Martina, con una sonrisa pícara.

Samuel se despidió y se fue en compañía de Ana. Salieron de la sala de conciertos cogidos de la mano hasta que llegaron a la plaza, mientras conversaban en voz baja, disfrutando de la cálida noche de verano. No se dieron cuenta de que alguien los seguía de cerca. Esa noche, Mario iba solo. Había preferido no hacerse acompañar por sus colegas. Sabía que Ana estaba saliendo con otro y aunque ella había roto la relación hacía solo algunas semanas, él seguía considerándola su chica. Cuando la vio con su nuevo novio sintió una ira incontenible, pero no contaba con el respaldo de sus amigos en ese momento, así que reprimió sus impulsos.

Samuel y Ana se sentaron en la terraza de una cafetería, él pidió una cerveza, ella una gaseosa y siguieron conversando. El murmullo de las mesas vecinas llegó hasta ellos como una música de fondo.

—Estuviste genial esta noche —lo alabó Ana, sin disimular su orgullo.

—No fue para tanto —respondió él, azorado—. En realidad, no es tan difícil.

—Yo no podría tocar ni una tonada infantil. ¡Claro que es difícil! Además, no soy la única que piensa así. Todos dicen que eres un genio, un virtuoso.

—No me considero un genio —protestó Samuel, sintiendo el calor en sus mejillas.

—¿Estás bien? Pareces preocupado. El concierto no pudo ir mejor. ¿Ocurre algo malo?

—No, al contrario. Ocurre algo, pero en realidad, es una buena noticia.

—Ah, ¿sí? ¡Cuéntamelo!

—Nadie más lo sabe —le advirtió él, en tono confidencial—. Solo Edgardo. Todavía no se lo he comentado ni siquiera a mi madre.

—Estás despertando mi curiosidad —lo animó ella, al mismo tiempo que se removía en el asiento—. ¿De qué se trata?

—Me ofrecieron una beca en *Juilliards*.

—¿*Juilliards*? ¿Qué es eso?

—Es una escuela de música muy prestigiosa. Es una gran oportunidad para cualquier músico.

—Es grandioso ¿Y qué pasará con Edgardo?

—En realidad, fue Edgardo quien les escribió para enviarles algunas grabaciones. Fue idea suya.

—Nunca había oído hablar de esa escuela —reconoció ella, pensativa—. ¿Dónde está?

—En Nueva York. Si acepto, tendré que irme a comienzos de otoño.

—¿En Nueva York? ¿En Estados Unidos? —preguntó Ana, palideciendo—. ¡Pero no puedes! ¡No te vería más! ¡No puedes irte tan lejos! ¿Qué pasará con nosotros?

—Te escribiría —dijo Samuel, tratando de calmarla, al comprender que ella no quería alejarse de él—. Y podríamos vernos en las vacaciones. Tal vez tu padre acepte que me visites, y...

—Te echaría mucho de menos —lo interrumpió ella—. Además, estarías solo. ¡No puedes irte, Samuel! ¡Prométeme que no te marcharás!

Los ojos de Ana se humedecieron, y Samuel se sintió un canalla.

—Es una oportunidad única, Ana —trató de explicarle, con voz conciliadora—, pero te prometo que lo pensaré bien. No tomaré una decisión apresurada. ¿De acuerdo?

Ella asintió. Guardó silencio, porque comprendió que no debía presionarlo más en ese momento. Si Samuel se marchaba a América, todos sus planes se vendrían abajo, a menos que actuara deprisa. Tenía que impedir ese viaje y sabía muy bien cómo hacerlo. Sonrió, secándose las lágrimas. Se levantaron para marcharse. Él la acompañó hasta su casa. Recorrieron el camino en silencio y se despidieron en la puerta. Desde el jardín, ella contempló a Samuel, mientras se alejaba. Ana se sobresaltó cuando Mario le apoyó la mano en el hombro, desde su espalda.

—No esperabas verme, ¿verdad?

—Mario, ¿qué estás haciendo aquí?

—¿Qué coño haces, saliendo con ese imbécil de Samuel Andara? ¿Cómo te atreves a engañarme?

—¿Engañarte? Terminé contigo la última vez que hablamos. ¿O es que no recuerdas esa discusión?

—Nadie me deja, pequeña zorra —le susurró Mario entre dientes, al mismo tiempo que le sujetaba el brazo con fuerza—. Soy yo quien decide cuándo se acaba.

—Entonces, ¿vas a hacerte cargo del problema?

—Claro, ya te lo dije, te llevaré a un sitio donde...

—Ni siquiera lo pienses —le interrumpió Ana—. No voy a abortar.

—Tú harás lo que yo te diga.

—¡No eres mi dueño, Mario! —protestó ella, retirándole la mano que le aprisionaba y arañándolo para liberarse—. ¡No puedes decirme qué tengo que hacer!

—¿Qué piensas, embaucar a ese estúpido para que se haga cargo de ti y de tu bastardo? —le gritó furioso, al mismo tiempo que contemplaba los rasguños en la piel de su mano—. En cuanto se lo digas, saldrá corriendo.

—No, no lo hará —afirmó Ana, encarándose a él—. Se hará responsable de nosotros, porque es más hombre que tú.

—Más imbécil, querrás decir —respondió Mario, ofendido.

—Nunca lo entenderás, Mario, porque en el fondo, solo eres un hijo de puta.

Ana le dio la espalda y comenzó a andar en dirección a su casa, mientras la sangre de Mario hervía por el insulto. ¡Nadie, nadie le hablaba así a Mario Valladares! Ana se alejó de él, cruzando el jardín. En el suelo había una azada que alguien había dejado apoyada contra un árbol. Mario la cogió con la furia nublándole los sentidos, avanzó dos pasos en dirección a Ana y le asestó un golpe en la cabeza. La chica cayó al suelo, la sangre comenzó a salir a borbotones de la profunda herida, por la que asomaron trozos de hueso y materia gris. Mario comprendió lo que había hecho, sacó un pañuelo para limpiar las huellas del mango de la herramienta, la tiró junto al cadáver y corrió hacia su casa. Tenía que buscar a su padre. Él sabría qué hacer.

El padre de Ana escuchó los gritos de los chicos desde el interior de la casa, aunque no pudo entender lo que decían. Al reconocer la voz de su hija decidió salir, pero cuando llegó al jardín, ya todo estaba en silencio. Parecía que no había nadie. En medio de la penumbra vio un bulto. Se acercó y encontró a Ana, tendida en el suelo con una espantosa herida en la cabeza y la azada ensangrentada a su lado. Desesperado, Roldán tocó el cuello de su hija, buscando una señal de vida, pero era tarde; su pequeña ya estaba muerta.

◊

Samuel llegó a su casa. Después de compartir un rato con su madre y su hermana, se cambió de ropa y se fue a dormir. El futuro se le presentaba prometedor. Aunque no quería alejarse de su familia ni de Ana, la idea de estudiar en *Juilliard*s le resultaba cada vez más atractiva. La música era su vida y allí podría perfeccionar su técnica. Casi se había quedado dormido cuando el timbre sonó con insistencia. Él se levantó sorprendido, sin ser capaz de imaginar quién podía ser a esa hora. Observó el vestíbulo desde el piso superior, mientras su madre abría la puerta. En el umbral de su casa había dos hombres. Uno de ellos le mostró su identificación a Martina. Eran policías.

En cuanto Martina le devolvió su identificación, el hombre de mayor edad habló con voz severa:

—Según nuestras indagaciones, esta es la dirección de Samuel Andara. ¿Está en casa?

—Es mi hijo —dijo la pobre mujer, desconcertada—. ¿Por qué quieren hablar con él?

—Es un asunto oficial. Hágale venir, por favor.

—Aquí estoy —dijo Samuel, desde la escalera—. ¿Qué desean?

Los policías esperaron a que se acercara a ellos. Entonces, como si fuera un truco de prestidigitación, en la mano del más joven aparecieron unos grilletes.

—Samuel Andara, estás arrestado por el asesinato de Ana Roldán.

—¿Qué?

A Samuel le pareció que el mundo real había desaparecido a su alrededor y que se encontraba en un mal sueño. Su madre, de pie a su lado, se tambaleó y tuvo que sujetarla para que no cayera. Mientras el policía más joven se acercaba con los grilletes en la mano, el chico parpadeó con desconcierto. Aquello no podía ser posible. Ana no podía estar muerta. Martina protestó ante lo que le pareció un absurdo, pero los detectives le mostraron la orden de busca y captura. Ella la leyó con la mandíbula tensa y el desconcierto en los ojos.

—Tendrá que venir con nosotros, señor Andara —confirmó el policía mayor.

—Pero yo no... —protestó el chico, que todavía no salía de su confusión. Ana, con quien acababa de hablar esa misma noche, estaba muerta. ¡Y lo acusaban a él del homicidio! Aquello era absurdo. Debía tratarse de una pesadilla.

Martina lo sujetó por un brazo.

—Todo esto debe ser una equivocación, hijo —le dijo su madre, al borde del llanto—. Sin embargo, solo podemos obedecer. No te preocupes, que no te dejaré solo en esta situación. No digas nada. Buscaré un abogado.

—Lo lamento mucho —musitó Samuel, sintiendo que el mundo perdía solidez a su alrededor.

Por consideración a su madre, los policías permitieron que Samuel se vistiera, antes de ponerle los grilletes y sacarlo de la casa, para llevarlo a la comisaría. Al joven lo invadió una sensación de irrealidad cuando por fin arribaron al frío edificio institucional. Lo llevaron a la sala de interrogatorios y le quitaron los grilletes. Observó a los hombres que llevaban el caso y que lo miraban como si fuera el peor de los criminales. Estuvo tentado de preguntarles qué había ocurrido, qué les hacía pensar que él era culpable, pero se contuvo cuando recordó la recomendación de su madre de no hablar, hasta que estuviera presente el abogado.

Después de identificarse como el inspector Raúl Bardina y el subinspector Juan Brito, los detectives se limitaron a sentarse frente a él, en silencio. Samuel se puso nervioso y comprendió que eso era lo que buscaban. Razonó que si había una orden de arresto contra él, que no tenía antecedentes criminales, era porque tenían algo más que una sospecha en su contra, aunque no podía imaginar cuáles serían las evidencias que lo comprometían, pues él sabía que era inocente.

—La has cagado bien, cabrón —dijo por fin el inspector.

—Yo no hice nada —respondió Samuel.

—Ah, ¿no? Pero no te sorprendió la noticia de que tu novia estaba muerta.

—Desde luego que me sorprendió —protestó él, sintiendo que los ojos se le llenaban de lágrimas—. Todavía no me lo creo. No puede ser verdad.

—Y si te sorprendió —dijo el subinspector, con un tono que simulaba ser amable—, ¿por qué no has preguntado qué fue lo que le pasó?

—Mi madre me aconsejó no decir nada —se justificó Samuel.

—Pues no estás siguiendo muy bien su consejo —lo desafió Bardina, con un gesto complacido, al mismo tiempo que se echaba hacia atrás en el asiento.

—Déjate de gilipolleces —protestó el subinspector Brito—. Más de media docena de personas te vieron esta noche en compañía de Ana en la plaza. Están dispuestos a jurar que os peleasteis y que la hiciste llorar. Luego te vieron salir con ella hacia su casa. Minutos después, su padre la escuchó discutir con un chico y cuando salió, estaba muerta. Le abrieron la cabeza con una azada que había en el jardín. Todo te acusa, chaval. Será mejor para ti si confiesas, antes que llegue el leguleyo.

En un primer momento, la descripción de la forma en que había muerto Ana dejó a Samuel sin habla. ¡Una azada! ¡Le abrieron la cabeza con una azada! ¿Quién podía odiarla tanto? ¿Quién podía ser tan bestia? Los detectives lo miraron complacidos. Por lo visto, interpretaron su estupor como una demostración de su culpabilidad.

—Yo no... Yo estuve con ella en la plaza y hablamos. No discutimos. Fue una conversación amistosa.

—¿Acaso ella no terminó llorando?

—Sí, pero... no fue porque estuviéramos enfadados. Es solo que... temía que tuviéramos que separarnos por un tiempo. La tranquilicé. Luego la acompañé a su casa. Estaba bien cuando me marché. No sé qué pudo pasar, no...

—¡No diga una palabra más, señor Andara! —le advirtió un hombre de traje, al mismo tiempo que entraba en la sala—. Su madre me contrató para representarlo. Soy su abogado.

Los detectives parecieron decepcionados cuando lo vieron aparecer. Bardina se puso de pie, y miró al defensor con cierto apuro.

—Quiero hablar con mi cliente a solas —dijo el abogado con voz firme.

Los policías intercambiaron una mirada de decepción y salieron de la sala, dejando a Samuel solo con su defensor.

—Muy bien, hijo. Soy el doctor Cardozo. Estuve leyendo los informes y me temo que esto no se ve nada bien. Quiero que me hables acerca de lo que ocurrió después del concierto. Cuéntamelo, con todo lujo de detalles.

Samuel obedeció. El defensor lo escuchó con atención, tomando nota y haciendo preguntas ocasionales. En cuanto el joven terminó su relato, el abogado abrió la puerta y le avisó al guardia que estaban preparados.

El interrogatorio se prolongó por el resto de la noche. Una y otra vez, Samuel contó su versión de la historia, una y otra vez tuvo que repetir los mismos detalles y escuchar los mismos comentarios sarcásticos. Cuanto más hablaba, más comprendía que no le creían. Cardozo intervino poco durante el interrogatorio. De vez en cuando protestaba si los detectives acosaban demasiado a su cliente, pero Samuel tuvo la sensación de que consideraba que su caso era una batalla perdida. Al final, dieron por concluido el interrogatorio.

Amanecía cuando lo encerraron en una celda del sótano de la comisaría. Un borracho dormía en la única tabla que servía de asiento y de catre, así que tuvo que sentarse en el suelo, con la espalda apoyada en la pared. Según le informó su abogado, todavía no lo habían acusado. Los indicios que tenía la policía eran firmes, pero circunstanciales, así que disponían de cuarenta y ocho horas para conseguir más evidencias. Si no las encontraban, tendrían que liberarlo. Sin embargo, si aparecían nuevas pruebas, lo acusarían. Entonces, terminaría en un centro de reclusión, donde permanecería durante el juicio. Por la gravedad del crimen, el abogado no creía que le concedieran fianza.

En cierto modo, las palabras del abogado tranquilizaron a Samuel. No era posible que la Policía encontrara más evidencias contra él, siendo inocente. Sin embargo, se sentía aplastado por la situación. Se culpaba por no haber acompañado a Ana hasta que estuviera a salvo dentro de su casa, y se sentía desolado a causa del sufrimiento por el que debían estar pasando su madre y su hermana.

Pese a estar exhausto, Samuel no pudo dormir. A media mañana, a él y al borracho les llevaron un bocata y un café con leche casi frío. Samuel no tenía apetito, pero comprendió que debía comer para conservar las fuerzas. Cuando su compañero de celda terminó de desayunar, lo liberaron, así que Samuel se quedó solo con mil preguntas sin respuesta, a que le daban vueltas en la cabeza.

Poco después del mediodía aparecieron Bardina y Brito. A Samuel le preocupó la expresión satisfecha de sus rostros, por lo que enseguida comprendió que algo no iba bien. Sus temores se confirmaron cuando vio a Cardozo detrás de ellos, con la mirada baja y sosteniendo el portafolio contra su pecho, como si se protegiera de una agresión invisible.

—Vamos —le dijo el inspector Bardina—. Te llevaremos a una bonita residencia.

—¿Qué ocurre? —preguntó Samuel—. ¿Adónde me llevan?

—Irás al Centro de Reclusión Preventiva —le respondió el abogado—. Estarás allí, mientras dure el juicio.

—Pero... Usted dijo que eso solo ocurriría si aparecían nuevas pruebas...—protestó Samuel, dirigiéndose al abogado y comprendiendo lo que significaba el traslado.

—Y así fue, chaval —le informó Brito con satisfacción, al mismo tiempo que le colocaba los grilletes.

—Tenemos nuevas pruebas y también un testigo que te escuchó amenazar de muerte a la chica. Tuviste el móvil, la oportunidad y los medios. Estás jodido, chaval.

Samuel sintió que el suelo se abría bajo sus pies. No tenía idea de qué le estaban hablando, pero por la expresión del abogado comprendió que aquel malentendido no se iba a aclarar con la facilidad que él había esperado. En silencio y cabizbajo, dejó que lo condujeran a su nuevo lugar de reclusión y tuvo el presentimiento de que su vida transcurriría entre rejas por mucho tiempo.

M.J. Fernández

Madrid 1980 - Veredicto y sentencia.

El juicio comenzó pocos días después. A Samuel lo trasladaban desde el Centro de Reclusión Preventiva hasta el juzgado en una furgoneta policial, siempre con grilletes como si fuera un criminal peligroso. Cada vez que le preguntaba al abogado cómo estaba su familia, solo le respondía que «ya se lo podía imaginar», lo que aumentaba la carga de preocupaciones que el chico llevaba sobre sus hombros. Como era lógico, su madre y su hermana lo estarían pasando mal por su culpa.

Poco antes de que comenzara el juicio recibió una visita de su madre, que se presentó con una comida casera e hizo lo posible por disimular la angustia que la embargaba.

—Esto está siendo muy difícil para vosotras, ¿verdad?

—Menos que para ti —reconoció ella, mientras le sostenía la mano—. Está resultando muy duro, pero tengo fe en que saldremos adelante.

— ¿Tú qué piensas de lo que está ocurriendo, mamá? ¿Confías en mi inocencia?

—Yo soy tu madre, te he llevado en mi vientre. Sin importar lo que hicieras, siempre te consideraré mi hijo y te apoyaré.

—¿Sin importar lo que hiciera? ¿Tú tampoco me crees? —preguntó él, con lágrimas en los ojos—. ¿También piensas que maté a Ana?

—¡Claro que no, hijo! Pero no importa lo que yo crea. Eso no cambia nada.

—A mí sí me importa. Para mí es lo más importante —Se quedó pensativo un momento—. Si no estás segura de mi inocencia, será mejor que no vengas a verme, mamá. No lo merezco.

Le hizo una seña al guardia, le dio un beso a su madre en la frente y salió, mientras ella permanecía sentada en el salón de visitas, llorando.

Dos días después, comenzó la primera vista. Samuel sabía que debía haber testimonios y pruebas que lo inculpaban o no hubiera llegado a una situación en la que su propia familia dudaba de su inocencia, pero no podía imaginar qué tenían contra él. Sin embargo, la actitud pesimista de su abogado lo convenció de que dichas pruebas existían. Cardozo casi le suplicó que confesara, que pidiera clemencia para conseguir una condena más leve. Samuel no llegó a planteárselo en serio. Era inocente, y por ninguna razón admitiría ser culpable de un crimen que no había cometido.

Cuando entró a la sala donde se celebraría la audiencia, el olor a aceite de teca y la pulcritud de la vieja alfombra contribuyeron a la sensación de irrealidad que invadió al chico. Todo aquello le resultaba extraño y sobrecogedor. Su única certeza era que entre esas paredes se decidiría su futuro. Presidía el juez Emilio Flores. Cuando se sentaron, Cardozo le advirtió que el magistrado era uno de los más estrictos en el cumplimiento de las normas.

—Tiene fama de severo. No admitirá ningún desliz a ninguno de los contendientes. Además, cuando aplica una sentencia, tiende a ser muy duro.

—Pero ¿es justo? —preguntó Samuel, esperanzado.

—Sí, se le tiene por un juez implacable, pero justo —admitió el abogado—. Además, tiene buenas razones para serlo. Hay muchos rumores acerca de sus aspiraciones políticas. Se dice que quiere conseguir un escaño como diputado. Es importante para él dar imagen de rectitud y de no ser influenciable.

—Eso nos favorecerá —opinó Samuel con un leve optimismo—. Soy inocente. Que el juez sea justo, tendría que ayudar a nuestra causa.

—Chaval, hay algo que debes comprender —le advirtió el abogado, con cierta tristeza—. La muerte de la chica ha sido una noticia impactante y me temo que los medios de comunicación ya te han condenado. El resultado es que todos los que están relacionados con la investigación y el juicio serán muy cuidadosos en no inclinar la balanza a tu favor, para que no los acusen de debilidad o de estar parcializados. Por otro lado, si te encuentran culpable, habrán satisfecho las ansias de venganza de los ciudadanos, lo cual mejorará mucho su imagen pública.

—¿Lo que me está diciendo es que al juez le conviene declararme culpable?

—Reconozco que no soy el mejor abogado que puedes tener, hijo —confesó Cardozo mirándolo con tristeza, en una poco común explosión de honestidad—. Solo soy el defensor que tu madre pudo pagar. Sin embargo, llevo algunos años en esto… Los suficientes para admitir que el principio según el cual todos somos inocentes hasta que se demuestre lo contrario, no pasa de ser una declaración de buenas intenciones. La realidad es que en cuanto la policía te señala con el dedo, todos sin excepción asumen que deben tener buenas razones, como consecuencia de lo cual, presumen tu culpa. Me temo que ese también es tu caso.

—¿De quién está hablando? —preguntó Samuel con un nudo en el estómago—. ¿Del juez, de los policías que llevan el caso, de la prensa, de usted mismo? —Cardozo no respondió, pero bajó la mirada—. ¿Es eso? ¿Usted también cree que le he mentido y que soy culpable?

—He elaborado tu defensa de acuerdo con tus declaraciones y a la premisa de tu inocencia —explicó el abogado—. Sin embargo, no puedo negar que tu historia es difícil de creer. Aun así, mi deber es defenderte y lo haré lo mejor que pueda. Estoy aquí para hacer lo posible por demostrar tu inocencia.

—Aun así, quiere que me declare culpable, que admita un crimen que no cometí.

—Te aconsejo lo que me parece mejor para ti. En vista de la situación, no creo que podamos ganar, Samuel. Esa es la verdad.

—¿La situación? ¿Qué pueden tener contra mí? —preguntó el joven, alzando la voz—. Soy inocente. No pueden tener pruebas de lo contrario. Es imposible.

Durante el juicio, Samuel comprobó con desesperación que estaba equivocado. El fiscal presentó la primera prueba: la autopsia de Ana Roldán confirmaba que la causa de la muerte había sido fractura de cráneo, ocasionada por un golpe, asestado con una azada que se encontraba en el jardín. No había huellas en el arma homicida, lo que demostraba que el asesino las había borrado tras cometer el crimen o había usado guantes. Eso añadía premeditación a los cargos. Pero lo más importante fue que se supo que Ana estaba embarazada de dos meses. Aquello hizo que un rumor se extendiera por la sala y Flores tuvo que intervenir, para que se volviera a guardar silencio.

El fiscal elaboró una hipótesis según la cual, la noche del crimen, Ana le habría comunicado a Samuel que estaba embarazada y ante ese hecho que ponía en riesgo el prometedor futuro del acusado, él la asesinó a sangre fría. Como segunda prueba presentó la confirmación de la beca para la escuela *Juilliards*. Llamaron a Edgardo al estrado, por lo que su maestro se vio obligado a declarar que le había informado a Samuel sobre la oferta de la escuela de música, después del concierto. La historia concordaba con el atestado de tres personas que los vieron hablando en un café en la plaza, un par de horas después. Ellos afirmaron que habían visto llorar a la chica y que parecía muy alterada. Pero lo que en verdad sepultó a Samuel fue el testimonio de Francisco

Nadal. El violinista subió al estrado, simulando que lo hacía contra su voluntad.

—Señor Nadal —dijo el fiscal— ¿Cuándo supo usted que el señor Andara fue seleccionado para la beca de *Juilliards*?

—La noche del concierto, señor.

—¿Se lo comunicó el propio señor Andara o tal vez su tutor, el señor Fuentes?

—No señor, lo escuché por casualidad. Cuando salí de la sala de conciertos, me encontré a pocos pasos de Samuel y de esa pobre chica —respondió con un suspiro.

—¿Pudo escuchar lo que hablaban?

—Sí, eso me temo, aunque no creo que ellos notaran mi presencia. Iba a acercarme para felicitar a Samuel por su excelente ejecución durante el concierto, pero me detuve al darme cuenta del carácter íntimo de la conversación.

—¿Y qué decían?

—Señor juez —intervino Cardozo—, el señor Nadal no participó en la conversación. No creo que debamos basar el veredicto en un chisme...

—Cuidado, señor Cardozo —lo interrumpió Flores con tono severo—. De las tres personas que pueden informarnos de esa conversación, si es que es importante para este caso, una está muerta, el otro es el acusado y el tercero, el testigo. Creo que eso pone al señor Nadal en una posición privilegiada en cuanto a la credibilidad de lo que escuchó. Sin embargo —advirtió, dirigiéndose al fiscal—, será mejor que la declaración del señor Nadal tenga relación directa con lo que nos ocupa.

—La tiene, señor juez —confirmó el fiscal con mucha seguridad—. Sin ninguna duda, la tiene. ¿Puede responder a la pregunta? —insistió, dirigiéndose al testigo.

—Sí, señor —continuó Nadal—. La chica le dijo que estaba embarazada y que debía asumir su responsabilidad, Samuel se enfadó mucho, le respondió que no permitiría que algo así arruinara su carrera y que iba a hacer lo que fuera necesario para evitarlo.

—¿Lo que fuera necesario? —recalcó el fiscal—. ¿Sabe a qué se refería?

—En ese momento no lo tuve muy claro. Me sentía avergonzado por haber escuchado una conversación tan privada y no pensé en ello. No sabía qué quería decir con esas palabras, pero desde luego nunca se me pasó por la cabeza que pudiera pensar en asesinarla. De ser así, no me hubiera marchado.

—Señor juez —intervino Cardozo, poniéndose de pie—, protesto la afirmación del testigo. Esas palabras que se supone que dijo mi cliente pueden interpretarse de muchas maneras y no constituyen una declaración de culpabilidad. El señor Nadal se atribuye conocimientos que no le competen.

—Tiene razón, señor Cardozo —admitió Flores—. El testigo debe limitarse a repetir lo que escuchó, sin aportar interpretaciones propias.

Cardozo agradeció al juez y se sentó. Samuel comprendió que la pequeña protesta de su defensor, en realidad lo había perjudicado. Lo único que consiguió el abogado fue dar credibilidad a las declaraciones de Nadal, sobre una discusión que nunca tuvo lugar. La interpretación podía ser puesta en tela de juicio, pero a la vista de los resultados, cualquiera llegaría a las mismas conclusiones. El testimonio del violinista confirmaba la hipótesis de la fiscalía. Samuel se preguntó por qué Nadal había mentido. Él sabía que no le simpatizaba, que sentía envidia por su facilidad para la interpretación musical, pero nunca hubiera imaginado que llegara a odiarlo tanto como para cometer perjurio en un juicio, solo para perjudicarlo. El problema era que los demás tampoco lo creerían, lo cual contribuiría a su condena. Entonces, comprendió la expresión satisfecha de los policías que lo arrestaron. Para ellos, el caso estaba cerrado.

Después de la declaración de Nadal, de regreso en el Centro de Reclusión, de nuevo Cardozo intentó convencerlo de que confesara. Su pesimismo había alcanzado la cota del derrotismo.

—Yo no lo hice —insistió Samuel—. Nadal mintió. Esa discusión con Ana nunca tuvo lugar.

—¿Por qué iba a mentir Nadal? —preguntó el abogado—. ¿Qué gana con ello?

—No lo sé. Me detesta, tal vez le complace hundirme. Yo solo sé que miente.

—¿Y solo porque te odia se arriesga a cometer perjurio? —preguntó el abogado con incredulidad—. Podría pasarse un tiempo en la cárcel si se descubre que mintió.

—Se supone que usted es mi abogado. ¿No debería escucharme? ¿Creerme?

—Dentro de lo razonable, Samuel, pero esto no lo es. Y aunque estuvieras en lo cierto y Nadal mintiera, no creo que pudiera convencer a nadie de que es así. No existe una razón válida para que nadie acepte esa teoría. Admítelo, chaval, todo te incrimina y me temo que después del testimonio de hoy, al juez no le deben quedar dudas acerca de que tenías motivos para matar a esa chica.

—No tenía motivos —insistió Samuel—. Si se refiere al embarazo, no podía ser mío, porque habíamos comenzado a salir hacía menos de un mes. Además, nunca llegué tan lejos con ella como para que pudiera…

—Mala táctica, hijo —le interrumpió Cardozo—. La chica tiene la simpatía del jurado y el juez. Si tratas de manchar su nombre insinuando que jugaba sucio y que el niño no era tuyo, solo conseguirás empeorar tu situación.

—¡No trato de hacer nada! —dijo Samuel, alzando la voz—. ¡Solo digo la verdad!, pero me doy cuenta de que la verdad no tiene importancia. Lo más cómodo para todos es que me condenen. Incluso para usted. De cualquier manera, usted ya lo hizo.

—Pretender ser la víctima no te va a ayudar. Lo mejor que puedes hacer es confesar, decir que la golpeaste con la azada en un arrebato de ira o de miedo, que te asustaste al verla muerta, porque en realidad no querías asesinarla, que por eso limpiaste las huellas y huiste, pero que ahora estás arrepentido y ruegas clemencia. Tal vez te den diez años. Si no lo haces, lo más probable es que la condena no sea menor de veinte años —Suspiró con impaciencia—. Lo siento, es lo que hay.

—Es lo mejor que puede hacer, ¿verdad?

—¿Y qué esperabas?

—Que encontraran al culpable. Casi con seguridad debe tratarse del verdadero padre del niño.

Cardozo no respondió, recogió su portafolio, se levantó de la mesa y se dispuso a salir. Antes de llegar a la puerta, se volvió para mirar a Samuel.

—Piensa en lo que te he dicho. Tu terquedad te puede costar muchos años de tu vida.

El abogado se marchó. Samuel se quedó en la sala de visitas, sintiéndose muy solo. Cardozo lo creía culpable, pero eso no le importaba demasiado. Lo que sí le importaba era que todos los que lo conocían pensaban lo mismo: que había sido capaz de asesinar a su novia embarazada, para no perder una oportunidad académica. ¿Tan frágil era su confianza en él? También se sentía un imbécil. Cuando supo que Ana estaba embarazada de dos meses, se dio cuenta de que había sido un tonto útil para la chica. Entonces, comprendió la reacción de Ana cuando él le habló acerca de la beca. Ella lo había escogido como el sustituto del padre de su hijo. Samuel no tenía mucha experiencia y estaba loco por ella. No le habría sido difícil seducirlo, para después hacerle creer que el niño era suyo. Solo que no le dieron tiempo, porque alguien la había asesinado, antes de que él pudiera tocarla. ¿Su antiguo novio? ¿Por celos? Era lo más probable, pero la Policía no se había molestado en indagar en el pasado de la víctima, para buscar otras relaciones.

Si le hubieran dado la oportunidad, si le hubieran concedido el beneficio de la duda, él podría haberles explicado que el niño no era suyo, que debía haber otro hombre en la vida de Ana. Pero ya era tarde. Ni siquiera su defensor aceptaba esa posibilidad. Samuel comprendió que estaba perdido. No tenía oportunidad. Sin embargo, no aceptaría la culpa. Era inocente y si tenía que pagar por un crimen que no había cometido, lo haría con la cabeza en alto, desafiando a aquellos que se negaban a creerle.

Cardozo no se equivocó en su pronóstico. Después de varias sesiones en las que se presentaron pruebas y testimonios, cada uno de los cuales hundía más a Samuel, por fin llegó el día de la última vista, donde se dictó el veredicto y lo declararon culpable. El juez se extendió en su repudio ante un crimen tan brutal y la necesidad de que el responsable recibiera un castigo justo. La sentencia no podía ser menos excesiva que el crimen, así que lo condenaron a veinticinco años, en una prisión de alta seguridad.

Los policías que llevaron su caso estuvieron presentes durante todo el juicio y no disimularon su satisfacción cuando escucharon el veredicto y la sentencia. Ellos habían cumplido. Martina no tuvo el valor de asistir. Sabía el resultado que podía esperar por lo que había presenciado en las vistas anteriores. No quería ser testigo de la destrucción de la vida de su hijo.

Trasladaron a Samuel desde los tribunales hasta la prisión de alta seguridad. Era un lugar lúgubre, donde la mayoría de los reclusos trataban de compensar la desesperación de un futuro incierto con una agresividad excesiva. Samuel era el recién llegado. Demasiado joven. Aunque él tenía una constitución fuerte, llevaba dibujada en el rostro la ingenuidad de un chico, que había crecido bajo la protección de una familia bien estructurada.

Uno de los reclusos más agresivos, llamado Sexto y apodado El Víbora, quien era el líder de la banda más peligrosa de la cárcel, decidió doblegarlo y enseñarle quién mandaba allí. Samuel no quería problemas, pero no le dieron elección. El segundo día de su llegada, cuando salía de la lavandería donde cumplía su jornada de trabajo, El Víbora lo estaba esperando con dos de sus compinches. Samuel trató de evadirse, pero los esbirros le sujetaron los brazos a la espalda, para que Sexto pudiera golpearlo a gusto. Antes que el delincuente comenzara su ejercicio de pugilismo en el pobre chaval, apareció Eladio, el recluso con más tiempo en aquella cárcel. Eladio era de baja estatura y muy delgado, pero era quien tenía los mejores contactos dentro de la prisión, tanto entre los reos como entre los guardias, por lo que no habría sido una buena idea enemistarse con él.

—¿Qué ocurre aquí? —preguntó, en cuanto vio al recién llegado sometido y a punto de recibir una paliza.

—No te metas, Eladio.

—¡Soltadlo!

—Porque tú lo digas —respondió uno de los matones que sujetaban a Samuel.

—Bien, podéis seguir adelante. Sabéis que no os denunciaré con los guardias porque no soy un soplón, pero ya os podéis despedir de los cigarrillos, las revistas esas prohibidas que tanto os gustan y todos los caprichos que soléis pedirme.

—Vamos, Eladio. ¿Qué te importa este tío? ¿Acaso es pariente tuyo?

—Es mi sobrino —respondió el viejo—. El hijo de mi hermana la tuerta y a partir de ahora, el que se mete con él, se mete conmigo.

—Tú no tienes hermanas —protestó el otro matón.

—Yo tengo lo que me sale de los huevos. Así que soltad al chico si no queréis perder los privilegios de los que disfrutáis.

Los matones y El Víbora se miraron entre sí. Sabían que Eladio cumpliría su amenaza y si trataban de convencerlo por las malas, el resto de los presos y los guardias se les echarían encima.

—No vale la pena —cedió El Víbora, haciendo un gesto para indicar a sus matones que debían soltar al chico.

Samuel no podía creer en su suerte. Se quedó junto a Eladio, viendo cómo los reos se alejaban, murmurando maldiciones entre dientes.

—Gracias —le dijo al viejo—. Me ha salvado usted de una buena paliza.

—¿Usted? Con esa forma de hablar no durarás mucho tiempo por aquí, chaval. Soy Eladio.

—Gracias, Eladio. Me salvaste.

—Puedes jurarlo.

—¿Por qué lo hiciste? Te arriesgaste mucho.

—No lo creas. Esos tipos saben lo que les conviene. En cuanto a por qué lo hice. Te he observado, chaval. Y llegué a la conclusión de que tú no perteneces a este lugar. Necesitarás ayuda para que permanezcas de una pieza.

Samuel sintió un nudo en la garganta. Aquel hombre que no lo conocía estaba demostrando más confianza en él, de la que tuvieron su propia familia y amigos cuando lo acusaron.

—Gracias de nuevo —le reiteró, al mismo tiempo que le extendía la mano para estrechársela.

Madrid 1981 – Aspiraciones

Álvaro entró en el comedor para desayunar en el momento en que su padre terminaba su café. Había calculado mal. Hubiera jurado que a esa hora, su viejo ya estaría en su oficina o en el avión con destino a cualquier lugar de España, donde hubiera un proveedor o un cliente.

—Buenos días, papá —lo saludó, mientras se sentaba para servirse una tostada y una taza de café.

—¿Te parece que estas son horas de levantarse un día a mitad de semana?

«Lo sabía», pensó Álvaro. «Ahí viene la bronca».

—Anoche me fui tarde a la cama. Estuve estudiando.

—¿Estudiando? —preguntó Fernando—. En lo que va de curso, todavía no te he visto con un libro abierto en las manos. Tampoco tengo idea de tu desempeño en la universidad. De lo único que estoy seguro es de que conoces todos los bares de Madrid y sus alrededores.

—¡Hala! ¡Qué exagerado! ¿Tienes idea de cuántos bares hay en Madrid? Nadie es capaz de conocerlos todos —respondió Álvaro, con una sonrisa burlona.

—No te cachondees de mí, Álvaro, que te conozco. Tienes diecinueve años, ya eres un hombre, pero todavía no sientas cabeza. ¿Qué pensaría tu pobre madre si viviera?

—Deja a mi madre en paz —respondió el chico, poniéndose serio—. Ella no tiene nada que ver en todo esto.

—Ella hubiera querido que fueras un hombre de bien, responsable, trabajador. ¡Por Dios, Álvaro! Un día tendrás que ocuparte de la empresa que he levantado con tanto esfuerzo, pero no tienes la preparación ni la disposición. ¿Qué crees? ¿Qué el dinero te va a durar para siempre si no cumples tus obligaciones? En especial, si tomamos en cuenta la forma en que lo gastas.

—Vamos papá, cálmate —respondió el joven con una sonrisa cómplice—. Sé que tal vez no me he aplicado en los estudios como debería, pero soy joven y tú vas a vivir muchos años. Ya tendré tiempo de convertirme en un ejecutivo serio y aburrido. Mientras tanto, déjame disfrutar de la vida.

—El tiempo pasa más rápido de lo que crees, hijo. Y yo no viviré para siempre. Me tranquiliza saber que cuentas con Julián para apoyarte, pero el peso de la responsabilidad sobre las decisiones más importantes siempre caerá sobre ti. Además, de tu buen hacer dependerá no solo tu futuro, sino también el de todos los trabajadores de la empresa.

Álvaro suspiró. No le gustaban aquellas conversaciones con su padre, porque al final siempre tenía que darle la razón, aunque nunca lo reconocería frente a él en voz alta.

—Tú lo has dicho, papá. Tengo diecinueve años. Te prometo que no abandonaré mis estudios, pero eso no tiene por qué impedir que disfrute también de mi juventud.

—Muy bien. Lleguemos a un acuerdo, entonces. Aprende todo lo necesario para que seas un exitoso hombre de negocios y yo no intervendré en tus actividades extracurriculares —Levantó un dedo admonitorio—, siempre y cuando no involucren sustancias ilegales.

La venganza

—Por supuesto, papá —admitió el joven, al mismo tiempo que se levantaba y le daba un par de palmadas cariñosas en el hombro—. Es un trato.

◊

Nadal terminó de tocar la pieza que le había asignado el jurado. La había interpretado lo mejor que pudo. Él estaba seguro de que su ejecución había sido brillante, pero los imbéciles de *Juilliards* lo calificaron con un suficiente. ¡Qué sabrían ellos de música! Sin embargo, conseguir un título de esa academia le daría un impulso enorme a su carrera. Seis meses atrás, un petulante niño rico llamado Mario Valladares lo había abordado con una propuesta tentadora: si hacía una declaración que comprometiera como culpable al imbécil de Samuel Andara, el Banco de su padre estaba dispuesto a otorgarle una beca para estudiar en la prestigiosa academia. A Nadal no le costó aceptar: hubiera hundido a Andara y su maldito talento solo por el gusto de hacerlo, pero con la astucia que le caracterizaba comprendió el motivo por el que Valladares estaba tan interesado en la condena de Andara, así que exigió mucho más que la beca. En cuanto concluyera sus estudios en *Juilliards*, el Banco de los Valladares debía comprometerse a financiar su carrera como director. Después de todo, Mario era el único heredero de su padre y futuro mayor accionista del Banco. Por supuesto que Valladares aceptó y Nadal supo que tenía el futuro asegurado.

◊

Emilio Flores brindó con sus compañeros de partido por el éxito de la contienda. Desde que había condenado al joven pianista por homicidio, su fama de juez incorruptible y estricto ejecutor de la Ley y la Justicia, lo había impulsado hacia arriba como la espuma. Los resultados de las elecciones le garantizaron un escaño como diputado. Además, él sabía que pronto podría aspirar a cargos de más envergadura y poder. Hizo un buen negocio al declarar culpable a aquel crío, aunque en realidad él sabía que era inocente.

Gracias a su experiencia, había comprendido que el caso estuvo sesgado en contra del chaval desde el primer momento. La prensa y la opinión pública lo habían condenado de inmediato y querían un castigo ejemplar. Los policías que investigaron se dejaron influenciar por la corriente de opiniones de la mayoría, y no profundizaron en sus indagaciones. Como consecuencia, la investigación había adolecido de muchas fallas. Ni siquiera habían contemplado otros posibles sospechosos. Se limitaron a buscar las pruebas para culpar a Andara. Tuvieron una ayuda insospechada e inesperada. En cualquier otra circunstancia, Emilio se hubiera negado a firmar ni siquiera la orden de captura, pero había mucho más detrás de la muerte de Ana Roldán.

Emilio comprendió enseguida la importancia política de un veredicto de culpabilidad y una condena ejemplarizante. Su decisión se vio reforzada cuando Eduardo Valladares, principal accionista de un Banco, a quien en ese momento solo conocía de vista, le hizo una visita para proponerle apoyarlo en sus aspiraciones de iniciar una carrera política, si conseguía que Samuel Andara fuera condenado. El astuto juez comprendió que era la oportunidad que esperaba y no lo dudó. Instruyó al truhan de Nadal acerca de lo que debía declarar y luego manipuló el caso con tal habilidad, que el propio abogado del chico acabó convencido de su culpa. Ahora recogía los frutos de su trabajo. Su carrera política solo podía ascender.

Madrid 1981 - Consecuencias.

Después del juicio, Samuel fue enviado a una prisión de alta seguridad, mientras Martina y su hija hacían lo posible por reconstruir su vida. Por más intentos que hizo su madre para volver a verlo, el chico se negó a recibirla. Cada día, Martina hizo lo posible por apelar. Visitó a otros abogados en busca de una esperanza, pero todos le respondieron lo mismo. Con las evidencias contra Samuel y la enorme presión de la opinión pública que había sobre su caso, sería imposible conseguir un nuevo juicio. A menos que surgieran nuevas evidencias. En la medida en que pasaron los meses, las esperanzas de Martina se fueron desvaneciendo, y aunque siguió intentándolo, al final la venció la resignación. Con su hijo ausente y negándose a que nadie lo visitara, Martina centró su vida en su hija.

Irma sufrió mucho por la pérdida de Samuel, a quien adoraba. Tuvo que afrontar las burlas de sus compañeros, que la acosaban, diciéndole que su hermano era un asesino. Al principio, ella hacía lo posible por defenderlo, pero no sabía cómo, hasta que llegó a albergar un resentimiento hacia él, por haber convertido su vida en un infierno. La imagen del hermano cariñoso y protector del que se sentía orgullosa fue sustituida por aquella menos edificante, que le mostraban sus compañeros y amigos: la de un chico cruel, capaz de matar por conseguir lo que quería. Irma llegó a negarlo como hermano, hasta el punto de que se ofendía cada vez que alguien le recordaba su parentesco.

En su encierro, Samuel se volvió taciturno y desconfiado. Solo aceptaba la compañía de Eladio. La soledad era lo que más le atemorizaba. Los días iban transcurriendo uno tras otro, sepultándolo en una rutina de guardias y puertas cerradas, de desconfianza y hostilidad. Al cabo de seis meses le asignaron un nuevo compañero de celda, un chico que tendría su edad. Su nombre era Efraín Sánchez. Llegó a aquella prisión al igual que todos: confundido y asustado. Eladio y Samuel hicieron lo posible por tranquilizarlo, y también trataron de proporcionarle la información necesaria para conservar la vida.

El delito de Efraín debería haberlo purgado en una prisión de mínima seguridad, pues lo habían detenido por estafa, pero tuvo la mala suerte de que su víctima fuera un hombre de grandes influencias, que no le había perdonado la burla. El joven había crecido en las calles, donde aprendió todo tipo de trucos. Era un tahúr, lo cual le causó problemas muy pronto. De vez en cuando, conseguía escamotearles a los guardias una cajetilla de cigarrillos o el almuerzo o lo que era peor, cometía pequeños hurtos contra alguno de los muchos matones que había entre los presos. Eladio lo reprendía, advirtiéndole del peligro que eso podía representar, pero el chico no podía evitarlo, pues estaba arraigado en sus hábitos. Samuel lo trataba como si fuera un hermano pequeño un poco alocado, al que protegía, por lo que a pesar de su naturaleza irreverente, Efraín lo respetaba.

Una tarde, mientras estaban en el patio, Efraín se acercó con disimulo a uno de los miembros de la banda de El Víbora, y con la habilidad de un carterista experimentado, sacó de su bolsillo una cajetilla de cigarrillos. Samuel lo vio, comprendiendo enseguida que el chaval estaba buscando su perdición. Se acercó a él hasta llegar a su lado, con la intención de convencerlo de devolver la cajetilla, antes de que el tío se diera cuenta de su desaparición. Por desgracia, en ese momento el matón decidió fumar, y encontró el bolsillo vacío. La expresión de desconcierto de Efraín lo delató. Sin embargo, Samuel reaccionó con rapidez, le quitó los cigarrillos sin que nadie se diera cuenta y los dejó caer a su lado, con tan mala suerte que otro de la banda de El Víbora lo vio deshacerse de la evidencia.

La venganza

Todos sabían que robarles cualquier objeto, por insignificante que fuera, a Sexto o a sus hombres era firmar su propia sentencia de muerte. Cuando el matón dio la alarma y señaló a Samuel como el responsable del hurto, no valió de nada la protección de Eladio ni su intervención en su defensa. Aquellos matones lo sometieron a tal paliza, que terminó en la enfermería por tres semanas.

Efraín, quien nunca pensó que su travesura tuviera semejantes consecuencias, se sintió culpable. Cuando Samuel regresó a la celda, el chico lo recibió cabizbajo con una disculpa.

—Lo siento, Samuel. Nunca creí que tú tendrías que pagar por mi estupidez.

—Estaré bien —le respondió su amigo—. Eres un saco de problemas, hermano. Será mejor no perderte de vista.

Efraín suspiró aliviado sin decir nada, pero desde aquel día, Samuel se ganó su lealtad incondicional.

Madrid 1982 - Los vivos y los muertos.

El inspector Raúl Bardina se encontraba en su despacho, discutiendo con el subinspector Brito acerca de un caso, cuando recibió una llamada de la prisión. Cogió el teléfono sin comprender de qué se trataba. Cuando colgó, después de escuchar lo que tenían que decirle, tenía el ceño fruncido y los músculos de la mandíbula tensos. Su compañero se asustó y le preguntó si todo estaba bien. Raúl lo miró y dejó escapar un largo suspiro.

—¿Recuerdas a Samuel Andara?

—Claro. El que mató a su novia embarazada.

—Está muerto. Lo apuñalaron en una pelea en la prisión.

Brito se persignó.

—Lo lamento. Aunque debo reconocer que no me sorprende.

—Tendremos que avisar a su madre.

—Pobre mujer. Como si no hubiera sufrido bastante.

Una semana después, Irma y Martina regresaron a casa después del funeral de Samuel. Irma subió a su habitación para llorar sin que nadie la perturbara. Por fin había logrado perdonar a su hermano, pero ya no podría decírselo nunca. Martina también se encerró en su habitación. La madre de Samuel permaneció en silencio durante largas horas, con las lágrimas brotando de sus ojos de vez en cuando, y un único pensamiento en su cabeza: Se preguntaba si hubiera podido hacer algo más por Samuel. Algo que hubiera evitado que su vida tuviera un final tan trágico. La culpa la atormentaba.

En un barrio cercano, el inspector Bardina meditaba acerca de la fragilidad de la vida. Por alguna razón que él mismo no acertaba a comprender, había cedido al impulso de asistir al funeral de Samuel Andara. Ahora se encontraba en su despacho, meditando acerca de aquel joven prometedor, cuya vida quedó truncada por un momento de… ¿qué? ¿Ira? ¿Miedo? ¿Ofuscación? Sin importar lo que había pasado por la cabeza del chico en el momento en que empuñó la azada, el desenlace no pudo ser peor.

A pesar de la tristeza que le ocasionaba ese caso, estaba convencido de haber hecho lo correcto: aquella chica y su hijo no nacido murieron de una forma terrible e injusta. El culpable debía pagar por su crimen, y su deber como policía era asegurarse de que fuera así. ¿Por qué entonces se sentía tan mal? Todas las evidencias demostraban que aquel joven prometedor se había comportado como un asesino a sangre fría, y que había sido capaz de matar a una chica embarazada de su propio hijo, por no perder una beca. Él y su compañero solo hicieron su trabajo. El chico había tenido un juicio justo. No existía ningún motivo para que él se sintiera culpable.

◊

Álvaro recuperó la conciencia poco a poco. Se sentía muy extraño. Estaba en la UCI de un hospital, eso lo tenía claro por los cables y tubos que salían de su cuerpo. Le habían inmovilizado el cuello, y llevaba un apretado vendaje en el tórax. Quizá por eso tenía que esforzarse con cada inspiración. La pierna derecha la sostenía una férula y la mantenían un poco elevada. El dolor era espantoso, pero lo peor era que no podía recordar nada. Ni siquiera su nombre.

La puerta se abrió y dio paso a un hombre de mediana edad, enfundado en un traje de papel que cubría sus ropas. Al verlo despierto, le sonrió.

—¿Cómo te encuentras Álvaro? Nos diste un buen susto. Tu padre viene en camino.

—¿Quién es usted? —preguntó el chico, confundido.

—¿No me reconoces? —inquirió el hombre con expresión preocupada—. Soy Julián. Julián Ferrer.

—Lo siento, no puedo recordar nada —reconoció Álvaro.

—No te preocupes. Ya recordarás. Solo necesitas un poco de tiempo.

—Mencionó a mi padre —dijo el joven. Por alguna razón, aquella afirmación le había causado sorpresa.

—Fernando estaba en una conferencia en Hong Kong cuando ocurrió el accidente. ¿Recuerdas? Cogió el primer avión con rumbo a Europa en cuanto se enteró, pero el viaje es largo y debe hacer varios transbordos. Llegará esta noche.

Álvaro se sintió confundido. Había algo que no estaba bien, aunque no podía decir de qué se trataba.

—¿Fernando? ¿Accidente?

—No debes preocuparte por nada, Álvaro. Lo peor ya pasó. Todo estará bien. Ahora descansa.

Julián abandonó la UCI y dejó al chico más confundido que antes de su visita. Álvaro levantó sus manos y las contempló. Eran grandes y fuertes, pero había algo que no estaba bien con ellas, porque las sentía torpes. Consecuencia del accidente, concluyó. ¿Qué clase de accidente habría sido? No podía recordarlo. Una enfermera entró con una libreta, le sonrió al comprobar que estaba despierto, y comenzó a tomar nota de las constantes vitales que señalaban los aparatos que lo rodeaban.

—¿Puedo pedirle un favor? —le preguntó el joven.

—Claro, si está en mi mano, con mucho gusto.

—¿Podría traerme un espejo?

—Desde luego —respondió la enfermera sonriendo, mientras buscaba en el bolsillo de su uniforme—. No debe preocuparse, su rostro no sufrió ninguna herida de gravedad en el accidente. Solo algunos rasguños.

La chica por fin encontró una pequeña polvera que abrió y le entregó a su paciente. Álvaro la cogió, dispuesto a ver su rostro. Desde el otro lado del espejo, lo contempló un perfecto desconocido.

Madrid 1984: Recuerdos ajenos.

Julián entró en la sala de los Del Valle, donde lo esperaba Álvaro. El chico había encajado la muerte de su padre, ocurrida tres meses atrás, con más entereza de la que él esperaba. Álvaro había cambiado mucho después del accidente. De un chaval alocado e irresponsable a quien solo le interesaba divertirse, pasó a ser un joven serio y centrado, que se dedicó a su propia recuperación y cumplió cada etapa de la rehabilitación sin quejarse, por difícil y dolorosa que fuera. Se sometió a las intervenciones quirúrgicas que sugirieron los cirujanos para permitirle volver a caminar, y aceptó con serenidad la noticia de que tendría que usar un bastón por el resto de su vida. Mientras hacía todo esto, concluyó sus estudios con matrícula de honor, dejando con la boca abierta a todos sus conocidos, incluyendo a sus profesores, sus amigos y a su propio padre. Su cambio fue tan dramático, que Julián algunas veces dudaba que se tratara de la misma persona.

—¿Deseas una copa, Julián? ¿Un café?

—No, gracias, Álvaro. Estoy bien.

—¿Cuál es esa información de la que me hablaste por teléfono?

—Terminé la investigación que me pediste acerca de ese chico: Samuel Andara. Aunque todavía no comprendo tu interés en él.

—¿Qué averiguaste?

Julián lo miró como si quisiera adivinar qué había detrás del encargo que le había hecho Álvaro de investigar a aquel joven, de historia tan extraña.

—Debo decir que algunos de los resultados me erizaron la piel —reconoció el abogado—. Samuel Andara nació el 12 de septiembre de 1962, a las 11:35 de la noche. El mismo día y a la misma hora que tú —Levantó la vista del papel, para comprobar si sus palabras tenían algún eco en su interlocutor, pero Álvaro permaneció impasible.

—Continúa —lo animó el joven.

—Su padre falleció con apenas cuarenta años, por un infarto fulminante. Su madre, Martina Leiva, es profesora de piano. Samuel Andara comenzó su instrucción musical desde muy temprana edad. Siempre lo consideraron un prodigio del piano. Además de que sus calificaciones eran ejemplares. Parecía tener un futuro brillante, hasta que encontraron asesinada a su novia embarazada. Los indicios y las pruebas apuntaron a Andara. El juez lo encontró culpable y lo condenó a veinticinco años. En 1982 se vio envuelto en una reyerta de presos...

—¿Una reyerta? —preguntó Álvaro, que por primera vez pareció sorprendido.

—Eso dicen los informes de la prisión.

—Claro, ¿qué más podrían decir? —reflexionó Del Valle con tristeza—. Continúa, por favor.

—Este es el otro dato que me eriza los vellos de la nuca: Samuel Andara falleció el mismo día que tú sufriste el accidente. Además, la hora de su muerte coincide al minuto con el paro cardíaco que te sobrevino, antes de tu milagrosa recuperación. ¿Qué relación tienes con ese joven, Álvaro? ¿Me lo puedes decir?

Álvaro se quedó pensativo, como si no supiera cómo responder. Entonces se levantó con cierta dificultad, apoyado en el bastón, se acercó al piano que siempre había sido un simple adorno del mobiliario, pero que él hizo afinar hacía algunas semanas. Se sentó frente a él y comenzó a tocar. Se sintió algo torpe. Después de afinarlo había realizado ejercicios de digitación, pero todavía estaba lejos de dominar sus dedos como debería. Escogió «Claro de Luna» y sus notas resonaron en el salón, como si la melodía estuviera siendo creada por los ángeles. La mandíbula de Julián se descolgó. El abogado se puso de pie, y el vello de su piel se erizó desde la cabeza hasta los pies. Hubiera querido salir a toda prisa de aquella casa. No encontraba una explicación lógica. Álvaro nunca se había acercado a un piano ni había mostrado interés alguno por la música, como no fueran aquellos grupos de Rock inglés, que él no era capaz de soportar. No podía comprenderlo. Cuando terminó de ejecutar la pieza, el joven se volvió para mirar a su abogado y ahora amigo.

—¿Quieres saber qué relación tengo con Samuel Andara? Sus recuerdos ahora son míos, Julián. De hecho, son los únicos que tengo. Mi rostro, mi cuerpo, mis manos —dijo levantándolas—, son los de Álvaro Del Valle, pero mi conciencia, mi memoria, son las de Samuel Andara. Yo soy Samuel Andara.

—¿Cómo es posible? —musitó Julián.

—No lo sé, pero sí quiero que tengas algo claro. Yo no maté a esa chica. Ese niño no era mío, porque nunca la toqué. Me tendieron una trampa. Fui el chivo expiatorio del verdadero asesino. Y lo que ocurrió en la cárcel no fue una reyerta, sino un asesinato a sangre fría. Es posible que por encargo.

—Álvaro, lo que dices es imposible —balbució el abogado.

—Entonces, ¿cómo explicas esto? —preguntó el chico, señalando al piano—. ¿Te parezco el Álvaro que conociste desde niño?

Julián meneó la cabeza, y por primera vez admitió algo que había pasado por su cabeza muchas veces. El cambio de personalidad del joven Del Valle había sido demasiado repentino y profundo.

—No —respondió en voz inaudible.

—Si te sirve de consuelo, yo tampoco lo comprendo. Ahora que sabes la verdad, ¿estás dispuesto a seguir trabajando para mí?

—Para serte honesto, el Álvaro de ahora me agrada más que el anterior.

—En ese caso, tengo un nuevo encargo para ti.

◊

Efraín se preguntó quién sería su visita. Desde que lo habían enviado a aquella prisión infernal, todo eran malas noticias. Sus únicos amigos allí, Eladio y Samuel, habían muerto con pocos meses de diferencia. Desde entonces, se mantenía alejado del resto de los presos. Después del asesinato de Samuel, tanto a El Víbora como a sus secuaces los habían trasladado a otra prisión. Supo que les sumaron otros veinte años a sus condenas, lo que en realidad no cambiaba nada, porque aquellos sujetos nunca saldrían a la calle, pero al menos ya no los tendrían por allí, atemorizando a todo el que respirara. Los carceleros que hacían guardia aquel fatídico día fueron despedidos. Se suponía que así hacían justicia, pero nada le devolvería la vida a Samuel y él lo echaba de menos.

Cuando Efraín entró en la sala de visitas, lo alcanzó el olor a sudor viejo y perfume barato que impregnaba la poco ventilada habitación. Las mesas vacías mostraban los arañazos dibujados por el nerviosismo de los reos, y los bancos de madera estaban pulidos por el uso. En una de las mesas lo esperaba un hombre vestido con un buen traje, que se levantó de la silla en cuanto él se acercó.

—¿El señor Efraín Sánchez? —preguntó, al mismo tiempo que extendía la mano.

—Soy el que dice, pero nunca me habían llamado señor.

—Soy el doctor Carlos Díaz, abogado, del despacho Díaz y Ferrer. Estoy aquí para hacerme cargo de su caso.

—¿De mi caso?

—Estuve revisando su expediente y encontré algunas irregularidades.

—¿A qué se refiere?

—Usted no debería estar en esta prisión.

—Por fin alguien que piensa igual que yo, pero ¿por qué le interesa a usted?

—Me contrataron para revisar su caso, apelar si es posible y sacarlo de aquí.

Efraín parpadeó con desconcierto. ¿De dónde había salido ese sujeto?

—¿Por qué haría usted eso? Sabe que no puedo pagarle, ¿verdad?

—Descuide, mis honorarios ya están cubiertos.

—¿Por quién?

—De momento, mi cliente prefiere permanecer en el anonimato, pero es alguien que lo aprecia.

—Pues en este momento no se me ocurre nadie que se ajuste a esa descripción.

—No debe preocuparse, señor Sánchez —dijo el abogado, sonriendo—. Tenemos buenas posibilidades de conseguir su libertad. La pena de seis años a la cual lo sentenciaron fue excesiva. La condena para el delito que usted cometió no debió ser superior a treinta y seis meses en una prisión de mínima seguridad, lo cual significa que ya habría cumplido su deuda con la sociedad. Solo debemos dejarlo claro.

—¿Y qué me pedirá a cambio?

—Yo, nada. Mis honorarios ya han sido cubiertos.

—Y qué hay de su jefe, el que le pagó, ¿qué quiere de mí?

—Me pidió que le dijera que no espera nada a cambio, que no debe sentirse usted obligado. Lo hace por amistad.

Efraín lo miró con desconfianza. Nadie lo había ayudado nunca por simple amistad. Con excepción de Samuel, recordó. Ese sí había sido un verdadero amigo. Tal vez todavía quedaran personas decentes en el mundo, que estuvieran dispuestos a corregir una injusticia, sin esperar nada a cambio. Extendió la mano a través de la mesa y estrechó la que le ofrecía el abogado, para aceptar su ayuda.

Madrid 1984 - Amistades.

El juicio de Efraín terminó en la corte de apelaciones y el doctor Díaz consiguió demostrar su punto. Sánchez ya había cumplido con creces la condena que correspondía a su delito, así que el juez libró la boleta de excarcelación.

Cuando Efraín salió de la cárcel, el doctor Díaz lo esperaba en un lujoso coche.

—Felicidades, señor Sánchez —le dijo, al mismo tiempo que le abría la puerta del acompañante—. Me preguntaba si desea conocer a su benefactor.

—Ya me parecía a mí que nadie me iba a ayudar sin esperar algo a cambio —respondió Efraín con desconfianza—. Supongo que ahora es cuando me lleva con su jefe y este me dice lo que quiere de mí.

—No tiene nada que temer, señor Sánchez. Tiene la libertad de negarse y seguir su camino, pero dígame, ¿no siente curiosidad por saber de quién se trata?

—Bastante, pero no sé si será lo más prudente. ¿Qué pasará si decido marcharme sin conocer al «señor generosidad»?

—Nada, supongo que mi cliente se sentirá decepcionado, pero nada más. Su principal interés era que lo liberaran, y eso ya lo consiguió.

—Muy bien, entonces vamos a conocerlo —aceptó el chico, subiendo al coche.

Díaz lo llevó a un elegante chalé en Hoyo de Manzanares. Una bonita chica con uniforme les abrió la puerta.

—Buenos días, Karen —la saludó el abogado—. ¿El señor está en casa?

—Sí, señor. Se encuentra en el estudio.

—En ese caso, lo dejo en buenas manos, señor Sánchez. ¿Puede anunciar al señor Del Valle que su amigo Efraín está aquí?

—Por supuesto.

—¿No me acompaña usted? —preguntó Efraín, sintiéndose abandonado.

—No, creo que será mejor que me marche. En el reencuentro de dos amigos, saldría sobrando.

—¿Qué amigos? —preguntó Efraín, mosqueado—. Yo no conozco a ningún señor Del Valle.

El abogado se limitó a encogerse de hombros y volver sobre sus pasos, en dirección al coche. Karen esperaba con paciencia, así que Efraín hizo de tripas corazón y la siguió al interior de la casa. Era un lugar amplio y luminoso o fue la sensación que tuvo, después de haber permanecido tanto tiempo en una pequeña celda. La chica lo condujo hasta una puerta que golpeó con suavidad.

—¡Adelante! —dijo una voz potente, que Efraín no reconoció.

Karen abrió la puerta para dejar pasar al invitado y la cerró sin entrar. Efraín se encontró solo en un amplio estudio, donde un hombre alto, que se apoyaba en un bastón le daba la espalda, mientras contemplaba el jardín, a través de un ventanal.

—¿Es usted el señor Del Valle? —preguntó Efraín, para llenar el silencio—. Gracias por sacarme de la cárcel... pero no comprendo... debe haber un error... yo no lo conozco...

—No hay ningún error, amigo mío —respondió Álvaro, girando sobre el bastón para mirar a Efraín de frente—. No sabes cuánto deseaba este reencuentro.

Ante la expresión de estupefacción de Efraín, Álvaro sonrió.

—Será mejor que te sientes, Efraín, tengo mucho que explicarte.

Al cabo de varias horas, dos cafés, una copa de brandi y muchas respuestas acerca de hechos que solo Samuel podía conocer, Efraín por fin aceptó la verdad. El joven sintió que los ojos se le llenaban de lágrimas y se le hacía un nudo en la garganta. Incapaz de hablar, se plantó frente a Álvaro con los brazos abiertos dispuesto a abrazarlo. Su amigo se puso de pie con dificultad y respondió al abrazo, también con lágrimas en los ojos. Se mantuvieron así por un rato, sin poder creer que volvían a encontrarse y que ahora ambos eran hombres libres.

—¿Cómo es posible? —preguntó Efraín, aún sin poder creerlo.

—Yo tampoco lo sé —admitió Álvaro—. El último recuerdo que tengo como Samuel Andara es el dolor de las puñaladas que recibí. Luego desperté en la UCI sin poder recordar nada. Poco a poco fue retornando mi memoria, pero mi rostro y mi cuerpo eran los de otro hombre. Los que me rodeaban eran desconocidos para mí y me llamaban Álvaro. Luego pude averiguar que ambos, Álvaro y yo nacimos el mismo día, a la misma hora y que ambos fallecimos también al mismo tiempo, solo que Álvaro despertó cuando ya lo daban por muerto. Aunque la realidad fue que el cuerpo era el de Álvaro, pero la conciencia o tal vez el alma, era la mía. Es todo lo que sé.

—Es escalofriante, pero por otro lado estás vivo, joder, ¡estás vivo! —repitió Efraín, sucumbiendo a un ataque de euforia.

Samuel sonrió, comprendiendo lo difícil que debía ser para su amigo entender su situación. Él mismo no terminaba de encajarlo.

—Me alegra verte de una pieza, Efraín. Temía que hubieras hecho una tontería.

—Hice muchas —reconoció el joven, sonriendo—, pero no me trincaron.

—Tenemos mucho de qué hablar, amigo —le dijo Álvaro, poniéndole una mano en el hombro—, pero ya habrá tiempo para eso. De momento, debes recordar que mi nombre es Álvaro, Álvaro Del Valle Vandenberg.

—Por mí, ningún problema. Eres el mismo tío legal que conocí en la cárcel. La prueba es que me sacaste de la trena en cuanto pudiste. ¿Qué harás ahora? ¿Irás con tu familia y les explicarás lo que ocurrió? Ellos también te creen muerto.

—No. Nadie debe saber que estoy vivo, amigo. Alguien me tendió una trampa. Debo averiguar quién fue.

—Será como tú digas —aceptó Efraín—. ¿Y este lugar? ¿Es tu casa?

—Es la casa de los Del Valle Vandenberg, el hogar de Álvaro, así que ahora es el mío. Por eso le pedí al abogado que te trajera aquí. No iba a dejarte solo —le dijo Álvaro, sonriendo—. Eres como mi hermano pequeño, un saco de problemas y por eso no puedo perderte de vista.

—¿Piensas seguir protegiéndome? —le preguntó Efraín, sonriendo—. Te advierto que puede resultar un trabajo agotador.

—No, serás tú quien me proteja —Efraín lo miró intrigado—. Te estoy ofreciendo trabajo. Necesito un jefe de seguridad y no se me ocurre nadie mejor.

—¿Jefe de seguridad?

—Ya te lo iré explicando —dijo Álvaro, al mismo tiempo que alguien tocaba la puerta—. ¡Ah! Ya está aquí el doctor. ¡Adelante!

Un hombre de avanzada edad entró con un maletín en la mano. Álvaro dio instrucciones para que condujeran a Efraín a la habitación de huéspedes, donde el médico podría reconocer al joven. Él aguardó en el estudio, mientras el doctor llevaba a cabo su labor. Cuando terminaron, Efraín encontró ropa de su talla en el armario y se vistió. Se miró al espejo. Casi no se reconoció a sí mismo, por lo delgado y demacrado que estaba, pero el traje le sentaba bien. Era la primera vez que usaba un atuendo tan pijo. Sonrió, de repente la vida le parecía llena de oportunidades. Cuando se sintió preparado, salió a la sala para encontrarse con Álvaro y el médico.

—Muy bien, señor Sánchez —le dijo el galeno a Efraín—, no tiene ningún problema de salud. Solo necesita descanso y una buena alimentación. Le recetaré unas vitaminas y en pocas semanas estará como nuevo.

—Gracias doctor —intervino Álvaro—. Seguiremos sus instrucciones.

—Bien —respondió el médico, estrechando la mano de ambos, para despedirse.

—Doctor, un momento, por favor —lo llamó Álvaro, antes que alcanzara la puerta—. ¿Efraín?

—Lo siento —murmuró el chico, sacándose del bolsillo el reloj del médico, bajo la mirada reprobatoria de Álvaro—. Creo que se me enredó en la mano.

El doctor cogió su reloj, más sorprendido que enfadado, se lo puso en la muñeca, suspiró y salió de allí. Efraín miró a Álvaro.

—Lo siento, Sam... Álvaro, yo... No pude evitarlo.

—Lo sé —reconoció su amigo, suavizando la expresión—. Eso es lo que te hace tan especial, compañero.

Efraín agachó la cabeza con vergüenza, mientras Álvaro recordaba lo que Eladio decía acerca de la astucia de Efraín, y se alegró de haberlo llevado a su lado, para que lo ayudara a cumplir sus objetivos.

Madrid 1985 - Fantasmas del pasado.

María terminó de dar de comer a Daniel y lo alzó en brazos para dejarlo en el corral. Luego, lavó los platos de la cena, se secó las manos y volvió a sentarse en la mesa a pensar. Sollozó en silencio, mientras contemplaba al niño que jugaba, ajeno a las desgracias que los amenazaban. Él la miró y sonrió, ella se secó las lágrimas para devolverle la sonrisa. El pequeño volvió a sus juguetes y ella a sus funestas cavilaciones. María solo tenía dieciocho años, pero ya era la cabeza de su pequeña familia desde que nació Daniel, dos años atrás. Trabajaba tiempo completo en un bar, atendiendo a los clientes, pero lo que ganaba, apenas le alcanzaba para pagar el alquiler del piso y la canguro que cuidaba del chiquillo. Cada mes era más difícil de superar que el anterior, por lo que muchas veces, se veía en dificultades para alimentar a su hijo.

Pero de una u otra manera había logrado superar esos años, desde que quedó embarazada y su padre la echó de su casa. Ahora surgía una nueva dificultad: su casero tenía una mejor oferta por el piso y su contrato terminaba en una semana. Si no le pagaba el aumento que le pedía, se veía en la calle con su hijo. Eso podía ocasionar que los Servicios Sociales le quitaran al niño, una posibilidad que la aterraba. María pidió un aumento en su trabajo, pero se lo negaron. Hacía más de tres meses que el casero había hablado con ella. Durante ese tiempo estuvo buscando otro piso más accesible, pero no había conseguido nada. Estaba desesperada, sin saber qué podía hacer. María volvió a mirar hacia el corral donde estaba Daniel, jugando en medio de su mundo de fantasía. La sonrisa volvió a iluminar su rostro. El pequeño era lo más importante en su vida, a pesar de la forma en que había llegado al mundo.

La joven madre no pudo evitar estremecerse con el recuerdo de aquel fatídico día, cuando ella solo tenía quince años… Aquel hombre, se había aprovechado de su inocencia para llevarla a un sitio apartado, donde la había forzado. Él era influyente y le advirtió que si decía algo, ella y su familia lo pagarían caro. María guardó silencio, pues solo era una niña asustada, pero a las pocas semanas comenzó a sentir cambios en su cuerpo. Su madre se dio cuenta de que algo no iba bien y la llevó al médico. Fue cuando descubrió que estaba embarazada. Solo entonces se atrevió a contar lo que le había ocurrido, pero sus padres no le creyeron. En especial, cuando reveló el nombre del violador. Su padre la echó de la casa y desde entonces, no había tenido noticias de su familia. Se vio obligada a salir adelante sola con Daniel, su único consuelo. El niño era inocente. No tenía la culpa de haber nacido en esas circunstancias.

Llamaron a la puerta. Ella sintió que el corazón se le aceleraba. Se preguntó quién sería, porque temía que se tratara de su casero, que la visitara para apremiarla a mudarse. Sintió la tentación de no abrir, pero volvieron a llamar. Comprendió que ignorar los problemas no la ayudaría. Si se trataba del casero, haría valer su derecho a quedarse en el piso una semana más. Se levantó y se acercó a la puerta con pasos inseguros, abrió, y vio a un hombre desconocido. Era alto, de rostro anguloso, vestido con un buen traje y se apoyaba en un elegante bastón con puño de plata labrada. María sospechó que se había equivocado de piso o de barrio.

—¿En qué puedo ayudarle? —preguntó ella, mientras terminaba de secarse las lágrimas.

El desconocido sonrió con amabilidad.

—¿Eres María? ¿María Santacruz?

Ella asintió con miedo. No podía imaginar qué podía querer ese hombre de ella, pero estaba segura de que no sería nada agradable. La idea del

Servicio Social pasó por su cabeza y casi le cierra la puerta en las narices. Él debió intuir algo, porque enseguida le habló.

—Mi nombre es Álvaro Del Valle, y hay un asunto importante que debo tratar contigo, María —le dijo con voz suave—. ¿Puedo pasar?

La joven lo pensó por un momento. No lo conocía, pero por alguna razón que no acertaba a comprender, le inspiraba confianza. Ella asintió y se hizo a un lado, al mismo tiempo que abría más la puerta, para que él pudiera pasar. Luego, le señaló el mejor sillón de la sala. El único que no tenía muelles rotos. Él cruzó la habitación, apoyado en el bastón, cojeando de la pierna derecha, hasta el lugar que ella le había señalado. Cuando se sentó, miró a Daniel que jugaba en su corral. El niño levantó la vista y le sonrió.

—¿Es tu hijo? —preguntó el visitante, al mismo tiempo que contemplaba al chiquillo como si quisiera descifrar algo en sus rasgos. A María le asustó esa excesiva atención sobre el bebé.

—Sí —confirmó ella con reticencia—. ¿Qué desea?

—Ayudarte, María. He venido a ofrecerte trabajo y un hogar para tu hijo y para ti.

—¿De qué habla? —preguntó asustada—. Yo no lo conozco ni usted me conoce a mí. No sé quién es. ¿Por qué querría ayudarme?

—Te equivocas, María. Sí te conozco. Sé todo acerca de ti y también de tu hijo.

—¿Qué es lo que sabe?

—Sé lo que te pasó con el padre del niño y también de quién se trata.

—¿Viene de parte de él? Si es así, puede decirle que no tiene por qué preocuparse. Aunque quisiera acusarlo, nadie me creería. Además, nunca permitiré que se acerque a Daniel. Es mejor que se olvide de nosotros.

—No vengo de parte de nadie, María —aclaró Álvaro—. Como te dije, estoy aquí para ofrecerte trabajo.

—¿Quién es usted? ¿Por qué querría ofrecerme un empleo a mí? No sé hacer nada especial. Solo soy una campesina ignorante que trabaja como camarera en un bar.

—No deberías menospreciarte así —argumentó el visitante—, pero no voy a engañarte. Mi interés por ti nace de lo que te pasó aquella noche y tu relación con el padre de Daniel.

María se levantó, desconfiada y asustada, señalándole la puerta.

—¡Salga de mi casa! No sé qué interés tiene usted en mi hijo o en mí, pero no quiero tener nada que ver con ninguna persona relacionada con ese cabrón, aunque sea el padre de mi hijo.

—Calma, María —le pidió él, al mismo tiempo que se levantaba—. No quiero haceros daño. Al contrario, mi intención es ayudaros.

—¿Por qué?

—Para reparar una injusticia, y porque el hombre que arruinó tu vida hizo lo mismo con alguien muy importante para mí. Ya lo ves —dijo él, sonriendo con tristeza—, no nos conocemos, pero tenemos un enemigo en común.

Ella sintió curiosidad, y le pidió que se explicara, él se sentó de nuevo y ella lo imitó. Fue cuando le contó la historia de Samuel, de cómo arruinaron su vida cuando lo acusaron de un crimen del que era inocente y cómo murió asesinado en la cárcel. Le dijo que Samuel era un amigo muy cercano, casi un hermano. Álvaro comprendió que ella todavía no lo conocía lo suficiente como para confiar en él. Si le contaba la verdad, lo echaría de su casa, creyendo que estaba loco. Ya habría tiempo de explicarle los detalles, que él mismo no tenía claros.

Cuando la joven comprendió el motivo de su visita, sintió que sus ruegos habían sido escuchados. Lloró de alivio, porque supo de inmediato que ni ella ni su hijo iban a quedar en la calle.

M.J. Fernández

Madrid 1985 - Planes.

Sentado en el salón de su chalé, Álvaro terminó de leer los informes acerca de los hombres que le habían destruido la vida. Comprendió que todavía no era lo bastante fuerte para enfrentarlos. Efraín ocupaba el asiento frente a él y esperaba instrucciones, pero Álvaro todavía no las tenía. Necesitaba pensar. Su vida quedó arruinada cuando solo era un chico porque no fue cuidadoso, y como consecuencia había aprendido bien la lección. Todavía era joven, tenía solo veintitrés años, pero después de su paso por la cárcel había vivido más que muchos ancianos. Aprendió a sobrevivir siendo prudente, en especial, cuando se trataba de ese tipo de hijos de puta.

—Son unos cabrones —intervino Efraín, sin poder contenerse—, los tres se beneficiaron de tu desgracia. ¿Qué hacemos?

—Nada.

—¿Nada? —preguntó Efraín, sorprendido—. ¿Vas a dejarlo así? Álvaro, acabo de demostrarte que ellos se confabularon en tu contra. Conspiraron para hundirte. Te jodieron la vida. ¿Y tú no piensas hacer nada?

—No dije que no pienso hacer nada —aclaró Álvaro—, solo que ahora no es el momento. Llama a Julián, dile que lo prepare todo... Nos mudamos.

—¿Nos mudamos? ¿A dónde?

—A Viena. Nos iremos a vivir allí. Es una buena ciudad para que el chico crezca.

—¿El chico? ¿Lo haces por el chico? Te recuerdo que no es tu hijo.

—Lo hago por el chico, por María, por ti y por mí —respondió Álvaro— Creo que un tiempo lejos de España nos beneficiará a todos.

—¿Y qué haremos en ese tiempo?

—También crecer —respondió Álvaro—. Y prepararnos para nuestro momento.

Efraín salió del salón un poco decepcionado. Algunas veces le parecía que Álvaro era demasiado prudente. Él no veía la necesidad de esperar. Cuando se quedó solo, Álvaro se levantó para asomarse a la ventana y miró a través de ella sin ver, centrado en sus pensamientos. Sabía que Efraín quería actuar, pero los tres hombres sobre los que debían hacerlo disponían de riquezas y poder. Con esos recursos habían sellado su desgracia la primera vez y si intentaba acusarlos ahora, podían librarse de su castigo con facilidad. Además de que los pondría sobre aviso. Álvaro sabía que debía prepararse mejor, fortalecerse, informarse, esperar el momento en que sus enemigos estuvieran confiados y fueran vulnerables.

El informe de Efraín lo había impactado. Ahora comprendía el motivo de las declaraciones de Nadal que lo hundieron, así como la razón de que el juez Flores estuviera parcializado en su contra. Ambos habían recibido sobornos de los Valladares, para que lo declararan culpable. No le tomó por sorpresa. Ya suponía algo así. Sin embargo, lo invadió un fuerte resentimiento. No se había tratado de un error, sino de un plan orquestado para incriminarlo.

Comprendió muchas cosas que habían ocurrido y que yacían en el fondo de sus recuerdos. Mario Valladares. Él apenas lo había conocido de vista. Estudiaban en el mismo instituto, pero vivían en mundos diferentes. Mario era un niño pijo que consideraba que el mundo había sido creado para su diversión, y el resto de las personas para su servicio. Samuel tenía otra perspectiva de la vida. Recordó que Ana estuvo un tiempo saliendo con Valladares, justo antes de iniciar la relación con él. Entonces, todo encajó en su sitio. Mario era el padre del niño que Ana esperaba. También fue su asesino. Álvaro cerró los ojos. Las circunstancias lo habían convertido en el chivo expiatorio perfecto y el dinero de los Valladares remató la faena. Él terminó en la cárcel por un crimen que no había cometido, mientras Mario Valladares siguió adelante con su vida, como si nada hubiera pasado. Pero eso no era lo peor...

De lo que leyó en el informe, lo que más le dolió fue saber que Irma, su propia hermana, se había casado con Mario el año anterior y estaba embarazada. Pensar en su hermana como la mujer de ese asesino sin escrúpulos, le puso la piel de gallina. Pero sobre eso no podía hacer nada.

Álvaro subió a su habitación para recostarse. Le dolía la pierna. Siempre le dolía. Sobre todo, en los días fríos y cuando pasaba mucho tiempo sin descansar. No le importaba, porque estaba vivo. Además, el dolor era un recordatorio constante de la deuda que la Justicia tenía con él. Echado sobre la cama, cerró los ojos, recordó los interminables días en la cárcel, la lucha constante por la supervivencia, los matones de la banda de El Víbora acercándose a él en el patio, las puñaladas, el dolor, la oscuridad. Nunca hubiera creído que podría sobrevivir a eso. En realidad, no lo hizo. Samuel Andara estaba muerto y yacía en una oscura y fría tumba. Él ocupaba otro cuerpo, uno que no le pertenecía. De algún modo usurpó la vida de otro hombre, y no sabía cómo sentirse acerca de su situación. Cuando pensaba en ello, sentía escalofríos. ¿Quién era él en realidad? ¿Samuel Andara o Álvaro Del Valle? Responder esa pregunta implicaría definir qué determinaba la identidad de un hombre, ¿su cuerpo físico, sus genes, sus huellas dactilares o su personalidad, sus recuerdos, su conciencia? Para la Ley, él era Álvaro Del Valle. Para su yo interior era Samuel Andara, ocupando el cuerpo de un hombre al que la muerte había alcanzado demasiado temprano. Quizá, antes de tiempo.

Necesitaba hacerse a la idea, reconocer el cuerpo de Álvaro Del Valle como propio y aceptar su situación. También sabía que debía incrementar su capital, su poder. Se enfrentaba a tres hombres poderosos, sin escrúpulos. Si quería tener una oportunidad de éxito, tendría que disponer de una red de información. Tenía algunas ideas acerca de cómo conseguir sus objetivos, pero necesitaría tiempo. Además, estaba seguro de que la distancia le permitiría una mejor perspectiva. Estaba decidido. Se marcharían a Viena. El primer paso de su plan era modelar al nuevo Álvaro Del Valle Vandenberg.

Aunque Efraín no lo comprendía todavía, Álvaro tenía un plan. Su amigo se había convertido en un valioso aliado. Ahora era su jefe de seguridad y a su vez contrató a dos de sus antiguos compañeros de la prisión como chófer y ayudante de Álvaro, Pablo y Juan, respectivamente. Ambos eran hombres duros, pero Efraín sabía que serían leales a su jefe. Fue Efraín quien después de echar mano de sus contactos en las calles, encontró a María, otra víctima de uno de esos cabrones. Álvaro comprendió que debía ayudar a la joven, y darle la oportunidad de que ella y su hijo recibieran la Justicia que también les habían negado. Por eso asumió la responsabilidad de protegerlos. María le había confesado que se sentía feliz, porque él le permitiría terminar sus estudios y prepararse, para poder convertirse en su secretaria y persona de confianza. Álvaro también le había garantizado que Daniel recibiría la mejor educación posible. Ese pequeño grupo conformaba su gente de confianza, su familia. Eran los únicos que sabían su verdadero nombre y conocían su historia.

El patrimonio que le dejó el padre del verdadero Álvaro era caudaloso, pero si quería enfrentarse a aquellos tres individuos en su propio terreno, debía hacerlo crecer y convertirlo en un emporio que despertara su avaricia, hasta el extremo de empujarlos a cometer errores. Ya había hablado sobre eso con Julián, así que estaban tramitando la compra de una empresa de desarrollo tecnológico en Alemania. En pocos días, Álvaro sería su principal accionista. Ahora se veía en la necesidad de convertirse en un hombre de negocios, pero en el fondo seguía siendo un músico, un artista. Por eso escogió Viena para fijar su residencia y el lugar donde crecería Daniel, a quien comenzaba a querer como a un hijo.

M.J. Fernández

Viena 2005 - Veinte años después.

Álvaro le dio la mano a María cuando ella bajó las escaleras. Estaba preciosa. Nadie que la hubiera visto en ese momento sería capaz de adivinar que había nacido en un humilde caserío ni que su padre era labrador. La felicidad que la embargaba iluminaba su rostro y se veía radiante. El aroma floral suave de su perfume inundó el vestíbulo y se adueñó del espacio. Cuando Efraín la vio, sus esperanzas se desvanecieron. ¿Qué oportunidad podía tener él, que solo era un truhan? Ahora vestía un traje muy caro, y ostentaba el poder de manejar un pequeño ejército, que se ocupaba de la seguridad del imperio económico de Álvaro, pero en el fondo seguía siendo el mismo pillo de siempre. María, en cambio, esa jovencita que apenas sabía escribir cuando Álvaro la rescató de la miseria, veinte años atrás, ahora era una dama de exquisitos gustos y modales. Efraín se sentía intimidado en su presencia, aunque ella siempre lo trataba con afecto y consideración. Sería más lógico que María se sintiera atraída por Álvaro, que era un hombre culto.

En una ocasión, Efraín se atrevió a preguntarle a su amigo si sentía algo por María. Álvaro le respondió que la quería mucho, pero la veía como a una hermana pequeña, del mismo modo que para él, Daniel era como un sobrino. Efraín se sintió aliviado cuando comprobó que su mejor amigo no era un rival, pero aun así se cohibía cuando se acercaba a ella. María había sufrido mucho por culpa del tío que la forzó, el padre de Daniel, así que no confiaba en ningún hombre con excepción de Álvaro, a quien consideraba su protector.

Daniel, de pie junto a Efraín, sonrió a su madre. Ella se le acercó para arreglarle la corbata.

—Será mejor que os vayáis —le dijo Álvaro a Efraín y Daniel—. No es de buen gusto que el concertista llegue tarde.

—Claro —respondió el joven.

María abrazó a su hijo y le deseó suerte. A Daniel le temblaban las manos. Por lo visto, los ejercicios de relajación que le había enseñado Álvaro no eran suficientes para librarlo del miedo escénico. Su tutor le sonrió para calmarlo. Por el recuerdo de su propia experiencia, sabía bien cómo se sentía.

—Tranquilo, que estás bien preparado. Lo harás bien.

—Vamos, Mozart —le dijo Efraín, burlón.

Álvaro los observó, mientras salían. La vida era irónica. Cuando decidió establecer su residencia principal en Viena, Julián había encontrado una casa ideal para sus necesidades. Era espaciosa, de manera que permitía que María y Daniel vivieran en ella y conservaran su intimidad. Efraín ocupaba un anexo con entrada independiente. Álvaro, por supuesto, disponía de todas las comodidades, y su primera orden fue que le llevaran un piano. Al principio sentía los dedos torpes, poco entrenados, pero aun así, la música surgió con todos los sentimientos que atesoraba. Cuando lo escucharon, sus amigos se maravillaron con su ejecución, pero la reacción más sorprendente fue la de Daniel, que había quedado hipnotizado.

Desde que tenía tres años, el chiquillo había manifestado un enorme interés por la música. Cuando Álvaro lo sentó frente al piano para enseñarle alguna melodía sencilla, se dio cuenta de que el chaval tenía el talento del que carecía su padre. Álvaro habló con María y después de recibir su permiso, contrató al mejor maestro de piano de la ciudad. Luego, él mismo completaba las lecciones para ayudar al chico. El resultado no se hizo esperar, Daniel tocaba como los ángeles, así que ese día, a sus veintidós años, daría su concierto más importante como solista. Cuando vio salir a su hijo acompañado por Efraín, María miró a Álvaro con gratitud. Sabía que las vidas de Daniel y la suya habrían transcurrido en medio de dificultades, si no hubiera contado con la ayuda del hombre que se presentaba como su jefe, pero que para ella era más que un amigo, un hermano, un ángel guardián.

—Vamos —decidió Álvaro—. Nosotros tampoco debemos llegar tarde.

Llegaron a la sala de conciertos en la limosina. María salió del coche y se apoyó en el brazo de Álvaro. Ella lo acompañaba con frecuencia en recepciones y fiestas. Él era un hombre muy prudente en sus relaciones. La experiencia con Ana lo había dejado marcado, por lo que le resultaba muy difícil confiar en las mujeres. Consciente de que la mayoría de las que se le acercaban lo hacían atraídas por su dinero, se había vuelto muy reservado y precavido. Durante esos años solo mantuvo una relación con una chica austriaca, Martha, pero él pasaba demasiado tiempo viajando, ocupándose de los negocios y ella no soportó ese estilo de vida. Tampoco le gustaba la familiaridad que había entre él y sus empleados más cercanos. Quería que los alejara, que los tratara como extraños. No llegó a comprender que esos «empleados» eran su única familia. La relación soportó dos años. Luego decidieron separarse, aunque lo hicieron en buenos términos. Después de esa experiencia, él se hizo todavía más cauto. Además, debía concentrarse en su objetivo, que nunca había perdido de vista: Los hombres que habían fraguado su desgracia.

Tanto Efraín como Julián lo mantenían informado de las novedades y actividades en torno a sus tres enemigos. Le presentaban un informe cada tres meses. Julián lo ponía al día acerca de los negocios e información de dominio público. Efraín le daba otro tipo de noticias, quizá más útiles, acerca de sus vidas privadas y negocios poco claros. Álvaro sabía cuándo le daba gripe a cada uno de ellos. De ese modo se enteró que Mario era infiel y que mantenía relaciones con cualquier mujer que le diera oportunidad. También supo que su hermana había tenido otro hijo con él: Samuel, que ahora tenía seis años. El nombre de su pequeño sobrino le causó una tormenta de emociones, que a duras penas consiguió mantener reprimidas. Era evidente que su hermana había querido hacerle un homenaje al llamar Samuel a su hijo. Eso lo conmovió. Él no le guardaba rencor a Irma, pues ella solo era una niña cuando todo pasó, pero no podía olvidar que era la mujer de su peor enemigo, del hombre que había movido los hilos para destruirlo, del asesino de Ana, el responsable de que él viviera en el cuerpo de otro hombre, que estuviera lisiado de por vida y que el dolor lo acompañara cada minuto de su existencia.

Álvaro y María ocuparon el palco que él tenía reservado. Ese era con toda probabilidad el momento más feliz de la vida de María, que no pudo evitar que una lágrima se asomara a sus ojos. Álvaro comprendía muy bien lo que sentía. Él también estaba orgulloso del chico, aunque no fuera su hijo, aunque lo fuera del cabrón de Nadal. También era el hijo de María y una víctima de su propio padre, como él mismo. Álvaro hizo del futuro del chaval su apuesta personal, como una reivindicación de la crueldad de Nadal. Daniel saludó al público, como veinticinco años atrás lo hiciera Samuel, se sentó frente al piano y comenzó su concierto. Tal vez le faltaba un poco de la entrega que su mentor ponía en la interpretación, pero la ejecución tenía una técnica perfecta y sabía transmitir lo que sentía. Mientras duró el concierto, María tuvo que enjugarse las lágrimas en más de una oportunidad. Cuando terminó, el público lo aplaudió con entusiasmo. Álvaro se sintió orgulloso. En ese momento, no pudo evitar recordar aquel chico que había sido él mismo, y que había muerto como consecuencia de las puñaladas asestadas por un grupo de matones.

Después del concierto, Del Valle invitó a Daniel, a María y a Efraín, a una celebración en un restaurante. Cuando terminó la cena, les comunicó algo que ninguno esperaba.

—Quiero deciros que llegó el momento de regresar a España.

—¿Quieres decir...? —preguntó Efraín, sorprendido—. Creí que ya lo habías olvidado. Que para ti era suficiente con los informes.

—No, Efraín. Solo esperaba que llegara el momento apropiado —Entonces, miró a su secretaria—. María, Daniel y tú tenéis derecho a decidir qué queréis hacer. Si preferís quedaros aquí y continuar con vuestras vidas, mantendré abierta la casa y os proporcionaré los medios para que no haya cambios en vuestro estilo de vida.

—No, Álvaro —respondió ella mirando a Daniel, quien asintió—. Te seguiremos donde tú vayas y te apoyaremos en lo que hagas.

—Puede ser difícil para vosotros —les advirtió Álvaro—. Si venís, tendréis que ver a Nadal.

—Creo que nosotros también necesitamos enfrentar nuestro pasado —argumentó María con valor. Daniel volvió a asentir. El chico sabía todo acerca de su origen.

—¿Estás de acuerdo, Daniel?

—Ese cabrón también tiene una deuda con nosotros, Álvaro. Yo también quiero tener la oportunidad de verlo a la cara, y que él me vea a mí.

—¿Y tú, Efraín? —le preguntó Álvaro—. Tampoco estás obligado a venir.

—¿Estás de coña? Llevo esperando este momento desde hace veinte años. No me lo perdería por nada.

—Muy bien, entonces comenzaremos los preparativos. Ya Julián ubicó una casa apropiada, así que en menos de tres meses, estaremos viviendo en Madrid.

M.J. Fernández

Madrid 2005 - Presentaciones.

Mario estaba sentado en su despacho en el Banco, cuando su secretaria le anunció que había un caballero que deseaba hablar con él. Se sorprendió, porque estaba seguro de que no tenía ninguna cita programada para esa mañana. Iba a estar ocupado revisando los balances y su secretaria tenía claro que él no recibía a nadie sin cita. Se enfureció. Aunque había aprendido a disimular su mal carácter cuando le convenía, eso no incluía a los que estaban por debajo de él en jerarquía. Reservaba sus buenos modales para quienes valían la pena: los clientes importantes y las mujeres a las que quería llevar a la cama, con excepción de la suya, que ya no le importaba.

Su hijo menor era la prueba fehaciente del último encuentro carnal que hubo entre ellos. Y el chaval ya tenía seis años. Irma ya había expresado su deseo de divorciarse en más de una oportunidad, pero Mario rechazaba esa posibilidad. No le convenía a su imagen. La mayoría de sus clientes prefería que su banquero fuera un hombre de hábitos familiares y no un juerguista. Para evitar que su mujer lo abandonara, él la amenazaba con quitarle a sus hijos, para enviarlos a algún internado fuera de España, donde no volvería a verlos. Irma sabía que él tenía el poder para cumplir su amenaza.

Mario despreciaba a su mujer y nunca se habría acercado a ella por iniciativa propia, pero no tuvo otra opción. Decidió cortejarla y casarse con ella, siguiendo el consejo de su padre. Siempre existía el riesgo de que un imprevisto reabriera el caso del asesinato de Ana Roldán. Mantenerse cerca de la hermana de Samuel Andara le permitiría enterarse y reaccionar a tiempo, si surgía alguna duda sobre la investigación o el juicio. No estaba seguro de que hubiera valido la pena. Además, no se pudo librar de que Irma metiera en su casa a su suegra, con la excusa de que Martina estaba muy sola y que podía ayudar con la crianza de los nietos. Mario dejó claro desde el principio que aceptaría a la vieja, pero que no toleraría que interviniera en los asuntos de la familia, además de que tendría que dormir en un pequeño cuarto adjunto al área de servicio, porque la habitación de huéspedes debía quedar siempre disponible. Irma protestó, pero la propia Martina convenció a su hija de que no le importaba, siempre que pudiera mantenerse cerca de ella.

En la medida que pasaron los años y las probabilidades de una reapertura del caso fueron más lejanas, Mario comenzó a ver a Irma cada vez más como un estorbo. En especial, después de la muerte del cretino de Andara. Después de todo, su sacrificio contrayendo matrimonio con una mujer que él consideraba inferior no habría sido necesario. Por muy buenos modales que tuviera Irma, él se movía en un ambiente en el cual ella no terminaba de encajar. En la imaginación de Mario, su mujer era el motivo de que fuera el hazmerreír de sus colegas. El ilustre accionista mayor de uno de los bancos más importantes de España, casado con una «don nadie». Mario se sentía frustrado por su matrimonio, aunque en público lo disimulaba.

La secretaria entró con cierto temor. Ya había sufrido el mal carácter de su jefe en más de una oportunidad. Mario la miró con resentimiento.

—¿No le he dicho que cancele todas mis citas de hoy?

—Lo hice, don Mario. El señor que desea hablar con usted no tiene cita.

—¿Y usted no sabe que yo no recibo a nadie sin cita?

—Sí, don Mario, pero se trata de don Julián Ferrer.

—¿Y quién coño es ese? No conozco a nadie con ese nombre.

—De eso se trata, señor —respondió la mujer, temerosa de haber tomado una decisión equivocada—, es el representante legal de las empresas *"Torba Technologies"*.

—¿La multinacional alemana?

—Sí señor, por eso creí que era importante…

—¿Y qué está esperando, imbécil? —gritó Mario—. ¡Hágalo pasar de inmediato!

—Sí, señor —respondió la confundida mujer.

La secretaria salió, pensando que su jefe podía ser el presidente del Banco, pero era un capullo. Hizo pasar al abogado, que esperaba en la antesala. Mario se levantó de su asiento y se acercó a la puerta con la mano extendida, al mismo tiempo que exhibía su mejor sonrisa. Julián Ferrer era un hombre que rondaba los cincuenta y cinco años, de porte seguro y elegante. A Mario no se le escapó que el traje que llevaba era de buen corte, hecho a la medida ni que el reloj que lucía en su muñeca era un reloj de oro. Si este era el representante, cómo sería el principal accionista. Ese era el nivel en el que a él le gustaba relacionarse, la clase de gente con la que se sentía a gusto. Hizo sentar a su visitante, y se esforzó en causar una buena impresión. Tarea imposible, teniendo en cuenta que antes de acudir a aquella reunión, ya Julián conocía toda la historia de Mario y los crímenes de su juventud, sin contar con la información que Efraín le había proporcionado, acerca del lado más oscuro del banquero. Julián se sentía asqueado con el hombre que tenía enfrente, pero sabía lo importante que era para los planes de Álvaro, que él no dejara ver sus verdaderos sentimientos.

—Es un placer tenerlo aquí, señor Ferrer —le dijo Valladares en tono adulador—. ¿Puedo ofrecerle algo?

—No, gracias —respondió Julián—. En realidad, no deseo quitarle mucho tiempo y le agradezco que me recibiera sin una cita.

—Por favor, usted no necesita una cita. ¿Puedo serle útil en algo?

—Creo que sí. Vengo en representación de mi jefe, don Álvaro Del Valle Vandenberg —le informó Julián, regodeándose en el nombre completo de su representado—. Él es el accionista principal de las empresas «*Torba Technologies*». Tal vez las haya oído mencionar.

—Desde luego. Aunque hasta ahora no conocía el nombre de su principal accionista. Y siempre creí…

—¿Qué era un alemán? —Se le adelantó Julián—. Es un error frecuente, dado que la sede principal de la empresa está en Alemania, pero no, don Álvaro es español, aunque hace muchos años que vive fuera de España.

—Debe ser alguien muy interesante.

—Lo es —confirmó Julián—, pero solo es una forma de hablar cuando se afirma que es el principal accionista de la empresa, teniendo en cuenta que posee el ochenta y cinco por ciento de las acciones —Los ojos de Mario reflejaron interés—. El quince por ciento restante lo compartimos sus empleados más fieles, gracias a su generosidad.

—Un hombre extraordinario.

—No lo sabe usted bien —refrendó Julián, satisfecho por haber cumplido la misión que Álvaro le había encomendado. Ya la semilla de la avaricia estaba sembrada.

—¿Y puedo serle útil de alguna forma a usted o al señor Del Valle?

—Espero que sí. Don Álvaro, que durante los últimos años fijó su residencia en Viena, ha decidido regresar a sus raíces y mudarse a España, pero eso implica trasladar una importante parte de sus bienes a este país, además de contar con un Banco de confianza, que le garantice el manejo de su liquidez, al nivel que está acostumbrado.

—Desde luego, estoy seguro de que nosotros podremos satisfacer las necesidades del señor Del Valle. Nos sentiríamos honrados de tenerlo como cliente.

—Me alegra saberlo, porque necesito llevar a cabo una transferencia, al menos para lo más esencial.

—Por supuesto, yo mismo realizaré todos los trámites. ¿De cuánto dinero estamos hablando? —preguntó Mario.

—Para empezar, será suficiente con cuarenta millones de euros.

Mario tuvo que hacer un esfuerzo para que no se le cayera el bolígrafo que sostenía en la mano. A duras penas disimuló su sorpresa. Julián sonrió para sus adentros. Comenzaba a disfrutar la parodia.

—¿Para empezar?

—Sí —confirmó Julián con indiferencia—. ¿Está su Banco en capacidad de cubrir las necesidades de mi cliente?

—Desde luego —afirmó Mario, que a pesar de haberse considerado siempre un hombre rico, comprendió que el tal Álvaro Del Valle podía llevarlo a un nivel que no imaginaba alcanzar—. Me gustaría mucho conocer al señor Del Valle.

—Estoy seguro de que lo conocerá pronto. En este momento me encuentro terminando los preparativos para su mudanza, la remodelación de la casa que compró en la Sierra, en las afueras de Madrid, está casi terminada. Es probable que el próximo mes se establezca en España.

—¿Puedo preguntarle dónde piensa vivir? —Quiso saber Mario, con tono solícito —. Solo por si me fuera posible ayudar en algo.

—En Valle del Bosque Negro, el exclusivo barrio que se encuentra junto al bosque del mismo nombre. ¿Lo conoce?

—Desde luego, yo vivo allí.

—Entonces, serán vecinos. Creo que a don Álvaro le complacerá saber que conocerá a alguien en su nuevo barrio.

—Será un honor presentarlo a nuestro exclusivo círculo de amigos, si él está de acuerdo —Se ofreció Mario, como si lo conociera de toda la vida.

Julián sonrió. Aquello estaba resultando más fácil de lo que esperaba. Estaba claro que Álvaro había estudiado bien la personalidad de su Némesis.

—Se lo comunicaré —le prometió Julián complacido, al mismo tiempo que se levantaba del asiento y se acomodaba las solapas de la chaqueta del traje—. Estoy seguro de que valorará mucho su ayuda.

—¿Me permite hacerle una pregunta? —Ferrer asintió—. No he sabido de ninguna casa en venta en la zona. ¿Cuál compró?

—La vieja mansión de los marqueses de Oria y el bosque circundante.

Mario no pudo evitar la expresión de sorpresa. Aquella mansión era casi un palacio y el bosque que la circundaba tenía más de veinte hectáreas. Llevaba cerrada más de treinta años, pero su precio y los costos de inversión para hacerla habitable eran tan exorbitantes, que hasta ahora no había tenido comprador. Los habitantes del barrio se acostumbraron a visitar el bosque sin restricciones. Ahora tenía dueño, uno que era rico en extremo y que si él manejaba bien sus cartas, podía llevarlo a su nivel. Necesitaba cultivar una amistad con ese hombre, para hacerse imprescindible en el manejo de sus negocios. Ese era su día de suerte.

◊

Un mes después, Álvaro bajó del lujoso coche, una vez que Pablo, su chófer, le abrió la puerta. Del Valle sostuvo la mano de María para ayudarla a salir. Ella le agradeció el gesto y caminó a su lado, mientras ambos subían las escalinatas que daban a la puerta principal. Julián había hecho un buen trabajo supervisando la remodelación de la casa y el arreglo del jardín. Se trataba de una construcción enorme con un ala principal y un alerón a cada lado. Álvaro sonrió, satisfecho por la eficiencia de su abogado y amigo. No esperaba menos de él.

Efraín ya había entrado con Juan para revisar el interior de la mansión. La seguridad de Álvaro era su responsabilidad personal y se la tomaba muy en serio. Efraín venía de salida cuando se cruzó con su amigo. Entonces, sonrió y le palmeó en el pecho con el dorso de la mano.

—Si lo que quieres es dejarlos fríos, te aseguro que el éxito está garantizado —afirmó el jefe de seguridad con una sonrisa.

—Prudencia, Efraín. Las paredes tienen oídos —lo reprendió Álvaro, quien no quería que sus intenciones quedaran al descubierto.

Efraín se rio entre dientes ante las precauciones de su amigo y salió al jardín, para organizar la seguridad del perímetro. Ya había un pequeño contingente de hombres esperando instrucciones en la entrada del terreno.

Daniel se reunió con su tutor y su madre.

—Joder, Álvaro. Y yo que creía que la casa de Viena era lujosa, pero esto es otro nivel.

—La casa de Viena era nuestro hogar —le explicó Álvaro, sin dejar de avanzar—. Solo debía ser cómoda y agradable. Esta, en cambio, tiene otro objetivo.

—Pues estoy de acuerdo con Efraín. El éxito está garantizado.

Entraron. El amplio vestíbulo de techo elevado se abría a dos escaleras de madera, que daban acceso al segundo piso. La luz entraba a raudales por los amplios ventanales y se reflejaba en el mármol que cubría el suelo, y en las obras de reconocidos artistas que lo adornaban. El salón olía a aceite para pulir madera, a pino y a rosas recién cortadas. El techo era tan alto que funcionaba como una bóveda, amplificando cada paso y cada suspiro. Los muebles, cuadros y jarrones valían una pequeña fortuna. Julián había captado sus órdenes a la perfección. Mario y sus cómplices debían quedar lo bastante impresionados, para que su buen juicio resultara aturdido por la avaricia. Álvaro recorrió la casa y tuvo que confesarse a sí mismo que no le gustaba, al menos, no como hogar. La encontró fría y sin alma. Él era un hombre de gustos simples, pero para alguien como Mario, esa sería la casa de sus sueños. Sin embargo, Álvaro no la quería como un hogar, sino como el escenario donde se iba a desarrollar la pequeña obra de teatro, cuyo guion había escrito para sus enemigos y para sí mismo.

—Álvaro, es… —trató de definir María—. No lo sé… Es…

—Excesiva —concluyó Del Valle, María asintió—. A mí tampoco me gusta para vivir, María, pero es necesario que sea así para el papel que tendremos que desempeñar.

—Lo comprendo. Tienes razón.

Álvaro le levantó la barbilla con dulzura

—¿Estás segura de que te sientes bien al continuar con esto? No quiero que te veas forzada a hacer algo que no desees. Si en cualquier momento decides dejarlo, solo dímelo y te enviaré con Daniel al lugar que tú quieras.

—Quiero hacer esto, Álvaro —confirmó María, sin dudarlo—, quiero hacerlo por ti, pero también por Daniel y por mí misma.

—De acuerdo.

Un ladrido los interrumpió, ambos sonrieron y Álvaro miró hacia abajo. Un hermoso labrador color canela lo contemplaba moviendo la cola, en busca de atención. Álvaro le acarició la cabeza y el cuello. Daniel y María se lo habían regalado hacía un par de años, en su cumpleaños. Desde entonces, el cachorro no se separaba de su amo. A Álvaro le gustaba su compañía, porque además de sus amigos más cercanos, era el único al que no le importaba su dinero.

—Parece que te gusta tu nuevo hogar, Zeus —le dijo, al mismo tiempo que lo acariciaba.

—Si es por espacio, aquí tiene de sobra —comentó María.

El perro se dio por satisfecho con la caricia y comenzó a explorar su nuevo territorio. Daniel ya había recorrido la casa y regresó a la sala, sonriendo.

—¿Sabéis que hay un salón de música y dos pianos?

—Sí —confirmó Álvaro—, como había espacio, hice que trajeran dos pianos. Así podremos practicar a cuatro manos.

—Eso no me lo pierdo por nada —dijo María, sin disimular su orgullo.

—Joder, piensas en todo —comentó Daniel—. ¿Y qué hay de mis estudios de música?

—Es un detalle que quiero discutir con vosotros —les advirtió Del Valle. Se interrumpió con un pequeño gesto de dolor. La pierna comenzaba a molestarle—. Vamos a sentarnos.

Se encaminaron al salón. Era amplio y lo rodeaban ventanales que daban al jardín. Los muebles se encontraban frente a una chimenea de piedra, y una alfombra tejida a mano le proporcionaba calidez al enorme espacio. La mesa de centro estaba adornada con un jarrón de rosas naturales, cuyo aroma los rodeó, en cuanto se sentaron.

—Verás, Daniel: existen dos posibilidades con respecto a tus estudios de música.

—¿Cuáles son las opciones?

—Después de revisar una larga lista, quedaron dos escuelas a las que puedes asistir. La primera es la de mayor prestigio y por buenos motivos, porque tiene los mejores maestros. Su director deja bastante que desear, pero solo es una figura decorativa. En realidad, quien lleva las riendas de la institución es el jefe de estudios: Edgardo Fuentes. Fue mi antiguo profesor de piano.

—Se oye bien.

—La segunda escuela queda un poco más cerca y es buena, pero no llega a tener el nivel al que estás acostumbrado, aunque sin duda, allí podrías seguir mejorando tu técnica con mi ayuda.

—Es evidente que la primera es mejor.

—Tiene un problema que deberás considerar —advirtió Álvaro.

—¿Cuál es el problema?

—El director de la primera escuela es Francisco Nadal, tu padre.

Daniel se echó hacia atrás en el asiento, como si le hubieran dado un bofetón. Entonces, comprendió el apuro de Álvaro, que no quería ponerlo en una situación comprometida que lo hiciera sentirse incómodo.

—No tengo que pensarlo, Álvaro —respondió Daniel con decisión—. Iré a la primera.

—¿Estás seguro?

—Muy seguro —confirmó el joven—. Ese impresentable casi arruina la vida de mi madre y la mía.   No voy a permitir que limite mi educación. Si alguien tiene que dejar esa escuela, que sea él.

Álvaro se relajó. Habían hecho un buen trabajo con la educación del chico. Tenía valor para enfrentarse a sus fantasmas. María había escuchado la conversación en silencio.

—¿Qué opinas tú, María? —Quiso saber Álvaro.

—Apoyaré y respetaré cualquier decisión que tome Daniel, pero debo advertirte, hijo, que no será fácil.

—Lo sé, pero es lo que debo hacer.

M.J. Fernández

Madrid 2005 - Preparativos.

Irma se peinaba, sentada frente al espejo de su cómoda, al mismo tiempo que Mario salía de la ducha y se ponía el pijama. Hacía mucho tiempo que eran matrimonio solo en apariencia. En la intimidad, aunque dormían juntos ni siquiera se dirigían la palabra, a menos que no tuvieran alternativa. Irma sabía que él llevaba a su cama a cuanta mujer que le gustaba se lo permitía. Además, no disimulaba el desprecio que sentía hacia ella. No podía comprender por qué le había propuesto matrimonio en su momento. Quizá solo se trató de un capricho de niñato. Ella soportaba la situación por sus hijos, para no perder al pequeño y porque Carlos adoraba a su padre; lo creía perfecto, así que no imaginaba todo lo que su madre tenía que pasar. Solo Martina lo sabía. Irma se confesaba con ella cuando llevaban al pequeño a pasear al bosque. Entonces, ella podía llorar en el hombro de su madre.

—Debemos organizar una cena para el viernes —anunció Mario—. Es algo muy especial, así que trata de hacer las cosas bien, por una vez.

—El viernes es el cumpleaños de mi madre —protestó Irma—. Tenía la intención de celebrarlo con ella y con los chicos.

—Pues lo celebras el sábado. No voy a permitir que arruines lo que puede ser la oportunidad de mi vida.

—¿Para quién es la cena? —preguntó Irma, intrigada por la vehemencia de Mario.

—Para un hombre muy importante: don Álvaro Del Valle Vandenberg. Un multimillonario al que me conviene tener como cliente y amigo.

Además, es nuestro nuevo vecino y no voy a perder esa oportunidad. ¿Lo entiendes?

—Siempre tan humano —ironizó ella—, seguro que él no sospecha que lo invitas por interés.

Mario se le acercó y la obligó a levantarse, cogiéndola por los hombros. Nunca la había golpeado, porque si lo hiciera, quedarían marcas delatoras. Sin embargo, su trato hacia ella cuando se encontraban solos solía ser brusco.

—Ahora escúchame bien, pequeña necia —murmuró entre dientes con el rostro desfigurado por la ira—. Vas a organizar esa cena y vas a comportarte como la anfitriona perfecta. Será mejor que cuides que todo salga bien, y asegúrate de que la vieja controle al crío para que no moleste. Si pierdo la ocasión de causar una buena impresión a Del Valle, lo pagarás caro.

—¿Qué harás? —preguntó Irma, desafiante—. ¿Me vas a golpear?

—Echaré a la vieja —la amenazó él—. Si lo echas a perder, tu madre se va.

—No serás capaz...

—Te lo juro. Ahora, escucha: ya mandé a hacer las invitaciones para él y su acompañante...

—¿Acompañante? ¿No está casado?

—Es soltero, aunque acoge en su casa a su secretaria y el hijo adolescente de ella.

—Su amante... —concluyó Irma.

—Da igual. Ese tío tiene tanto dinero, que a nadie le importa si su secretaria es su amante. Quien lo acompañe, la trataremos como si fuera una reina.

—No tengo problema con eso. No soy yo la de los prejuicios en esta casa. Aunque por lo visto, esos prejuicios dependen del tamaño de la cuenta bancaria. ¿Son los únicos invitados?

—Claro que no, imbécil. Se supone que la cena es para incorporar a Del Valle en nuestro selecto grupo de amigos. Para presentarle a personas de alto nivel.

—¿Conoces gente así? —preguntó ella, con sarcasmo.

—No te pases de lista conmigo —le advirtió Mario, amenazante—. Vendrá también Nadal con Ángela. Y Emilio, que se hará acompañar por Julia.

—¿Carlos acudirá también a la cena? —preguntó Irma, al ver que habían incluido a Julia, la nieta adolescente de Flores.

—No, es una cena solo para adultos, pero Emilio decidió que su nieta lo acompañe, porque eso le dará mejor imagen.

—Claro —dijo Irma, comprendiendo—, siempre es mejor que lo vean como un hombre de familia. Las mujeres que frecuenta no serían bien recibidas por un hombre tan ilustre como el tal Del Valle. Aunque, teniendo en cuenta que él vendrá con su secretaria, tal vez no le importe tanto.

—Es suficiente, Irma —le advirtió Mario—. Te estás pasando.

—¿Y qué hago con mis hijos? —preguntó ella—. ¿Los escondo en el sótano?

—Claro que no —respondió él, rechinando los dientes—. Carlos saludará y se excusará, luego se marchará. Al pequeño lo presentará su abuela y se lo llevará a dormir, cuidando que no moleste más.

—Ya veo que lo tienes todo pensado. Un teatro muy bien montado de una familia feliz.

—Irma, espero que cuando Del Valle salga de aquí, esté convencido de que soy el hombre ideal para manejar su dinero. Será mejor que te comportes como una esposa feliz, y una anfitriona perfecta.

—Descuida, creerá que ha entrado en el siglo diecinueve.

Mario la miró conteniendo la ira. No soportaba cuando ella actuaba con mordacidad. Sobre todo, porque no sabía cómo responderle. Hubiera querido golpearla, pero los golpes dejaban señales, y él no podía permitirse ese lujo. Apagó la luz y se fue a dormir, luego escuchó cuando ella salía; dormiría en la habitación de los huéspedes y regresaría antes del amanecer, para que los chicos no se dieran cuenta. Mario sabía que, de no ser por sus hijos, ya Irma lo habría abandonado.

◊

Al día siguiente, cuando María tocó la puerta de la biblioteca, Álvaro la invitó a entrar. Él revisaba unos documentos con Julián y ella le entregó el informe sobre la sucursal española de su empresa. Álvaro había comprado «*Torba Technologies*» cuando se mudaron a Viena. Por esos días, el uso de los ordenadores había sufrido una expansión inesperada. Entonces, él comprendió que si desarrollaba una línea de producción sobre las nuevas tecnologías, la demanda sería enorme. Contrató a los mejores ingenieros informáticos y electrónicos, e invirtió un enorme capital en investigación. Antes de un año, su empresa elaboraba los componentes más importantes en la creciente industria de la informática. Sus clientes iban desde la NASA, hasta los fabricantes de los más humildes ordenadores personales.

Esa astucia y un agudo olfato para las inversiones financieras habían permitido que en veinte años multiplicara su fortuna a un nivel insospechado, y también le valieron un apodo dentro del mundo financiero y empresarial. Aunque nadie se atrevería a decírselo en su cara, sus aliados y adversarios lo conocían como «El Lobo». Álvaro no era avaricioso y el dinero le importaba poco, pero sabía que necesitaba esos recursos para llevar a cabo su plan. Desde el principio decidió proteger a las personas que le demostraban afecto y lealtad, más allá de lo que nunca hubiera esperado. Por eso había decidido ceder un quince por ciento de las acciones de la multinacional. Entregó un cinco por ciento a Efraín, un cinco por ciento a María y Daniel, y un cinco por ciento a Julián.

Los dividendos de ese cinco por ciento eran suficientes para que cada uno de ellos pudiera mantener su nivel de vida sin preocupaciones, lo cual les dejaba en libertad para marcharse de su lado si lo deseaban. Sin embargo, ninguno consideraba siquiera la posibilidad de alejarse de Álvaro. Para ellos, no solo era un jefe generoso. Lo querían como a un hermano, un hijo o un padre.

—Es el informe de la oficina de Madrid —recalcó María—. Lo revisé y todo parece estar bien, pero será mejor que lo compruebes tú mismo.

—Confío en tu criterio, María —le dijo Álvaro, poniendo a un lado el documento—. ¿Qué traes ahí?

—Una invitación —anunció ella, con una sonrisa satisfecha—, parece que a tu amigo Mario no le gusta perder el tiempo

Julián también sonrió.

—Pues sí que se ha dado prisa —comentó Álvaro—. ¿Cuándo?

—El viernes estás invitado a una cena familiar. Don Álvaro Del Valle Vandenberg y acompañante.

—Parece que ya tenéis planes para el fin de semana —apuntó Julián.

—¿Tenemos? —preguntó María.

—Supongo que tú eres la acompañante, María —opinó el abogado—. Antes de emitir la invitación, Valladares tuvo mucho cuidado de indagar si Álvaro era casado o soltero. Si tenía novia. Siempre en confidencialidad, por supuesto.

—¿Y tú qué le dijiste? —preguntó María, con la mano derecha en la cintura.

—Que era un hombre dedicado a su trabajo, que no había tenido tiempo de consolidar una relación estable y que era muy generoso, por lo cual había acogido en su casa a su secretaria y su hijo. También le comenté que, por lo general, era su secretaria quien lo acompañaba en las reuniones sociales.

—En otras palabras, le insinuaste que somos amantes —le reclamó María, un poco enfadada.

—Le dije la verdad —Se defendió Julián—, nunca insinué nada, pero imagino que debido a la forma que él tiene de pensar, esa debe ser la conclusión a la cual llegó.

—¿Te molesta, María? —preguntó Álvaro, preocupado.

—No, claro que no —aclaró ella—, mucha gente piensa eso, pero nunca me ha importado lo que digan los demás.

—¿Sabes quiénes más están invitados? —le preguntó Álvaro a Julián.

—Todos nuestros amigos —respondió el abogado con satisfacción—. Nadal y su mujer; Flores, que es viudo, así que no sé quién lo acompañará y el propio Mario con su esposa.

—María —dijo Álvaro, mirándola a los ojos—, si no quieres ver a Nadal, puedo ir solo.

—Álvaro, te agradezco que quieras protegerme, pero no es necesario. En realidad, quiero verle la cara a ese hijo de puta.

—Será muy duro —advirtió él.

—No solo será duro para mí. Tú compartirás mesa con todos los que te inculparon. Además, tendrás que enfrentarte a tu hermana. No voy a dejar que pases por eso solo.

—Nunca olvidaré esto, María. Muy bien, si el señor Valladares desea que visitemos su casa y lo acompañemos a cenar, no lo defraudaremos, en ningún sentido.

◊

La noche de la cena, Álvaro perdió su calma habitual. Aunque se había preparado para ese momento, desde el día que supo que aquellos tres hombres lo habían inculpado en el asesinato de Ana, no pudo evitar que lo invadieran un caudal de emociones, como si se hubiera roto un dique en su interior. Era el momento de enfrentarse a sus enemigos. Tenía claro que lo difícil no sería verlos, sino representar la parodia de considerarlos sus amigos, de sonreírles, de compartir mesa con ellos. Él no era un hipócrita, por lo que solo pensar en lo que tendría que hacer, le causaba náuseas. Sin embargo, era necesario. Todavía no tenía pruebas suficientes para demostrar lo que hicieron, veinticinco años atrás. Sus enemigos habían construido una estructura sólida para guardar sus apariencias, y él necesitaba debilitar esa estructura desde adentro.

Se ajustó la corbata, y revisó cada detalle de su atuendo. El mejor sastre de Europa le había hecho el traje a la medida y los gemelos en sus puños eran de oro con incrustaciones de diamantes. El bastón de cedro, con puño de plata labrada, un trabajo de orfebrería que era una obra de arte. Se miró en el espejo, pero no reconoció la imagen que se reflejaba en él. Álvaro era un hombre sencillo, que no se sentía a gusto con alardes. Sin embargo, el papel que debía representar exigía aquel disfraz. Respiró profundo e inició ejercicios de relajación, como solía hacer antes de los conciertos. Quizá, este sería el concierto más importante que había interpretado en toda su vida.

María terminó de maquillarse. También se sentía inquieta. A su mente acudieron imágenes de cuando era una chiquilla de quince años. Un camino bloqueado por un derrumbe obligó a la Orquesta Sinfónica de La Sierra a detenerse en su pueblo. A pesar de que no era el tipo de música que le gustaba en ese momento, entre las adolescentes comenzó a correr el rumor de que el primer violinista era uno de los más famosos del país y que era muy guapo. Sintió curiosidad, así que se acercó al hotel donde se alojaba la orquesta. Fue cuando vio a Nadal por primera vez. Era más joven de lo que ella se imaginaba. Cuando él la vio, le sonrió. Nadal la invitó a tomar algo y la trató como a una princesa, le contó acerca de su vida clamorosa, y ella se sintió deslumbrada. La invitó a acompañarlo, porque quería tocar el violín para ella. Por desgracia, María confió en él. Subieron al coche de alquiler, pero Nadal no tenía intenciones de dar ningún concierto. En vez de eso, la llevó a un lugar apartado. Cuando ella se dio cuenta de lo que él pretendía, le rogó llorando que la dejara ir. Él no atendió sus súplicas, la forzó y luego la amenazó con destruir su vida y la de su familia si decía algo. Tenía muchas influencias, así que podía hacerlo.

Habían pasado más de veinte años. María se miró en el espejo. Había cambiado mucho, así que estaba segura de que Nadal no reconocería a aquella chiquilla inocente que forzó una noche, en la mujer sofisticada que era hoy. Pensó lo que habría sido de ella, si Álvaro no se hubiera cruzado en su camino. Se estremeció. Lo más probable era que hubiera perdido a su hijo, quien también habría tenido una vida llena de dificultades. Por eso, sería capaz de dar la vida por su jefe. Le debía demasiado.

Madrid 2005 - La cena.

Álvaro esperaba al pie de la escalera, mientras le daba las últimas instrucciones a Efraín. Un aroma a jazmín y flor de naranjo anunció la llegada de María. Cuando por fin apareció, ambos hombres quedaron boquiabiertos. Sin duda, ella era hermosa, pero esa noche estaba deslumbrante. Efraín la miró y sintió que no existía otra mujer sobre la Tierra. Álvaro recordó el día que la había visitado en su piso, cuando la encontró despeinada, con los ojos hinchados por el llanto, demacrada por el hambre y el sufrimiento. Había acudido al piso en busca de información, pero en cuanto la vio, decidió protegerla. Él la quería como a una hermana, pero al mismo tiempo comprendía que todos creyeran que era su amante. Era una mujer muy hermosa, por la que cualquier hombre perdería el norte. Ella terminó de bajar las escaleras y sonrió a sus dos amigos.

—Estás preciosa —le dijo Álvaro.

—Tú también estás muy guapo.

Efraín carraspeó, incómodo, al mismo tiempo que Álvaro reprimía una sonrisa, pues le parecía mentira que su amigo, siendo tan temerario en todo lo que hacía, resultara tan tímido cuando se trataba de María.

—¿Trajiste lo que te pedí? —le preguntó Álvaro a Efraín.

—Sí, lo saqué de la caja fuerte del Banco esta mañana —confirmó su jefe de seguridad, al mismo tiempo que le entregaba una caja plana—. Joder, si hubiera sabido lo que era, me hubiera llevado un camión blindado.

—Y habrías llamado la atención sin necesidad —respondió Álvaro, al mismo tiempo que retiraba la tapa de la caja.

María abrió mucho los ojos, sorprendida por lo que vio. En el estuche había un collar de diamantes que debía estar valorado en una fortuna. Era una de las joyas que Álvaro había encontrado en la caja de seguridad de Fernando, y que decidió guardar para ese momento. Le pidió a Efraín que sostuviera el estuche, mientras él cogía el collar y se lo colocaba a María en el cuello. Si antes estaba deslumbrante, ahora parecía una reina de cuento. Daniel llegó en ese momento y sonrió con satisfacción, cuando vio a su madre y su porte imponente.

—Suerte, los vais a dejar tiesos.

—Daniel, ese vocabulario —le recriminó María.

Álvaro le ofreció el brazo y salieron a representar su pequeña parodia. En la casa Valladares ya habían llegado todos los demás invitados. Especulaban sobre el hombre que esperaban. Mario les había contado acerca de la fortuna que poseía, pero ellos no terminaban de creer que alguien pudiera ser tan rico. Todos compartían negocios turbios, que a lo largo de los años fueron muy lucrativos, y habían establecido lazos de complicidad, desde que decidieron convertir en chivo expiatorio a aquel desgraciado. Nadal era un reputado director de orquesta, aunque su fama se debía más a la inversión en publicidad y el soborno de algunos críticos, que a su escaso talento. También era el decano nominal de una de las mejores escuelas de música de España, aunque en realidad casi no la pisaba, y quien llevaba a cabo todo el trabajo era Edgardo Fuentes, el jefe de estudios. Estaba casado con Ángela Robledal, heredera de una fortuna respetable, pero que desde hacía tiempo había descubierto que su marido acompañaba a Mario Valladares en sus juergas. Ángela no lo había abandonado por mantener su imagen frente a la sociedad y evitar un escándalo, pero tampoco sufría en silencio como Irma. La verdad era que su vida solía ser tan disipada como la de su marido.

Emilio había ascendido en la política hasta niveles muy altos, gracias al apoyo que siempre recibió de los Valladares. Ahora, siendo ministro, seguía manteniendo la imagen de hombre intachable e incorruptible frente a la galería. Era más discreto que Valladares y Nadal, así que no corría juergas, pero tampoco era un santo. Su mujer había muerto hacía un año, sufriendo en silencio las traiciones de su marido. Ahora, él mantenía su papel de viudo atribulado. Por eso siempre se hacía acompañar por su nieta, a quien amenazaba con enviar a un internado si no lo respaldaba en el fortalecimiento de su imagen. Por supuesto que la joven asistía obligada y moría de aburrimiento.

Los asistentes escucharon el relato de Mario, quien, aunque no conocía a Álvaro Del Valle en persona, hablaba como si fuera su mejor amigo. Les sorprendió la descripción que hizo de su fortuna, y no pudieron evitar sentir curiosidad. Incluso Irma, que por lo general evitaba a los «amigos» e «invitados» de su marido, tenía cierto interés por conocer al extraordinario personaje. Por otro lado, sabía que no se sentiría a gusto con alguien que hacía tal alarde de riqueza. Era probable que se tratara de un hombre insufrible, acostumbrado a que lo complacieran en todos sus caprichos, que se sentiría superior al resto de los mortales. Ella temía que le esperara una larga noche por delante y hubiera preferido acostarse a dormir temprano.

El mayordomo anunció la llegada de don Álvaro Del Valle Vandenberg y doña María Santacruz. Todos miraron hacia la puerta con expectación. La pareja no dejó indiferente a nadie. Ambos entraron con el porte de quien se siente dueño de la situación. Irma los observó impresionada: él era un hombre bien plantado, de cabello oscuro y ojos negros penetrantes. Ella era una mujer elegante, sofisticada, y con la prestancia de una reina.

Irma se dio cuenta de que los ojos de Mario y sus amigos convergieron en el collar de la mujer, que parecía ser de diamantes auténticos, aunque eso era imposible, pues en ese caso, aquella joya no tendría precio. Mario se volvió para mirar a Irma, y ella se dio cuenta de que debía acercarse, para recibirlos junto a él. Se suponía que era la anfitriona, así que debía presentarlos a los demás. Salió de su momentáneo estupor, se acercó a su marido y ambos recibieron a la pareja de ilustres invitados.

—Bienvenidos —saludó Irma.

—Bienhallados —respondió Del Valle, con una leve inclinación de cabeza.

—Es un placer tenerlo en nuestra casa, señor Del Valle —intervino Mario con actitud aduladora—. Esta es mi mujer, Irma.

—Muchas gracias, señor Valladares. Es un verdadero placer conocerla, señora. Quisiera presentarles a María, es mi secretaria personal, y una extraordinaria amiga, que me hizo el honor de acompañarme esta noche.

—Bienvenida —le dijo Irma, a quien la sonrisa de María le pareció sincera—. Por favor, permítanme presentarles a los señores Nadal, al señor Flores y su nieta, Julia.

Álvaro sonrió a Julia. Ya había leído en los informes de Efraín cómo el caradura de Flores usaba a su nieta, para reforzar su imagen de viudo transido de dolor. La chica se veía fuera de lugar. Estaba seguro de que ella hubiera preferido estar en cualquier otra parte. Julia le devolvió la sonrisa. Aquel tío era más interesante que la mayoría de los imbéciles que frecuentaba su abuelo. La atención se volcó hacia los recién llegados, Irma y Ángela se reunieron para hablar con María, mientras Julia se mantenía apartada. Por otro lado, Mario, Nadal, y Flores comenzaron a conversar con Álvaro. El mayordomo pasó con una bandeja, y le entregó una copa a cada uno de ellos, con excepción de Julia, que recibió un refresco.

—¿Hacía mucho tiempo que no venía a España? —le preguntó Emilio.

—Unos veinte años —respondió Álvaro—. Me resultaba más conveniente llevar mis negocios desde Viena.

—Es una ciudad encantadora —intervino Nadal—. Di un concierto allí el año pasado. Espero haber contado con usted entre el público.

—Lo siento. No tuve la oportunidad.

—¿Le gusta la música, señor Del Valle? —preguntó Nadal, en un esfuerzo por llevarlo a su terreno.

—Mucho —respondió Álvaro, al mismo tiempo que se llevaba la copa a los labios—. En especial, la que es buena.

—Nuestro amigo Nadal es un gran intérprete. Un director de orquesta excepcional —afirmó Mario—. Estamos muy orgullosos de él. Los críticos lo señalan como uno de los mejores músicos de nuestro tiempo.

—Interesante —acotó Álvaro—. Será un placer asistir a uno de sus conciertos cuando tenga la ocasión.

—¿Asistir a un concierto? —preguntó María, que consiguió acercarse a la conversación de los hombres, para apoyar a Álvaro y enfrentar a Nadal—. Parece interesante.

—María se siente muy atraída por la música —explicó Álvaro, con una media sonrisa—. No se resiste a un buen concierto.

—En ese caso, les haré llegar una invitación especial para mi próxima presentación. Me sentiré honrado si asisten a ella.

—¿Y qué opina de la política? —preguntó Emilio, buscando arrimar las sardinas a sus ascuas.

—¿La política? Estoy un poco alejado de la política local, pero debo reconocer su importancia. Un buen político, uno honrado —dijo Álvaro remarcando las palabras—, es como una joya. Hay que protegerlo y preservarlo.

Flores suspiró con satisfacción, porque eso era lo que quería escuchar. Nadal miró a María, atraído por la secretaria del invitado. Ella lo notó y le sonrió con picardía. Ángela los observaba, y comprendió que su marido se preparaba para una nueva cacería. Aunque sería un imbécil si se metía con la que, a todas luces, era la amante del hombre al que querían desplumar. Pero Francisco era tan torpe, que era capaz de dejarse llevar por sus impulsos. Ángela se fijó bien en Álvaro y le gustó lo que veía. Era un hombre muy atractivo, de la clase que a ella le gustaba llevar a su cama. Él notó la atención que le dedicaba, la miró, levantó la copa en un gesto casi imperceptible y sonrió, más con los ojos que con la boca. Ángela cogió aire y lo retuvo. Que el cretino de su marido se quedara con la secretaria, ella iría a por el magnate.

Mario llevó a cabo una disertación sobre las claras ventajas de tenerlo como socio y amigo, a él, un banquero tan eficiente y honorable. Emilio hizo lo posible por llevar la conversación al tema del financiamiento de las campañas políticas, y la ventaja que eso podía representar para un empresario inteligente. Francisco Nadal se debatía, entre lo positivo que podía resultar para una empresa el patrocinio de músicos de renombre, y el coqueteo que llevaba adelante con la secretaria de Álvaro.

Irma los observó, manipulando en función de sus propios intereses, acosando a aquel hombre que para ella, no era consciente del nido de víboras en el que había caído, y se sintió asqueada. No era la primera vez que presenciaba ese espectáculo. Siempre que había algún hombre de negocios que Mario y sus amigos consideraban lo bastante rico y estúpido para dejarse convencer, lo metían en esa encerrona. Por lo general, Irma se mantenía al margen, con indiferencia. En este caso, sin embargo, sintió lástima. Contra todo pronóstico, Del Valle le había simpatizado. Había algo en su mirada que le despertaba una ternura que albergaba en sus recuerdos y ya creía olvidada. Se asustó por un momento, pues era un hombre que podía gustarle a cualquier mujer, pero enseguida comprendió que no era ese el tipo de sentimientos que él le inspiraba.

—Buenas noches —se escuchó la voz de un chico.

Todos enfocaron su atención en el recién llegado. Carlos era un joven muy parecido a su padre. Iba vestido con ropa informal. Saludó con la seriedad de la ocasión. Julia se saltó el protocolo, se le acercó y le dio dos besos. Era evidente que eran amigos, y Álvaro no tenía ninguna duda de que la chica hubiera querido acompañarlo a donde quiera que fuera.

Después de que Valladares presentó a su hijo, el joven anunció que sus amigos lo esperaban en el cine, se despidió y se marchó. Como si obedecieran a un programa establecido, apareció una mujer de mediana estatura y edad avanzada, con un chiquillo pequeño a su lado. Álvaro palideció cuando reconoció a su madre. Sabía que vivía con Irma para ayudarla a cuidar de sus hijos, pero también que el malnacido de Valladares la trataba como a cualquiera de las empleadas domésticas. No esperaba verla esa noche. Tuvo que hacer un esfuerzo para no correr a abrazarla y no pudo evitar sentir un nudo en la garganta. Ya era bastante duro tratar a su hermana como a una desconocida, pero se había preparado para eso. Sin embargo, la presencia de su madre en esa reunión lo dejó desconcertado. María se dio cuenta del mal trago que pasaba y le apretó el brazo para darle apoyo, sin que nadie lo notara. Álvaro hizo un par de respiraciones profundas y consiguió controlarse. Por fortuna, en ese momento todos prestaban atención a Samuel, quien le daba las buenas noches a los presentes y se despedía, llamando a cada uno por su nombre. Se detuvo frente a María.

—Ella es la señora Santacruz, Samuel —le dijo su madre.

—Buenas noches, señora Santacruz.

—Buenas noches, Samuel —respondió María. Luego el chiquillo se detuvo frente a Álvaro.

—Es el señor Álvaro Del Valle Vandenberg —le informó Irma.

—Es muy largo —protestó Samuel, un poco acongojado, por no poder seguir el guion que le habían dictado—. No me voy a acordar.

La respuesta causó la sonrisa de las mujeres y de Álvaro. Mario lanzó una mirada severa a Martina y a Irma. Álvaro se agachó, ignorando el dolor de la pierna.

—Tú puedes llamarme Álvaro, Samuel —afirmó con una sonrisa.

—Gracias, buenas noches, Álvaro.

—Buenas noches, Samuel —le respondió él, con una expresión que hizo que Martina sintiera algo extraño en el estómago—. ¿Qué tienes aquí? —le preguntó, tocando el cabello del pequeño, por detrás de su oreja.

Álvaro sacó una moneda del cabello del chico. Un truco que le había enseñado Efraín en alguna oportunidad, mientras todavía compartían celda. Samuel sonrió fascinado, él le regaló la moneda y el chiquillo le echó los brazos al cuello, olvidando todas las advertencias de los adultos. Álvaro sintió vacilar el control de sus emociones. Cuando el niño lo soltó, él se puso de pie con la ayuda del bastón y Samuel se despidió con la mano. Álvaro le devolvió el saludo con la misma sencillez. Por un momento, había dejado de representar el papel que se había trazado, para ser él mismo. Martina se llevó al niño, pero antes de irse volvió a mirar a Álvaro con una sonrisa de gratitud. Irma estaba sorprendida, pues hacía tiempo que no veía un gesto de humanidad en esa casa.

—Supongo que si mi hijo puede llamarle Álvaro, yo también podré hacerlo —dijo Mario, en un intento por sacar provecho de lo que había ocurrido.

—Espero que usted sí pueda recordar mi nombre, señor Valladares.

La sonrisa se le congeló en el rostro a Mario, que se sintió como un imbécil. Luego volvió a sonreír como si Álvaro hubiera dicho el mejor chiste de la noche.

—Claro, por supuesto, ¡qué ocurrente!

Irma comenzó a sentir admiración por Álvaro, quien fue capaz de dar muestras de calidez humana, al mismo tiempo que ponía en su lugar a Mario. Eran dos situaciones que deseaba ver desde hacía mucho tiempo. Ella y el invitado cruzaron miradas de simpatía. Mario lo notó y lo interpretó mal. María era la única que sabía la tormenta emocional que estaba sufriendo Álvaro, y lo difícil que debía resultarle ocultarla.

En ese momento, el mayordomo los interrumpió con el aviso de que la cena estaba servida. Las parejas avanzaron hacia el comedor, guiadas por los anfitriones. Irma les indicó a Álvaro y María cuales eran los puestos que les correspondían. Los demás, que ya habían asistido a otras cenas similares en esa casa, ya parecían saberlo. Mario ocupó la cabecera de la mesa e Irma se sentó a su derecha. A la izquierda de Valladares sentaron a Álvaro. Era evidente que Mario no iba a perder la oportunidad de tener prioridad en la conversación con su invitado estrella.

Sirvieron la cena y como Álvaro imaginaba, Mario se había esforzado en tratar de impresionarlo. Cada plato era más elaborado y sofisticado que el anterior, lo que solo sirvió para que recordara la infame comida con la que tuvo que alimentarse en la cárcel, por culpa de estos desalmados que ahora le ofrecían manjares. Comió poco y no hizo ningún comentario acerca de lo especial del menú, haciéndoles comprender que necesitarían algo más que ese despliegue *gourmet,* para conseguir sus objetivos. Mario centró la conversación en torno a los negocios, tratando de conseguir información sobre la fortuna de su invitado. Álvaro fue muy parco acerca de lo que Mario quería saber y evitó hablar de su dinero. Sabía que para llevar a esos tres desalmados al punto que él deseaba, debía estimular su imaginación, así que la mejor estrategia sería dar indicios de su riqueza, con la naturalidad de quien no le da importancia.

Irma estaba frente a Álvaro. Cuando él se cansó de evadir preguntas inconvenientes, le habló a su anfitriona.

—Debo felicitarla por sus hijos. Debe estar muy orgullosa de ellos.

—Lo estoy. Son chicos maravillosos.

Irma agradeció que Álvaro elogiara a sus hijos por encima de los esfuerzos por adularlo. La cena transcurrió sin mayores novedades. Mario no tenía claro si había conseguido su objetivo de causar buena impresión a Del Valle, y hacer que lo considerara su amigo o su enlace con el entorno social. En cambio, el propio Mario estaba deslumbrado, pues aquel hombre hacía gala de una riqueza extraordinaria, con la naturalidad de quien no le da importancia. Necesitaba acercarse, pero comprendió que no sería tan fácil, El millonario estaba demostrando ser un hombre seguro de sí mismo y difícil de manipular. Con discreción, Del Valle había evitado comprometerse con ninguno de ellos, en los diferentes terrenos a los que lo quisieron llevar. Mario miró a sus socios, y vio en sus rostros la misma expresión de avaricia y preocupación que debía tener él. No sería fácil alcanzar el objetivo, pero el premio valía la pena el esfuerzo.

A Álvaro no se le escapó lo que ocurría en aquella mesa, porque él conocía bien a cada uno de sus enemigos. Los había estudiado durante años y sabía que en ese momento se sentían confundidos. También tenía claro que había despertado en ellos la necesidad de conseguir grandes beneficios a través de él. No se los pondría tan fácil. Necesitaba descentrarlos, hacerles cometer errores, debilitar la estructura que los protegía. Al terminar la cena, intercambió una mirada con María. Ella comprendió que el primer encuentro había sido exitoso. Álvaro había alcanzado su objetivo. Le sonrió, cogieron sus copas a la vez y bebieron de ellas, en un brindis silencioso que solo comprendieron los dos.

Madrid 2005 - Nuevos amigos.

Efraín se sentó en un rincón de la bulliciosa cafetería. Un murmullo de voces y el repiqueteo de las tazas y platillos colmaban el ambiente como una música de fondo. Los camareros transitaban de un lugar a otro con prisas. El olor del café se mezclaba con el de la bollería recién horneada, creando un ambiente reconfortante y acogedor. Los dedos del antiguo estafador golpearon la superficie lisa de la mesa, mientras esperaba. Se arregló el cuello de la camisa. Después de tantos años de vestir como un pijo, ya se le hacía extraño no usar corbata, pero en ese momento no era el jefe de seguridad de una transnacional, sino el tío curtido en la calle que buscaba información. El hombre al que esperaba entró y miró a su alrededor, para tratar de localizarlo. Él le hizo una seña y el sujeto se acercó y se sentó frente a él, en la mesa.

—¿Juan Carlos Guerra? —preguntó Efraín.

—Sí —respondió el aludido—. ¿Pedro González?

Efraín asintió.

—¿Las trajo?

—Aquí están —respondió Juan Carlos, al mismo tiempo que le entregaba un sobre—. Oiga, no le voy a negar que la pasta me viene bien, pero me gustaría saber por qué paga tanto por ellas. No comprendo qué importancia pueden tener para usted.

—Soy coleccionista —respondió Efraín, al mismo tiempo que revisaba el contenido del sobre. El antiguo tahúr sacó un paquete voluminoso del bolsillo interno de su chaqueta y se lo entregó a su acompañante.

—Supongo que está completo —indagó Juan Carlos.

—Tres mil euros. Un buen negocio.

—Si desea alguna otra cosa, también tengo fotos de mi suegra en *to-ples*, en las playas de Torrevieja.

—Paso —respondió Efraín, haciendo un gesto de incomodidad, cuando su imaginación lo traicionó—. Un placer hacer negocios con usted.

—Muy bien, pues adiós.

Juan Carlos se levantó y se fue. Efraín guardó el sobre en el mismo bolsillo del que había salido el dinero. Era lo que necesitaban para comenzar a mover los cimientos de la vida de sus objetivos. Sintió que estaba haciendo algo importante, algo que llevaba mucho tiempo esperando.

En el otro extremo de la ciudad, Mario invitó a Julián a que entrara en su despacho. Ya le había advertido a su secretaria que solo él y su jefe, el señor Álvaro Del Valle, serían recibidos sin previa cita. No perdía la esperanza de que el magnate lo visitara en su Banco o tuviera algún gesto de acercamiento, más allá de su situación como cliente. Sin embargo, ya habían pasado dos semanas desde la cena en su casa, y Álvaro del Valle no había dado muestras de interés hacia ninguno de ellos. Sus socios también se sentían decepcionados, porque era evidente que no habían conseguido hacer mella en el ánimo del codiciado empresario. El banquero recibió a Julián con una sonrisa.

—Buenas tardes, señor Ferrer, ¿puedo ofrecerle algo?

—No, gracias —respondió el abogado.

—¿Cómo está el señor Del Valle?

—Está muy bien.

—Espero que haya disfrutado el pequeño homenaje que le hicimos.

—Puedo asegurarle que salió de su casa muy complacido.

—Me alegra mucho —admitió Mario con una sonrisa de alivio—. Al no tener noticias suyas en los últimos días, temí que no se hubiera sentido a gusto.

—Comprenderá que es un hombre muy ocupado. ¿La señora Irma no recibió las flores?

—Sí, por supuesto. Nos halagó su gesto de enviarle un ramo de rosas, tan hermoso. Y mi mujer también se sintió muy complacida por el detalle que tuvo don Álvaro con su madre, al hacerle llegar tan preciosa orquídea. Sin embargo, yo espero que… bien, espero que tanto nuestra amistad como nuestras relaciones profesionales hayan salido fortalecidas.

—No se preocupe, señor Valladares, le aseguro que el señor Del Valle lo tendrá en cuenta en su justa medida. De hecho, me pidió que le solicite una cita para hablar con usted, acerca de un negocio que desea llevar a cabo.

Los ojos de Mario se iluminaron con una chispa de avaricia.

—¿Un negocio? Por favor, señor Ferrer, el señor Del Valle no necesita pedir cita para venir a hablar conmigo.

—Perdone, creo que me expliqué mal —aclaró Julián—, don Álvaro nunca acude a los bancos que llevan sus cuentas. Son sus representantes quienes se trasladan hasta su despacho. Aunque comprendo que siendo usted el presidente del Banco, y llevando en persona los intereses de mi cliente, considere que no es pertinente molestarse en aceptar su solicitud. Él no tendría problemas en tratar su asunto con un empleado de confianza que usted escoja.

—¡No, por favor! —protestó Mario—, don Álvaro no es un cliente cualquiera. Ha sido invitado en mi casa, y lo considero un amigo. Desde luego que iré donde él tenga a bien recibirme, para tratar cualquier asunto en el que pueda serle útil.

—Muy bien, entonces solo es cuestión de ponerle hora y fecha.

—Usted dirá —respondió Mario, sumiso—. Estoy a su entera disposición.

Julián sonrió para sus adentros. Ese tío sería capaz de besarle los pies a Álvaro para quedar incluido en uno de sus negocios. Él vio crecer y madurar a Álvaro en el duro ambiente de las finanzas y sabía que tenía la chispa de la genialidad. No dejaba de sorprenderlo, pues estudiaba a sus adversarios, su personalidad, su forma de actuar y parecía ser capaz de adivinar lo que harían en una situación determinada. Era lo que estaba presenciando en ese momento. Mario parecía una marioneta, cuyos hilos eran movidos a su antojo por el hombre con más motivos para odiarlo. Esos hilos los había proporcionado el propio Mario. Eran la avaricia y la soberbia. Álvaro sabía bien cómo manejarlos.

◊

Esa misma tarde, Daniel salió de clases satisfecho. No en balde el director de la escuela era Edgardo Fuentes. El tiempo había demostrado que los temores de Álvaro de que tuviera que enfrentarse a su padre eran infundados. Nadal no se aparecía por allí ni por equivocación. Su cargo era tan solo nominal, aunque Daniel estaba seguro de que el tío cobraba como si trabajara de sol a sol. La escuela funcionaba al frente de la universidad donde Carlos, el hijo de Valladares, estudiaba Economía y Julia, la nieta de Flores, se especializaba en Periodismo.

Daniel se había esforzado en conocer a ambos jóvenes. Se llevó una sorpresa cuando comprobó que no se parecían ni a su padre ni a su abuelo. El sobrino de Álvaro le cayó bien. Por lo visto, había heredado el talante de los

Andara. Julia por su parte, estaba harta de su abuelo y de la forma en que la utilizaba para sus fines. La chica le resultó algo más que simpática. En realidad, le había gustado mucho. Los tres jóvenes pronto congeniaron, aunque Daniel sentía un poco de lástima por ellos. En especial, porque sabía lo que les venía encima a sus familias.

Julia también se había interesado en Daniel. Lo veía como un chico diferente, al que parecía gustarle desconcertar a los demás. Se divertía cuando veía a sus amigos sorprendidos ante alguna de sus ideas, y podía usar el lenguaje más procaz o comportarse como un perfecto caballero. No era aburrido, como la mayoría de los chicos que había conocido en esa universidad, además de que parecía muy seguro de lo que quería en la vida.

Daniel se acercó a la universidad para ver a Julia. La encontró en uno de los pasillos, sosteniendo una conversación con Carlos.

—Vamos a dar un paseo —le dijo Carlos al recién llegado—. ¿Nos acompañas?

—¿Vosotros solos?

—También viene Laura. La estamos esperando. Es compañera de Julia.

—Sí, ya sé quién es —reconoció Daniel, al mismo tiempo que se preguntaba qué diría el prestigioso banquero Mario Valladares, si su primogénito se enamoraba de una chica normal, la hija de un pescadero. Sonrió ante la idea—. Se oye bien, ¿A qué hora?

—Nos vemos en un par de horas en la plaza, frente al bar. No vengas demasiado formal. Solo daremos un paseo.

Madrid 2005 - Preparando la trampa.

Efraín entró en el bar en compañía de Juan. Algunas luces parpadeantes se esforzaban en iluminar el pequeño local. Cuando se acercaron a la barra, los golpeó el penetrante hedor a sudor, ajo y vino rancio. Se mezclaban con el aire enrarecido por la escasa ventilación. El parloteo de los clientes inundaba el ambiente y creaba una sensación de ruido y caos. La superficie pegajosa bajo sus zapatos les mostró todo lo que necesitaban saber sobre la limpieza de aquel lugar, que no había visto un desinfectante desde su inauguración.

Aquel era un barrio peligroso, pero le habían informado que el hombre al que querían encontrar solía pasar muchas horas en ese rincón olvidado del mundo. Una vez frente a la barra, Efraín pidió una copa de vino barato para él y otra para Juan, quien no dejaba de mirar a su alrededor, con la desconfianza pintada en el rostro. El tabernero les sirvió y Efraín aprovechó la oportunidad para abordarlo.

—Busco a un viejo amigo de la mili.

—Ah, ¿sí? —preguntó el encargado del bar—. Pues yo aquí no sé el nombre de nadie. Solo sirvo copas.

—Ya —Efraín puso un billete de veinte euros sobre la barra—, pero a este es probable que lo conozcas, porque dicen que es cliente habitual.

—Tal vez lo haya oído mencionar.

—Javier Santos —Efraín deslizó otro billete igual que el anterior—. ¿Te suena?

—Sí —confirmó el cantinero, con un encogimiento de hombros —. Suele venir todas las tardes, se sienta en aquella mesa y se lamenta de su mala suerte, mientras se bebe una botella.

—Ha pasado mucho tiempo —reconoció Efraín, al mismo tiempo que deslizaba un tercer billete—. Es posible que no pueda reconocerlo. Tal vez me lo puedas señalar.

—De acuerdo —aceptó el tabernero.

Efraín y Juan se quedaron en la barra con sus vasos frente a ellos. Ni siquiera probaron el vino. Además de la evidente falta de higiene, en aquel lugar había que mantener los reflejos intactos. Por fin, el encargado les hizo un gesto con la cabeza en el momento en que entró un tío de unos cincuenta años, con aspecto de no haber visto una ducha en varias semanas. Efraín palmeó el hombro de Juan, quien se quedó vigilando desde la barra, mientras él seguía al objetivo hasta la mesa. Javier se sentó y Efraín lo hizo a su lado.

—¡Oiga, esta mesa está ocupada!

—Vamos, amigo, me aceptarás una copa, ¿no?

—De acuerdo, pero ¿quién es usted?

—Para ti, puedo ser Papá Noel.

◊

Cuando Efraín regresó a la mansión, vio a María que salía de la casa. Pablo la esperaba en el coche para llevarla al centro, así que Efraín decidió aprovechar la oportunidad.

—¡María!

Pablo lo miró de reojo, con picardía.

—Hola, Efraín —respondió ella, con una chispa en la mirada.

—¿Adónde vas? Quiero decir, no es que quiera entrometerme...

Efraín se apoyó en el coche, interponiéndose en el camino de la joven secretaria.

—Solo voy al centro. Necesito hacer algunas compras. Regresaré pronto.

—¿Puedo llevarte? Yo también tengo que ir al centro.

—Iré con Pablo. No quiero que tengas que retrasar tus obligaciones —respondió ella, al mismo tiempo que tiraba de la manija, para abrir la puerta del coche. Efraín tuvo que hacerse a un lado.

—No me retrasarías y Pablo tiene que... Tiene que...

—Tengo que recoger unos documentos para Álvaro en el aeropuerto —intervino Pablo, sacando a Efraín del atolladero.

—¡Eso!

—Debiste avisarme de que estabas ocupado, Pablo.

—Las necesidades de usted tienen prioridad para don Álvaro. Planeaba recoger los documentos más tarde, pero si usted se va con Efraín...

—Si es así, aceptaré que me lleves.

—Claro —dijo él, al mismo tiempo que ella se alejaba en dirección al coche de Efraín—. Te debo una, Pablo —le susurró el jefe de seguridad a su compañero.

◊

Un par de horas más tarde, Álvaro se encontraba sentado en su despacho, después de haber recibido el informe de Efraín. La luz se colaba a raudales por los amplios ventanales y a través de ella se veían partículas de polvo suspendidas en el aire. El plan marchaba según lo esperado. Se echó hacia atrás y extendió la pierna, pues el frío comenzaba a causarle molestias. Cuando llegara el invierno sería peor. Cerró los ojos, en un esfuerzo por desviar sus pensamientos del dolor. Debía concentrarse, pues faltaban pocos minutos para que llegara Mario, y frente a él no podía dejar entrever ninguna muestra de debilidad o todo se vendría abajo. Llenó sus pulmones de aire y sintió el olor a madera quemada que provenía de los rescoldos de la chimenea. Hizo acopio de fuerzas en la ira que albergaba contra sus enemigos. Si sentía dolor, ellos eran los responsables, los que lo habían sacrificado sin piedad, pero contra todo pronóstico, el cordero había regresado a la vida, transmutado en lobo.

Cuando llamaron a la puerta, él ya había conseguido superar el momento de debilidad. El dolor seguía presente, pero ahora podía ignorarlo. María se asomó, y le sorprendió la expresión de su rostro. Tenía una severidad que no era común en Álvaro. Sin embargo, ella comprendió que ese estado de ánimo no se relacionaba con ella.

—El señor Mario Valladares está aquí.

El tono amable de Álvaro contrastó con la seriedad de su expresión.

—Hazlo pasar, María, por favor.

Mario entró con paso firme y un rictus que pretendía ser una sonrisa. Aunque hizo lo posible por disimular, era evidente que estaba desconcertado. La mansión había tenido el efecto que Álvaro esperaba. Los ojos de Valladares escaneaban los cuadros, esculturas y jarrones, con la finalidad de tasar cada pieza. Hubiera vendido su alma al diablo para que esa casa le perteneciera, con todo su contenido. Era la reacción que Álvaro quería y el papel que se había reservado para sí mismo en aquel pequeño drama, era el del diablo. Aunque lo que Valladares obtendría a cambio de su alma, no sería la casa.

Álvaro empleó su tono más solemne:

—Bienvenido, señor Valladares.

—Es un placer volver a verlo, señor Del Valle —Mario contuvo el aliento—. Lo felicito, tiene usted una casa extraordinaria.

—Cumple con mis expectativas.

—Permítame decirle que me siento honrado de que me reciba en ella.

—¿Cómo están su esposa y sus hijos, señor Valladares?

—Bien, muy bien. Por cierto, nuestros amigos, Francisco y Emilio le envían saludos.

—Gracias, por favor, siéntese —lo invitó, al mismo tiempo que le señalaba una silla frente a su escritorio—. ¿Desea tomar algo?

—Un brandi estaría bien —Mario se frotó las manos—. Ayuda con el frío.

—Claro —reconoció Álvaro, y se levantó para acercarse hasta la mesa bar. Sirvió el brandi para su invitado y se lo entregó en la mano.

—Gracias. ¿Usted no toma nada?

—Me disculpará que no lo acompañe. Nunca consumo licor a esta hora.

Mario hizo una mueca. Comprendió que había sido un error aceptar la bebida tan temprano. No quería que su anfitrión pensara que era un borracho.

Además, se dio cuenta de que tenía una actitud severa, muy diferente de la conducta amable y relajada que había mostrado durante la cena. El banquero no quería echar a perder la oportunidad de un negocio lucrativo. Sus dedos tamborilearon en el apoyabrazos de la silla, hasta que cogió el vaso que le ofreció su anfitrión.

—Le agradezco que viniera en persona, señor Valladares —dijo Álvaro, asumiendo un tono amable, pero firme—. Comprendo que usted es un hombre muy ocupado. Por eso seré breve.

—Siempre tengo tiempo para un cliente y amigo como usted —lo aduló Mario, con un exceso de familiaridad.

—Bien, le explicaré de qué se trata. Como tal vez ya sepa, "*Torba Technologies*" fabrica componentes para equipos de alta tecnología. Es un negocio que abarca un amplio abanico de clientes y es muy lucrativo —Los ojos de su interlocutor brillaron—, pero eso atrae a otras empresas multinacionales que desean competir en el mismo terreno.

—Es de esperar.

—De momento, no es un problema que deba preocuparnos —aclaró Álvaro—, pero me gusta adelantar las soluciones, antes de llegar a ese punto.

—Es usted un hombre previsor —dijo Mario, sin perder la oportunidad de alabarlo.

Álvaro hizo un esfuerzo para contener las náuseas.

—La clave del negocio es que queremos abaratar los costos del producto final sin reducir la calidad, y una de las mejores maneras de hacerlo es bajar los precios de fabricación.

—Muy inteligente —Álvaro hizo acopio de paciencia. La adulancia del individuo le estaba resultando insoportable.

—Una de las materias primas más importantes en las piezas que elaboramos es el cobre. Por eso hemos decidido comprar una empresa de procesamiento de cobre. Y es ahí donde entra usted.

—Desde luego, señor Del Valle, ¿Qué necesita?

—Julián me entregó el informe de dos procesadoras de hilos de cobre, cuyos dueños están dispuestos a vender —Álvaro le entregó ambos expedientes—. La primera es la «Procesadora Maginsa». Pertenece a una familia, es pequeña, pero suficiente para cubrir nuestras expectativas, por el momento. La segunda es «Cobres Huelva». Excede nuestras necesidades inmediatas, pero nos permitiría cubrir pedidos en el futuro. Lo que queremos de usted es que haga una auditoría a cada una y luego elabore un informe sobre cuál nos conviene comprar, en función de sus estados financieros. ¿Puede realizar el trabajo?

—Desde luego. Cuente conmigo. Le daré un informe detallado, para que tome la mejor decisión.

—Por supuesto que usted recibirá una comisión del dos por ciento del monto total de compra de la empresa.

Mario bebió un sorbo de brandi y relajó los hombros. Ya tenía al imbécil donde quería.

—Eso es muy generoso, señor Del Valle.

—Es lo justo. Le agradeceré que me avise a través de Julián cuando tenga listos los resultados de sus análisis.

Álvaro se levantó del asiento.

—Lo haré, señor —dijo Mario, y también se puso de pie, comprendiendo que la entrevista había terminado—. Me gustaría invitarlo algún día a tomar una copa, si dispone de tiempo, por supuesto.

—Le avisaré —respondió su anfitrión, estrechándole la mano.

Álvaro lo acompañó a la salida del despacho, mientras Mario se retorcía el cerebro, buscando una excusa para quedarse y comenzar una conversación personal. Del Valle estaba resultando un hueso duro de roer, pero al menos lo estaba involucrando en uno de sus negocios. Aunque Mario no tenía intenciones de conformarse con el dos por ciento, por muy generosa que resultara la oferta. Por su parte, Álvaro no veía el momento de perder de vista a ese sujeto, pues sus intentos por ser simpático y su adulación lo ponían enfermo. Sin embargo, era necesario que él mismo lanzara el anzuelo con la carnada. Si lo hubiera hecho Julián, no habría tenido el mismo efecto.

En la puerta del despacho, María recibió a Valladares con una falsa sonrisa y lo escoltó hasta la salida, donde uno de los vigilantes le abrió la puerta del coche. Mario salió de allí pensando que esa casa tenía más seguridad que el palacio del rey, y después de ver su interior, comprendió el motivo. Contenía más obras de arte que un museo. Se sintió miserable. Y pensar que él se veía a sí mismo como un hombre rico. Si se comparaba con Del Valle era un pobre diablo. La idea le causó desasosiego. Necesitaba estar al nivel del maldito lisiado. A ver si entonces le negaba la posibilidad de tutearlo.

Madrid 2005 - Encuentros.

Álvaro contemplaba el bosque a través de la ventana. Había estado trabajando, pero el dolor de la pierna le hacía difícil concentrarse en sus tareas. Repasó en su mente todos los detalles de su plan, y concluyó que todo iba según lo previsto. Aun así, se sentía preocupado. Sus actos no solo tendrían consecuencias sobre sus enemigos, sino también sobre los inocentes que los rodeaban.

Quienes más le preocupaban eran Irma y sus hijos. Él sabía que su hermana no era feliz con su marido, pero no podía prever el impacto que tendría en sus vidas lo que estaba en marcha. Sin embargo, no podía detenerse. Si lo hiciera, se convertiría en cómplice de esos desalmados. Él no había sido su única víctima. También debía pensar en María, Daniel y muchos otros, cuyas vidas ellos habían destrozado para beneficio propio. Que la verdad se revelara podía resultar un alivio para esas víctimas o incluso una reivindicación. Debía continuar, y al mismo tiempo hacer lo posible para proteger a los inocentes, en la medida que pudiera.

María entró al despacho y lo vio pensativo. Sabía lo difícil que debía resultarle lo que estaba haciendo y lo admiraba por su valor. Álvaro le preocupaba. A lo largo de los años había aprendido a quererlo como a un hermano. Lo conocía bien y sabía que él guardaba todos los problemas para sí mismo, que era muy protector con aquellos a quienes quería, y que muchas veces cargaba responsabilidades excesivas sobre sus propios hombros. Se lo había comentado a Efraín, con quien por fin había comenzado una relación. Él también estaba preocupado y le prometió hacer lo posible para proteger a su amigo común.

—Álvaro, ¿te encuentras bien?

—Sí, muy bien.

—Pareces preocupado.

—Un poco, sí. Hay muchos detalles que debo vigilar —Se acercó a ella y sonrió con tristeza—. No te inquietes, estoy bien.

María se dio cuenta de que su cojera era muy marcada.

—¿Te duele la pierna?

—No más que otros años por esta fecha.

—¿Por qué no dejas que te vea un médico, Álvaro? Tal vez pueda darte algo que te alivie el dolor.

—He visto muchos, María, pero todos dicen lo mismo: que solo pueden aliviar el dolor con analgésicos, y yo no quiero convertirme en un adicto. Eso me asusta más que tener que soportarlo —Le acarició la mejilla—. No te preocupes, son muchos años, así que ya estoy acostumbrado.

Ella enarcó las cejas.

—¿Puede alguien acostumbrarse al dolor?

—Se puede aprender a vivir con él —Álvaro desvió la mirada hacia la ventana por un segundo y luego volvió a centrarla en su secretaria—. Creo que iré a dar una vuelta.

—¿No sería mejor que descansaras? —protestó María, y luego se mordió los labios.

—Tal vez, pero también debo evitar que los músculos de mi pierna se atrofien, o corro el riesgo de tener que cambiar el bastón por muletas o una silla de ruedas.

—¿Quieres que te acompañe?

—No, gracias. En realidad, necesito pensar. Llevaré a Zeus y daremos un paseo.

María lo observó mientras salía. Cojeaba mucho y debía apoyar parte de su peso en el bastón. Se sintió impotente, porque hubiera querido ser capaz de ayudarlo, al igual que él hizo con Daniel y con ella. Álvaro salió al jardín y silbó para llamar a Zeus. El perro acudió corriendo y moviendo la cola. Álvaro le acarició la cabeza y el cuello a modo de saludo. Uno de los hombres de Efraín se le acercó.

—¿Piensa salir, don Álvaro?

—Solo daré un paseo por el bosque.

El chico cambió su peso de una pierna a otra.

—¿Desea que lo acompañe?

—No, gracias.

El joven miró a los lados, como si esperara la incursión de un ataque armado.

—Permítame que insista, señor. El bosque puede ser un lugar peligroso. Es ideal para un asalto o un secuestro, y don Efraín nos ordenó protegerlo.

—Hijo, te aseguro que soy capaz de defenderme y que he estado en lugares más peligrosos que ese bosque. Te agradezco la preocupación, pero quiero estar solo.

—¿Y qué le digo al señor Sánchez cuando me pregunte por qué ignoré sus órdenes y le permití ir solo al bosque? —preguntó el joven, con preocupación.

—Dile que su jefe es un cabezota que no atiende a razones —respondió Álvaro, al mismo tiempo que le palmeaba el hombro—. Estoy seguro de que te comprenderá. ¡Vamos, Zeus!

Álvaro inició su paseo en dirección al bosque, con Zeus rondándolo y explorándolo todo a su alrededor. Él avanzaba despacio por culpa de la pierna. Aun así, el paseo entre los árboles le hizo sentirse mejor. Le llegó el olor a pino, a tierra húmeda y el leve aroma dulzón de la hojarasca en descomposición. Desde que era un chiquillo le gustaba estar al aire libre, y antes de su encuentro con Ana pasaba mucho tiempo en los bosques. El recuerdo de su juventud le hizo pensar en su familia. Él se había apartado de su madre, y su hermana siguió adelante con su vida. Por desgracia, ninguna de ellas consiguió ser feliz. Álvaro lo lamentaba. Habría preferido que Irma hubiera tenido mejor suerte en su matrimonio y que su madre no recibiera el trato distante de una empleada, en la propia casa de su hija. Sin embargo, no dependía de él mejorar la suerte de su familia… Todavía. Siguió avanzando, ignorando el dolor, disfrutando del paisaje y de la despreocupada alegría de Zeus, que avanzaba, exploraba, y regresaba para acompañarlo, como si el bienestar de su amo fuera su responsabilidad.

No lejos de allí, Irma y Martina terminaban de colocar los bocadillos y las frutas en la cesta para la merienda. El mejor amigo de Samuel estaba de visita y ambos niños convencieron a Irma de que los llevaran de *picnic* al bosque. Lo hacían con frecuencia y los pequeños lo disfrutaban. Allí podían corretear y jugar a su antojo, y en ocasiones conseguían avistar algún conejo o una ardilla. En esos paseos, Irma y Martina aprovechaban para conversar. Irma tenía la convicción de que Mario les pagaba a algunos de los empleados domésticos, para que le informaran lo que ella hacía o decía. La espiaban en su propia casa, así que solo podía sentirse libre durante esos paseos.

El bosque lindaba con la mansión de Oria, que estaba a un par de calles de la casa de los Valladares. Los vecinos lo visitaban desde siempre. Era el lugar favorito de los habitantes del barrio para pasear, hacer *footing* o cualquier otra actividad al aire libre. Solo unos pocos sabían que era propiedad privada.

Después de preparar la cesta, Irma miró a los niños con seriedad fingida.

—¿Adónde queréis ir?

—Al lago —respondió Félix, sin titubear—, allí podremos jugar y luego sentarnos a merendar.

—Vale.

Llegaron al claro que rodeaba el lago. Martina colocó la cesta sobre una piedra, en espera de que los chiquillos tuvieran hambre. Los chavales comenzaron a corretear por los alrededores, mientras Irma y Martina se sentaron sobre un par de piedras. Hacía mucho tiempo que no podían conversar.

Martina no pudo contenerse más.

—¿Cómo están las cosas con Mario?

—Muy mal —le confesó su hija, y dejó escapar un suspiro—. Lo bueno es que no me dirige la palabra, lo malo es que está obsesionado con algo que no consigue, y paga su mal humor conmigo.

—¿Qué es lo que quiere?

Irma bajó la mirada.

—Ojalá lo supiera.

—Irma, tú sí sabes qué le pasa.

—Sí lo sé, pero me avergüenza confesártelo hasta a ti.

—Dímelo, cariño —Martina suavizó la mirada y apoyó su mano en el antebrazo de su hija—. Te hará bien hablar de ello.

—Parece que la cena del otro día no dio los resultados que esperaba.

—¿La que ofreció para el nuevo vecino?

—Sí, él creyó que iba a convertirse en el mejor amigo de Del Valle, pero sus halagos no dieron resultado.

—¿Por qué el interés?

—Es un hombre muy rico. Mario y sus amigos quieren aprovecharse de él, pero por lo visto, no es tan tonto como pensaban, así que ha guardado las distancias. No se rindió a sus alabanzas ni a su oferta de amistad.

Martina se detuvo un segundo para pensar, antes de dar su opinión.

—Es un hombre peculiar. Debo reconocer que la forma en que trató a Samuel me conmovió, pero me parece que esconde muchas cosas.

—Sí, a mí me causó una impresión parecida, aunque debo reconocer que me simpatiza. Además, hay algo en él que… no sé, me resulta familiar.

—¿Y qué es lo que te avergüenza?

Irma desvió la mirada de su madre y la fijó en una nube, antes de responder.

—Mario me dijo que Del Valle me había mirado de cierta forma que le hizo pensar... Tú sabes.

—¿Y es cierto?

—No lo sé —Irma bajó la cabeza y la sacudió—, solo me transmitió simpatía. Es lo único de lo que estoy segura.

—Entonces, ¿Mario está celoso? ¡Qué morro tiene!

—Es peor. Quiere que coquetee con él —le confesó a su madre, al mismo tiempo que las lágrimas humedecían sus ojos.

—Pero ¿qué estás diciendo?

—Lo que oyes, mamá —susurró Irma, y lanzó una rápida mirada a su alrededor. Los niños correteaban a suficiente distancia, así que continuó—. Mi marido quiere que coquetee con su cliente, para que le facilite entablar una relación de amistad. Dice que de esa forma, Del Valle se le acercará, bien por sentimiento de culpa o para aproximarse a mí.

—Pero ¡qué cabrón! —exclamó Martina, con indignación—. Te negaste, por supuesto.

—Desde luego, pero no sabes la que me montó.

—¡Es inaudito!

Ambas mujeres se interrumpieron cuando escucharon unos ladridos y las risas de los chiquillos. Irma se secó las lágrimas y buscó a los pequeños con la mirada… Entonces, los vio jugando con un hermoso perro labrador que correteaba entre ellos. Martina también centró su atención en los niños. Madre e hija se preocuparon. El perro parecía amistoso, pero no sabían de dónde había salido.

—¡Samuel, Félix! ¡Venid!

Samuel corrió hasta donde estaba sentada su madre y señaló al perro.

—¡Mira qué bonito, mamá!

—Samuel, aléjate de ese perro —le ordenó Martina—. No sabemos si muerde.

Félix se unió a su amigo y ambos chavales se dieron a la tarea de exponer argumentos, para que los dejaran seguir jugando con su divertido compañero canino. Se escuchó un silbido, y el perro corrió hacia el lugar del bosque de dónde provenía. Alertadas, Irma y Martina fijaron la mirada en aquella dirección, pues solo las rodeaban los árboles y ellas eran dos mujeres solas con niños. Estaban acostumbradas a encontrarse con los vecinos, pero que ellas supieran, ese perro no pertenecía a ninguno. Era la primera vez que lo veían, por lo que temieron tropezar con un desconocido.

Minutos después, se relajaron un poco al ver que Álvaro salía del bosque con el perro a su lado. Zeus trotó con alegría para reunirse con los niños y continuar la diversión. Samuel miró a su madre y a su abuela con gesto suplicante, pero ellas no sabían qué hacer. El carácter del perro seguía siendo desconocido, por lo que temían que mordiera a alguno de los niños.

—¡Zeus! —llamó Álvaro y el perro corrió a su lado—. ¡*Ruhig!* —el perro se calmó de inmediato—. ¡*Sit!* —Se sentó, aunque no dejó de mirar a su amo y al lugar donde estaban los niños, repitiendo a su modo el ruego de Samuel con su madre.

—¡Álvaro! —gritó Samuel, el único que tenía permiso para tutearlo. Entonces, el chiquillo corrió hacia él, quien se agachó para recibir el abrazo del pequeño—. ¿Es tuyo? —preguntó señalando a Zeus, que permanecía inmóvil, gimiendo.

—Sí —reconoció Álvaro, al mismo tiempo que se levantaba con ayuda del bastón—. Aunque creo que en este momento cambiaría de amo sin pensarlo dos veces. Espero que no haya causado ninguna molestia. No sabía que había alguien cerca o no le hubiera permitido corretear.

—Parece muy bien educado —observó Martina, y luego lanzó una mirada de picardía a los chiquillos—. Mejor que algunos niños que conozco.

—Sí, está entrenado.

—Mamá, abuela, ¿podemos jugar con él? —preguntó Samuel, haciendo un mohín—. Es de Álvaro. Tiene que ser un perro bueno.

—¿Muerde? —Quiso saber Irma.

—No, es bastante dócil.

—Está bien —aceptó Irma—, pero tened cuidado con él, que no es un juguete.

—¿Lo dejas? —le preguntó Samuel a Álvaro, cuando vio que el perro no se movía, a pesar del permiso de su madre.

—¡*Spiel!* —le dijo Álvaro a Zeus, al mismo tiempo que le acarició la cabeza. El perro no esperó una segunda orden. Al instante comenzó a corretear con los niños.

Irma le señaló una roca al recién llegado.

—¿Desea descansar?

—Gracias.

Álvaro se sentó, extendió la pierna y la apretó con la mano, para aliviar la molestia que sentía.

—¿Sufre de gota?

—No, tuve varias fracturas hace algunos años. La pierna nunca quedó bien.

—¿Un accidente? —preguntó Martina.

—De automóvil. Locuras de juventud.

—Lo lamento.

—No importa. Fue hace muchos años.

Samuel y Félix, con las caras enrojecidas y sudorosas, se plantaron frente a Álvaro con una rama en la mano.

—Álvaro —lo interrumpió Samuel— ¿podemos lanzar el palo al lago, para que Zeus lo recoja?

—¿Cómo haces que te obedezca? —preguntó Félix—, ¿por qué le hablas tan raro?

—A ver —dijo él, con expresión apacible, mientras Zeus ladraba para llamar a sus compañeros de juegos, que en ese momento no le estaban prestando atención—. Le hablo así porque a Zeus lo entrenaron en alemán, así que ese es el idioma que entiende.

—¿Y tú hablas alemán? —preguntó Samuel con los ojos muy abiertos.

—Claro, viví muchos años en un país donde se habla en alemán.

—¿Y si queremos que nos obedezca como lo hace contigo, tenemos que hablar alemán? —preguntó Samuel, con la decepción pintada en su rostro.

—Eso me temo —reconoció Álvaro.

—¿Y puede entrar en la laguna? —preguntó Félix.

—Creo que lo está deseando.

—¡Bien! —gritaron ambos niños a la vez, mientras corrían a reunirse con Zeus, para seguir con el juego.

—Gracias —dijo Irma—. No los había visto divertirse tanto desde hacía mucho tiempo.

Del Valle centró su atención en ella y sus facciones se relajaron.

—Los niños y los perros sienten una atracción natural entre ellos —reflexionó Álvaro, sintiéndose en confianza—, quizá se deba a que conservan una visión más simple de la vida.

—Es extraño oír hablar así a un hombre de negocios.

—Sí, supongo que sí, pero no todo es lo que parece.

Martina se mantuvo en silencio sin dejar de observarlo. La noche que lo había conocido solo pudo tener una impresión del nuevo vecino, pero en ese momento lo detalló con disimulo, además de que el comportamiento de él era más relajado y natural. Había algo en su mirada y su sonrisa que la movía a sentimientos de calidez y afecto. También sus gestos le eran familiares. En un momento él la miró, le sonrió y asintió, como si comprendiera lo que ella estaba pensando.

Las mujeres le preguntaron si tenía apetito, pero él declinó la invitación. Después de conversar durante algunos minutos, llamaron a los niños para que merendaran, momento que él aprovechó para levantarse y despedirse. El descanso le había aliviado, así que llamó a Zeus, quien se sacudió cuando salió de la laguna, antes de acercarse a su amo. Los chiquillos querían que se quedara y seguir jugando después de merendar, pero Martina les advirtió que cuando terminaran de comer el refrigerio, regresarían a casa. Álvaro se despidió de los niños, sonrió a Irma y a Martina y se fue por el mismo sendero por el que había llegado. Mientras observaba cómo se internaba en el bosque, Irma comprendió que Mario lo había subestimado. Martina por su parte, hacía esfuerzos por recordar dónde lo había visto antes, porque si de algo estaba segura, era de que no le resultaba desconocido.

M.J. Fernández

Madrid 2005 - Cerrando el cerco.

David Méndez revisó el material que había conseguido en su último trabajo. Aquello iba a levantar ampollas. Estaba seguro. Sus clientes fueron muy claros en cuanto a la confidencialidad del asunto; nada de prensa. No debía revelar sus descubrimientos a nadie sino en el momento en que lo llamaran para testificar, porque lo que estaba claro era que a ese tío al que seguía, se le iba a caer el pelo.

David era el mejor detective privado de la ciudad. Había sido policía y lo retiraron del cuerpo por un problema de faldas. Al inspector jefe no le cayó bien que se encamara con su mujer. Por esos giros extraños de la vida, ahora se dedicaba a perseguir maridos y mujeres infieles, pero este trabajo había sido diferente. Por eso lo aceptó sin titubear, a pesar de los riesgos. Además, se lo pagaron muy bien. Triplicaron sus honorarios habituales.

Su cliente estaba por llegar y David no podía esperar a mostrarle sus descubrimientos. Nadie imaginaba que ese sujeto anduviera en esos negocios ilegales. Nadie, excepto el hombre que lo había contratado, y que despertó su curiosidad desde el primer día. Su secretaria entró para anunciarle la llegada del señor Pedro González. Méndez estaba seguro de que se trataba de un nombre falso, pero mientras pagara, le daba igual el nombre de quien soltaba la pasta.

—Hazlo pasar.

Efraín entró con la mano extendida

—Tengo entendido que hizo un descubrimiento importante.

—Así es —confirmó David, al mismo tiempo que le entregaba el informe y un sobre con fotografías—. Fue tal como usted dijo. ¿Dónde consiguió esa información?

—Es confidencial.

Efraín miró con satisfacción las fotos que le estaba entregando el detective. Aquella era la pieza que faltaba y una de las más importantes. Méndez esperó, hasta que perdió la paciencia y comenzó a tamborilear con los dedos sobre la mesa.

—¿Satisfecho?

—Mucho —reconoció Efraín, al mismo tiempo que le entregaba un sobre con sus honorarios.

El detective se relajó y desplegó una sonrisa.

—Un placer hacer negocios con usted, señor González.

Efraín se despidió, se levantó y salió. Ya estaban preparados. Ahora solo había que esperar que se diera el primer movimiento del lado contrario, en ese juego de ajedrez. Álvaro estaba muy seguro de que morderían el anzuelo y Efraín confiaba en su amigo. Nunca lo había visto fallar.

◊

Mario se reunió con Nadal y Flores en el club. Habían reservado un apartado para poder conversar sin que los interrumpieran. Mario no disimulaba su entusiasmo. Después de estudiar el negocio que le había planteado Del Valle, encontró una forma de multiplicar las ganancias, pero necesitaría la colaboración de sus socios. Tendrían que invertir mucho dinero, aunque el retorno estaba garantizado y valdría la pena. El camarero les sirvió las copas y recibió la orden de no molestarlos más. Francisco y Emilio se miraron sorprendidos.

—¿Y bien? —preguntó Emilio—. Dinos cuál es ese gran negocio que piensas proponernos.

—Sí, porque el asunto Del Valle fue un fracaso —apuntó Nadal—. El maldito cojo no soltó un euro, ni para campañas políticas ni para patrocinios musicales.

—Pero sí va a soltar para negocios —informó Mario.

Nadal, que ya había perdido la esperanza de desplumar al empresario, se envaró en el asiento y prestó más atención.

—¿En serio?

—¿De qué se trata? —Quiso saber Emilio.

—Es muy sencillo —explicó Mario sonriendo—. Eso es lo hermoso. Quiere comprar una procesadora de cobre, para que suministre materia prima a su empresa. Me dio dos opciones, y me solicitó la tasación de cada una. Quiere que le ofrezca la mejor alternativa. Me pagará un dos por ciento de los beneficios de la venta.

—Muy buen negocio para ti —reconoció Emilio, dejando su copa sobre la mesa—. ¿En qué nos beneficiamos nosotros?

—¿No lo veis? Ya hice las averiguaciones preliminares. La empresa más pequeña, Procesadora Maginsa, requiere una fuerte inversión para que sea rentable. Es el motivo por el cual la venden a muy bajo precio.

—Entonces le recomendarás que compre la otra —asumió Francisco, y reafirmó sus palabras con un gesto de la mano.

Mario negó con la cabeza.

—Al contrario, nosotros compraremos Maginsa.

—¿Nosotros? —Nadal frunció el ceño y echó la cabeza hacia atrás—. ¿Para qué queremos una procesadora de cobre en déficit?

Emilio los miraba a uno y otro. Era el más prudente y no se pronunciaría hasta conocer todos los detalles. Mario se explicó:

—Es muy simple. Nosotros la compraremos al precio que la venden sus actuales propietarios, pero cuando le entregue la evaluación a Del Valle, triplicaré el precio y lo convenceré de que es la mejor opción.

—Claro —dijo por fin Emilio—, él creerá que la compra a sus dueños originales y que, por lo tanto, tu evaluación es imparcial.

—Exacto, pero en realidad, nos estará pagando a nosotros tres veces lo que vale.

Nadal sonrió con malicia.

—Me gusta. ¿Cuánto hay que poner?

—Ese es el único problema —reconoció Mario—. A pesar de ser barata, es una empresa metalúrgica que vale mucho dinero. Necesitamos treinta millones de euros para comprarla, pero la pienso tasar en noventa.

—Eso significa poner diez millones de euros por cabeza. No dispongo de esa liquidez —Se quejó Nadal.

—Ninguno de nosotros —confirmó Mario—, pero algo podremos vender o hipotecar. Es un negocio seguro.

—¿Cuándo lo necesitas?

—Cuanto antes. No puedo retrasar mucho la entrega del informe, sin levantar sospechas. Seis semanas, como muy tarde.

La venganza

—Dalo por hecho —aceptó Emilio. Francisco asintió—. Nuestro amigo Del Valle nos dará buenos beneficios.

M.J. Fernández

Madrid 2005 - Un mal concierto.

Álvaro y María bajaron del coche para asistir al concierto que sería dirigido por Nadal. El frío les recordó que el invierno se aproximaba. Los asistentes usaban sus mejores galas esa noche. Modelos de los más prestigiosos diseñadores desfilaron ante sus ojos y no era difícil identificar algún que otro rostro famoso. Ángela, los Valladares y Emilio Flores los esperaban en la puerta. Mario los invitó a acompañarlos, porque compartirían un palco. Álvaro se sorprendió cuando Valladares ofreció su brazo a María y Emilio hizo lo propio con Ángela, así que Irma quedó sola. Del Valle comprendió la intención de sus anfitriones. Temió que ella se hubiera prestado a sus manipulaciones, pero cambió de opinión cuando vio la expresión de incredulidad de su hermana. El malnacido de Mario le estaba ofreciendo a su propia mujer, para ganarse su favor. Era probable que hubiera notado la simpatía que él sentía hacia Irma, y la malinterpretó. Álvaro se sintió asqueado y lo invadió un profundo dolor por su hermana, cuando comprendió que ella ya sabía lo que su marido se proponía. Le sonrió y le ofreció el brazo. Ella aceptó con un ligero temblor en sus manos. Mientras avanzaban, él le susurró al oído.

—No se preocupe, no permitiré que la utilicen de esa forma.

Ella lo miró con sorpresa, y comprendió que Álvaro era consciente de las manipulaciones que se estaban llevando a cabo, por debajo de la superficie. Se preguntó por qué él estaba allí, si sabía de lo que eran capaces Mario y sus amigos. Entonces, recordó las palabras de su madre, acerca de que tenía la impresión de que Del Valle ocultaba algo. Decidió ser cautelosa, pues se sintió como si estuviera en una jaula de leones, que podían lanzarse unos contra otros en cualquier momento.

El grupo se instaló en el palco y sus integrantes aguardaron en silencio a que comenzara el concierto. Había sido muy publicitado, como todos los que dirigía Nadal, así que el aforo estaba lleno. Francisco tenía la esperanza de que eso animara a Del Valle a invertir en el patrocinio de sus conciertos, pero Álvaro tenía otros planes para él. En el patio se encontraban dos personas que Nadal no podía imaginar que estaban allí: uno era Daniel, el otro Javier Santos.

Los músicos ocuparon sus lugares, el público sus asientos, los murmullos se apagaron y el silencio se apoderó de la sala, con excepción de alguna tos ocasional. La sala de conciertos estaba envuelta en un olor característico. Era una mezcla única de madera pulida y resina, matizada con el aroma de los perfumes que engalanaban a los asistentes. Minutos después, apareció Nadal con un elegante traje negro. Entonces, saludó al público con una inclinación, al mismo tiempo que recibía los aplausos de bienvenida. Llamó la atención de los músicos de pie frente a su atril. A un movimiento de la batuta comenzó el concierto. Como Álvaro sospechaba, el paso de los años no había mejorado su técnica. Era un director mediocre. La música que escuchaban era plana, sin sentimientos. Se trataba de una ejecución fiel de la partitura, pero le faltaba esa capacidad de comprender lo que había querido transmitir el compositor, interpretarlo y ejecutarlo, para que le llegara al público con fidelidad.

María se volvió hacia Álvaro y con la mirada le confirmó su percepción. Nadal era un farsante. El simple producto de una fabulosa inversión en publicidad y críticos pagados. Nadie que comprendiera la música podía darle crédito, pero la fuerza de la propaganda no puede ser desdeñada, y el dinero de Mario Valladares lo había convertido en una celebridad. Álvaro no podía creer que alguien fuera tan torpe, pero eso le vendría bien a su plan. Nadal se llevaría una sorpresa cuando el único crítico al que nunca había podido comprar, escribiera su reseña.

La venganza

Javier Santos, músico de larga trayectoria, tuvo que dejar su carrera después de un accidente que le comprometió el uso de las manos. Por sus invaluables conocimientos lo habían contratado como crítico, y sus opiniones llegaron a ser muy respetadas. Era un hombre honesto que no se dejaba influir, así que en uno de los primeros conciertos de Nadal, dejó claro lo que pensaba. Francisco y Mario lo presionaron para que cambiara su línea editorial, pero él se negó. Después de eso, Mario compró todas sus deudas: la hipoteca de su casa, de su coche, de sus tarjetas de crédito. Entonces, usó esas deudas para dejarlo en la calle. Luego amenazó a los periódicos que compraban sus artículos con retirarles todo tipo de crédito, si volvían a publicarlo. El resultado fue que Santos quedó arruinado y su opinión fue sepultada en un alud de críticos sobornados o amenazados.

Santos se refugió en el alcohol. Cuando Efraín por fin consiguió encontrarlo, lo convenció de someterse a una desintoxicación, le entregó un piso pequeño pero cómodo, y en nombre de Álvaro, convenció a los principales periódicos del país de que publicaran sus artículos. Ahora, Javier estaba sentado en el patio y escuchaba el peor concierto que había tenido la desdicha de presenciar, mientras tomaba notas, con la intención de publicar su artículo al día siguiente.

Daniel también ocupaba un asiento en el patio de butacas. Había decidido que ese sería el día que vería por primera vez a su padre. Álvaro respetó su decisión. El chico observó a Nadal: lo percibió altivo, engreído, con la arrogancia de la mediocridad que cree sus propios engaños. Daniel casi no escuchaba el concierto, pues cualquier estudiante de cursos intermedios podía hacerlo mejor que aquel tío. A él le interesaba más observar al hombre: ese fue el hijo de puta que había forzado a su madre cuando tenía quince años. El responsable de que él naciera con el estigma de un acto brutal y despreciable.

Sin embargo, su madre había cambiado su situación, y fue capaz de separar el desprecio hacia el responsable del forzamiento, de la criatura inocente que había llegado al mundo como consecuencia. Siempre lo hizo sentir importante y deseado. Gracias a ella, había superado el trauma de su origen. Su madre y Álvaro se lo contaron cuando tuvo la edad suficiente para comprender, pero ellos ya habían fortalecido su autoestima con afecto, así que fue capaz de asumirlo y seguir adelante. Pensó en Álvaro, el hombre que se había atribuido a sí mismo la misión de reparar los daños que ocasionaron esas hienas. El hombre que se había solidarizado con las víctimas. Álvaro había ocupado el lugar de su padre. Daniel se sentía afortunado porque había cambiado a Nadal por Álvaro como padre, y tenía la certeza de que el canje lo había beneficiado.

El concierto terminó y el público aplaudió sin mucho entusiasmo. Algunos se levantaron, antes de que Nadal terminara de saludar y retirarse. Era evidente que estaban deseando salir de allí. Daniel fue uno de los primeros que abandonó el teatro, porque Álvaro le había pedido que no se dejara ver. No quería presentarlo ni explicar su presencia. Javier en cambio, se quedó merodeando cerca de la puerta, con el fin de que Francisco lo viera antes de salir, que se diera cuenta de que había vuelto a la vida y que haría todo lo posible para derribar los pies de barro sobre los que se sustentaba. Lo consiguió. Ya casi todo el público había abandonado el edificio, cuando los amigos de Nadal bajaron del palco. Entonces, Francisco fue a reunirse con ellos y en su camino vio a Santos, que le dirigió una sonrisa sarcástica. Nadal palideció, consciente de lo que significaba la presencia del crítico, quien lucía envejecido, pero en perfectas condiciones.

A Álvaro no se le escapó la expresión de Nadal e hizo lo posible por evitar que se le notara la satisfacción. Mario también vio a Santos y luego miró a Nadal con desconcierto. Hizo lo posible por disimular.

—¡Excelente concierto, amigo mío! —exclamó Valladares—. Te felicito, estás entre los grandes.

Nadal miró de reojo en dirección al crítico.

—Gracias. Aunque no me sentí en mi mejor momento.

—¡Tonterías! ¿Qué opina usted, don Álvaro? —preguntó Mario—. ¿Le gustó?

—Fue diferente a todo lo que había escuchado —respondió Álvaro, lacónico.

—¿Lo ves? El señor Del Valle es un gran conocedor de la música y le gustó.

Irma miró a su marido, pues había observado la expresión de Álvaro durante toda la noche, y se dio cuenta de las miradas que había cruzado con María, justo en los momentos en que Nadal hacía gala de mayor torpeza. Ella había crecido escuchando a su hermano tocar el piano, así que también era capaz de reconocer la buena música. Sabía muy bien que Nadal era un farsante y que Del Valle lo tenía claro. Más atenta al cliente de su marido, Irma se dio cuenta de que el nuevo vecino no estaba decepcionado por el mal concierto. Por el contrario, lucía satisfecho como si fuera lo que esperaba. Irma comenzó a tener la impresión de que Álvaro Del Valle no solo ocultaba algo, sino que además, era un hombre peligroso.

Un par de días después, los efectos del artículo publicado por Santos a la mañana siguiente del concierto, no se hicieron esperar. Era la primera vez que alguien tenía el valor de decir la verdad sobre Nadal: Que era un farsante. Además, la reseña estaba bien fundamentada en argumentos consistentes, respaldados por las notas que el crítico había escrito durante el concierto. Tuvo otra consecuencia adicional: Javier había sido un ejemplo para los demás periodistas, acerca de lo que les podía pasar si daban su opinión honesta, pero al resurgir de sus cenizas, muchos cobraron valor y cambiaron sus opiniones. Argumentaron que Nadal estaba en decadencia.

Francisco se presentó en la casa de Mario con el diario en la mano, fuera de sí. Desde que salió de *Juilliards,* nunca había tenido una crítica negativa y llegó a creerse sus propias mentiras. Se veía a sí mismo como un genio de la música, así que su ego inflado no aceptaba que se pusiera en duda esa genialidad.

—¿De dónde salió este cabrón? —le preguntó a Mario, al mismo tiempo que sacudía el periódico.

—Cálmate —Valladares llenó una copa de vino con parsimonia—. Es solo una crítica.

—No, no es solo una crítica. Puede ser el final de mi carrera artística. ¿O no has visto lo que publicaron los demás periódicos?

Mario se encogió de hombros.

—No suelo leer la sección cultural.

—«Farsante», «ejecución sin brillo», «ostentación excesiva para un concierto opaco» —citó Francisco—. Escucha esto: «tiene algo en común con Beethoven: la sordera». Eso es lo que están diciendo de mí, en este momento.

—Fue solo un mal concierto —argumentó Mario, al mismo tiempo que le ofrecía la copa a su desconsolado amigo—. En el siguiente te reivindicarás.

—No lo entiendes, ¿verdad? —gritó Nadal, ignorando la bebida— Se suponía que tú, con tu poder económico, te ibas a encargar de controlar la opinión pública, para evitar esto.

—Y es lo que he hecho hasta ahora.

—Te recuerdo que fue mi declaración la que mantuvo tu culo fuera de la cárcel, hace más de veinte años —lo amenazó Nadal—. Y puedo ponerlo allí.

—Ten cuidado, Francisco —Mario se acercó hasta la puerta y la cerró. Luego volvió junto a Nadal y le murmuró entre dientes—. Recuerda que declaraste en falso a cambio de dinero, y que el hombre contra el que cometiste perjurio terminó muerto, como consecuencia de esa condena. Si hablas ahora, no será mi culo el único que termine en la cárcel.

Nadal desvió la mirada y cogió aire para calmarse. Tenía conciencia de que los nexos que lo unían a Mario ahora eran más complejos que el soborno por el juicio de Ana Roldán. Si acusaba a Valladares, este tenía suficientes pruebas contra él, para llevarlo a prisión por el resto de su vida. Llamaron a la puerta. El mayordomo entró y anunció la llegada del señor Flores. En cuanto Emilio cruzó el umbral, se dio cuenta del ambiente tenso en la habitación, vio el periódico en la mano de Francisco y comprendió el motivo de su frustración. Él ya había leído la crítica y no pudo menos que darle la razón, pero le preocupaba que Mario hubiera perdido el control de la prensa. Podía representar un peligro para todos.

—Muy bien, ya estamos reunidos —dijo Mario, centrando su atención en el recién llegado—. Os daré la información sobre la procesadora. Todo está listo: en pocos días firmaremos la adquisición.

—Será mejor que te asegures de que Del Valle acepte comprarla —le advirtió Emilio—. Tuve que hipotecar mi casa y usar los fondos en negro, para reunir el dinero.

—Lo sé —reconoció Mario—, también Francisco tuvo que falsificar la firma de Ángela para acceder a su cuenta, y yo hipotequé esta casa, además de coger prestados algunos fondos del Banco. Todos arriesgamos mucho, pero recordad que el maldito cojo tomará su decisión sobre la base de mis informes. No te preocupes, Francisco, te aseguro que después de este negocio, podrás retirarte y no te importará la opinión de ningún crítico.

M.J. Fernández

Madrid 2005 - El cumpleaños.

Álvaro y Daniel tocaban a cuatro manos «*La petite suite*» de Debussy. El móvil de Del Valle los interrumpió. Era Juan, quien estaba de guardia en el perímetro. Álvaro escuchó el mensaje de su empleado, le dio las gracias y terminó la llamada.

—Viene tu madre —le advirtió al chico.

—Joder, pues sí que se ha dado prisa —se quejó Daniel, al mismo tiempo que se apartaba del piano—. A ver si la próxima vez, la envías un poco más lejos.

—Debo ser cuidadoso. María es muy lista y no quiero que sospeche.

—También es verdad.

—Vete a tu habitación. Le diré que estás estudiando.

—Vale.

Daniel salió del salón de música corriendo, escaleras arriba, antes de que María abriera la puerta. Álvaro también se apresuró en salir y llegó a su despacho, apenas a tiempo. Se sentó al escritorio y sacó unos papeles, para simular que trabajaba. María entró al despacho pocos segundos después.

—Aquí está lo que me pediste, Álvaro. Julián pensaba traerlo de todas formas mañana y explicárnoslo a los dos.

—Gracias, María. Lo prefiero así, porque confío mucho en tu criterio. Él te dio el informe, ¿no?

—Sí, ¿quieres oírlo?

—Claro.

María le relató lo que Julián le había explicado, acerca del funcionamiento de la empresa en España. Estaba intrigada. Por lo general, Álvaro no apresuraba a su gente de confianza. No era algo habitual que le pidiera trasladarse para recibir un informe, que Julián iba a llevarle al día siguiente.

—Gracias María. Hay algo más de lo que quiero hablarte.

—Tú dirás.

—Se acerca tu cumpleaños. Ya Daniel y yo lo hemos hablado: él está de acuerdo en que hagamos una pequeña celebración.

María enarcó las cejas. Entonces, no era eso lo que Álvaro se traía entre manos, pues si pensara darle una fiesta sorpresa, no lo habría mencionado

—Me parece bien —respondió ella—. Puede ser una buena oportunidad para dar el paso siguiente.

—De eso también quiero conversar. No me gusta la idea de utilizar tu cumpleaños para nuestros planes. No quisiera obligarte a soportar a esos sujetos en tu día.

—Vamos, Álvaro. Sabes que es la ocasión ideal, porque no sospecharían nada. No necesitas protegerme. No soy una niña. Estamos juntos en esto, ¿recuerdas?

—¿Estás segura?

—Por supuesto.

—Entonces, el señor Valladares y sus amigos recibirán esa invitación que tanto anhelan.

María sonrió. El momento que tanto esperaba desde que Álvaro entró en su vida estaba cerca. El hombre que la había humillado, que destrozó sus ilusiones y la convirtió en una paria, por fin iba a pagar por ello. Cada vez que lo veía sentía asco, al mismo tiempo que una secreta satisfacción, porque tenía claro que Francisco Nadal era una marioneta en manos de Álvaro. Y también estaban los otros. Hombres que no tenían escrúpulos en destrozar vidas, para complacer sus apetencias. Lo que le habían hecho a Álvaro le dolía, casi tanto como lo que sufrió ella misma. Pero el momento de pedir cuentas se acercaba, y se decía a sí misma que lo que anhelaba no era venganza, sino justicia para ella y los suyos.

◊

Un par de días después, Efraín estaba de pie frente al despacho de Álvaro. Cambiaba el peso del cuerpo de un lado al otro y miraba a los lados, en busca de una excusa que le permitiera posponer el momento, pero sabía que debía dar ese paso. Se sentía un traidor y necesitaba confesarle la verdad a Álvaro. Llamó a la puerta. Desde adentro lo invitaron a pasar, así que se asomó con timidez. Su amigo trabajaba detrás de su escritorio.

—¿Estás ocupado? Puedo venir en otro momento.

—Pasa, Efraín. Un descanso me hará bien —Álvaro se levantó y se acercó al mueble bar—. ¿Quieres algo?

—Un coñac, gracias.

—De acuerdo —Álvaro lo sirvió, se lo dio en la mano y luego se preparó una copa de vino, para él mismo—. ¿Te encuentras bien? Pareces preocupado.

—No, quiero decir sí.

Álvaro alzó las cejas. Cuando Efraín titubeaba así, era porque se encontraba en una situación muy comprometida.

—Vamos a sentarnos —sugirió, invitándolo con un gesto al pequeño recibo, que había junto a la chimenea encendida—. Así podrás contarme de qué se trata eso que tanto te preocupa.

Se sentaron y Efraín bebió de la copa, en busca del valor que necesitaba. Álvaro esperó con paciencia, mientras su jefe de seguridad miraba a un lado y otro, como si quisiera salir corriendo.

—¿Querías decirme algo, Efraín?

—Sí… María y yo hemos comenzado una relación —Le largó de una vez. Entonces, respiró. Ya estaba dicho.

—¡Enhorabuena, amigo! Ya era hora de que te decidieras.

—¿No te molesta? —preguntó Efraín, con cara de alelado.

—Claro que no me molesta. Os quiero mucho a ambos y creo que no hay nadie mejor para María.

—Siempre creí que tú...

—Pensé que lo tenías claro, amigo. María es como una hermana para mí. Creo que tienes mucha suerte.

—Gracias. No sabes el peso que me quitas de los hombros —Efraín bebió un largo trago y el licor le quemó la garganta.

—No tienes por qué preocuparte, aunque sí tengo una condición.

—¿Una condición?

—Si hay boda, espero que me permitáis ser el padrino.

—Claro, cuenta con eso, aunque todavía no hemos tocado el tema.

—Espero que no tardes tanto en declararte como en mostrar tus sentimientos.

—¿Lo sabías?

—Efraín, tú que eres tan astuto, a veces demuestras una ingenuidad conmovedora. Lo sabía hasta Zeus. No sé cómo andarán las apuestas en este momento, pero...

El jefe de seguridad frunció el ceño y se envaró en el asiento.

—¿Apuestas? ¿Qué apuestas?

—Pues, la última vez que pregunté, estaban cinco a uno a que no te declararías, antes del final de año. Creo que Pablo se hará con una buena pasta.

—Esos cabrones... —murmuró Efraín. Entonces, hizo una pausa y miró a Álvaro con desconfianza—. Tú no habrás apostado, ¿no?

—¿Quieres otra copa? Ahora que lo pienso —reflexionó Álvaro, mientras servía otro coñac a su amigo—, a partir de ahora, tendré que encontrar otra dama que quiera acompañarme en los eventos sociales.

◊

Al día siguiente, Mario recibió una agradable sorpresa cuando encontró las invitaciones a la celebración del cumpleaños de la señora María Santacruz, que le habían enviado a nombre de Daniel Santacruz. La reunión se llevaría a cabo el siguiente sábado a las diez de la noche, en traje de gala. En un primer momento, pensó que el sobre incluía la de los Nadal y la de Emilio, pero cuando vio los nombres impresos, se llevó una sorpresa. Irma pasaba en ese momento junto a él y la detuvo.

—¿Qué es esto?

—Las invitaciones para el cumpleaños de María Santacruz.

—Eso ya lo sé, pero ¿por qué hay una a nombre de Carlos y su novia, y otra aparte para Martina?

—Es evidente, ¿no? Daniel es amigo de tu hijo, por lo que quiere invitarlo con su novia. Además, por lo visto, María decidió invitar a mi madre.

Las orejas de Mario se enrojecieron.

—Esto es cosa tuya, ¿verdad? ¿Qué pinta tu madre en una fiesta como esa? Seguro que tú los convenciste de que la invitaran.

—Te juro que no tengo nada que ver.

—Pues ya le puedes advertir a la vieja que no se le ocurra ir. Y espero que tu hijo no se presente con la pescadera.

Irma puso los ojos en blanco.

—No creo que mi madre tenga ningún interés en asistir. Ella no busca impresionar a nadie, para aprovecharse de su dinero. En cuanto a Carlos, es libre de llevar a quien desee y si va con Laura me sentiré feliz, porque es una buena chica.

Mario se contuvo. Hubiera querido darle una bofetada a su mujer, pero no le convenía. Guardó las invitaciones. Por lo visto tendría que soportar a los críos, pero era lógico, pues el hijo de María querría compañía de su edad. Sin embargo, no estaba dispuesto a soportar a la vieja. Cuando llamó a sus socios, comprobó que ellos también habían recibido la codiciada invitación, incluyendo a Julia, que por primera vez acompañaría a su abuelo con gusto. Ya habían firmado la compra de la procesadora y los informes manipulados estaban casi listos. Valladares se sintió afortunado, seguro de que pronto se apoderarían de una enorme cantidad de dinero, que iban a ganar con mucha facilidad. Además de que había sido invitado a la casa de Oria por la puerta grande.

◊

La noche del sábado, María se vistió con su mejor atuendo. Sería una velada muy especial por muchas razones, pero la principal era que su acompañante en esta ocasión sería Efraín. Álvaro la relevó de ese papel, y aunque ella disfrutaba acudir con él a los lugares que visitaba, sabía que se sentiría mejor si lo hacía con el hombre del que estaba enamorada. Se preguntó a quién tendría Álvaro en mente para sustituirla.

Él se había vestido de gala temprano, para salir a buscar a la chica. María no tenía idea de quién se trataba, porque no sabía que él conociera a nadie en Madrid. ¿Tal vez alguna amiga de su juventud? Lo descartó enseguida. Samuel no conservaba recuerdos del verdadero Álvaro. Aquel chico había muerto en el accidente. Una locura que a ella le había resultado muy difícil creer, pero que por fin terminó aceptando.

Efraín y Daniel la esperaban al pie de la escalera. Ella sintió un poco de nostalgia, porque era la primera vez desde que recordaba que no era Álvaro quien la aguardaba. Efraín la recibió con un beso y sacó un estuche envuelto en papel de regalo del bolsillo interno de la chaqueta.

—Feliz cumpleaños. Espero que te guste. Yo no sé mucho de estas cosas, pero se lo mostré a Álvaro y a él le pareció una buena elección.

María abrió el estuche como una chiquilla frente a su regalo de Reyes.

—Gracias, Efraín. ¡Es precioso!

La caja guardaba una cadena de oro blanco con un dije incrustado de esmeraldas. Una joya mucho más sencilla que la pieza que había usado durante la cena, en la casa Valladares, pero también era muy valiosa. Efraín se la colocó, mientras María sonreía.

—¿Álvaro no ha regresado?

—No —reconoció Daniel—. Me dijo que iba a buscar a su compañera de esta noche, y que yo debía recibir a los invitados.

María le acarició la mejilla con una sonrisa.

—Lo harás muy bien, hijo.

Se escuchó la puerta. Juan la abrió. Por lo visto, los invitados se habían puesto de acuerdo para llegar juntos. Solo faltaban Carlos, su novia, y Martina. Daniel los recibió, pero la única que se alegró de verlo fue Julia. Los demás no disimularon su decepción cuando se dieron cuenta de que Álvaro no estaba, ni tampoco su sorpresa cuando María presentó a Efraín como su prometido. Mario ya conocía la casa, pero los demás quedaron impresionados.

Valladares miró a los lados como si buscara a alguien.

—¿Dónde está don Álvaro? Espero que no se encuentre enfermo.

—No, claro que no —respondió María—, fue a recoger a la dama que lo acompañará esta noche. Estoy segura de que llegará en cualquier momento. ¿Carlos, y la señora Martina no vienen?

—Carlos también fue a buscar a su novia —aclaró Irma, al mismo tiempo que fijaba la mirada en Mario, quien hizo un gesto de desagrado—. Y mi madre me pidió que la disculparan, porque se encuentra resfriada.

—Lamento escuchar eso. Espero que se recupere pronto.

Un camarero pasó con una bandeja, repartiendo copas. Julia y Daniel se plantaron en un rincón. Minutos después llegó Carlos en compañía de Laura. La chica se sintió un poco cohibida en ese ambiente. Mario lanzó una mirada severa a su hijo. Habían tenido una fuerte discusión esa misma tarde. Su padre no quería que llevara a su novia a la celebración, argumentando que lo iba a dejar en ridículo. Carlos se ofendió y se negó a hacerle semejante desprecio a Laura. Los habían invitado a ambos y asistirían juntos. Los recién llegados se reunieron con Daniel y Julia, lo que permitió que la chica se relajara un poco. El ambiente era intimidante, pero esos eran sus amigos de siempre.

Al poco tiempo llegó Álvaro, y los sorprendió a todos. Incluso sus amigos habían especulado acerca de su acompañante. Algunos sostenían que tal vez se presentara con una celebridad o con alguna antigua amiga que nadie conocía, pero ninguno había acertado. Tomada de su brazo y con evidente timidez, venía Martina. Álvaro la fue a buscar en persona y la convenció de que fuera su acompañante esa noche, después de asegurarle que no aceptaría asistir a la celebración con nadie más. Martina argumentó que no tenía ropa adecuada, así que él la llevó a una elegante *boutique* de Madrid, y le compró el vestido más elegante que había en la tienda, así como los zapatos y un abrigo. Luego le colocó un collar de perlas, que formaba parte de la colección de Fernando.

Martina estaba aturdida y avergonzada. No comprendía por qué ese hombre que podía tener a la mujer que quisiera, había decidido ir a esa recepción con ella, una anciana que vivía arrimada a su hija y su yerno. Le pareció que era el capricho de un hombre rico y excéntrico, pero el cariño que él le estaba demostrando en cada gesto, la persuadió de seguirle la corriente. Martina dedujo que ella debía recordarle a alguien a quien él quería mucho. Así que la anciana profesora de piano salió de la tienda convertida en una reina madre. Pablo abrió la puerta del coche y Álvaro le ofreció la mano para ayudarla a subir. Nunca nadie la había tratado con tanto cariño y cuidado, desde que su querido Samuel había sido arrancado de su vida. Pablo se incorporó a la vía en dirección a la casa de Oria. Álvaro miró a Martina y la vio como había querido verla desde hacía mucho tiempo: recibiendo el trato de una reina. Entonces, le sonrió.

—¿Por qué hace esto, don Álvaro? —le preguntó la anciana.

—Me acompañas esta noche, Martina, así que debes llamarme Álvaro.

—Muy bien, ¿por qué haces esto? Solo soy una vieja que vive a la sombra de su hija.

Él inclinó la cabeza a un lado y la miró con ternura.

—Eres mucho más que eso, Martina. Aunque tú no quieras reconocerlo.

—¿Te recuerdo a alguien? —preguntó ella, en un esfuerzo por encontrar una respuesta lógica. Él asintió—. ¿A quién?

—A mi madre —respondió Álvaro, conteniendo la emoción—. ¿Te importaría ser mi madre por esta noche, Martina?

Las lágrimas humedecieron los ojos de la profesora de piano.

—Será un honor —respondió ella, al mismo tiempo que le palmeaba el brazo que sujetaba el bastón.

Nadie fue indiferente a la llegada de la extraña pareja. Incluso sus amigos se sorprendieron, aunque María comprendió que debería haberlo adivinado. Álvaro se había propuesto devolver el lugar que le correspondía a cada uno de los que estaban allí, y Martina tenía un lugar privilegiado en esa redistribución. Era su madre, y también la mujer que lo había iniciado en su pasión por la música, así que él haría todo lo posible para que recuperara la importancia que Valladares se empeñaba en negarle.

El más sorprendido fue Mario. Él había prohibido que Martina aceptara la invitación, pero si venía del brazo del propio Álvaro Del Valle, tendría que cambiar su actitud hacia la vieja. No podía correr el riesgo de enemistarse con el lisiado. Irma, por su parte, reconoció que por fin se hacía justicia con Martina, por lo que se sintió agradecida con Álvaro. No comprendía la razón por la que actuaba cómo lo hacía, pero era evidente que había llegado para revolucionar sus vidas.

Francisco y Emilio no salían de su asombro por el lujo que los rodeaba. Se sintieron confiados de que su plan funcionaría. A ese tío le daría lo mismo pagar treinta millones que noventa. Ángela estaba más interesada en el hombre que en la casa, sobre todo esa noche que veía el camino libre, pero Álvaro estaba decidido a homenajear a Martina, así que, para sorpresa de todos, no la dejó sola en toda la velada.

Pasaron al comedor, Álvaro presidió la mesa e hizo sentar a su derecha a María, y a su izquierda a Martina. Mario quedó casi al otro extremo de la mesa. Álvaro tenía dos objetivos en esa celebración: festejar el cumpleaños de María, y hacer un homenaje a su madre. Todo lo demás era secundario en ese momento. Incluidos sus enemigos.

Después de cenar, Daniel se acercó a Álvaro y hablaron en voz baja. María los observó con curiosidad y luego a Efraín, que se encogió de hombros, porque tampoco tenía idea de qué se traían esos dos con tanto secreto. Después de excusarse, Daniel salió del comedor con paso ligero, al mismo tiempo que Álvaro llamaba la atención de todos.

—Señoras, señores. Deseo aprovechar este momento para ofrecer un regalo de cumpleaños que le haremos entre Daniel y yo a nuestra querida cumpleañera.

María no tenía idea de qué podía regalarle Álvaro en sociedad con Daniel, ni dónde estaba su hijo, justo en ese momento. Los demás también estaban intrigados, pues un hombre tan rico no necesitaba a nadie para hacer un regalo. Álvaro los invitó a seguirlo y le ofreció el brazo a María, por lo que Efraín hizo lo propio con Martina. Llegaron al salón de música, donde los invitados quedaron sorprendidos al ver dos extraordinarios pianos de cola, uno frente al otro. A un lado de la sala había sillas de respaldo alto, y Álvaro hizo un gesto para invitar a María a sentarse en una de ellas. La secretaria comprendió lo que habían planeado cuando vio que ya Daniel ocupaba su asiento frente a uno de los pianos, y que Álvaro se dirigía al otro. Efraín hizo que Martina se sentara junto a María.

Los invitados se distribuyeron en las sillas, esperando un breve concierto de aficionados. Álvaro hizo una señal a Daniel. El chico inició su ejecución, y luego Álvaro se incorporó. Lo que se escuchó desde ambos pianos fue una melodía sublime. María sintió que las lágrimas le corrían por las mejillas con aquella extraordinaria interpretación. No fue la única que se conmovió. Las lágrimas también acudieron a los ojos de Martina y de Irma, mientras Daniel y Álvaro, concentrados en sus respectivos pianos, convertían aquella velada en algo memorable. Ángela y Emilio, que también sabían reconocer la buena música, quedaron sorprendidos. Nadal sintió que la envidia lo mordía por dentro. Era inverosímil que un chico y un aficionado pudieran tocar el piano de esa forma. Martina miró con detenimiento a Álvaro, quien, abstraído, había olvidado dónde estaba. Para él, en ese momento, solo existían el piano y la extraordinaria música que salía de sus dedos. Martina vio su expresión, su concentración y detalló sus rasgos. Su rostro era el de un hombre muy diferente, pero la forma de tocar y la absoluta compenetración con el instrumento, le recordaron a su Samuel. Por un instante, ella fue capaz de ver en Álvaro a su propio hijo, al que tenía un futuro prometedor por delante, al que habían arrebatado de su lado una trágica noche, que debería haber sido una de las más felices de su vida.

Martina sintió que las lágrimas inundaban sus ojos y su mente se negó a reconocer lo que su corazón le gritaba. Aquel no podía ser Samuel. Ni siquiera se le parecía. Su hijo había muerto en una terrible prisión. Tal vez la música y los desvaríos de sus ancianos sentidos, le estaban jugando una mala pasada.

Álvaro y Daniel continuaron interpretando un concierto a cuatro manos sin parangón, y mientras los dedos de ambos volaban sobre las escalas, su auditorio sentía que era transportado a un lugar especial, donde sus emociones cobraban vida. Álvaro dirigía a Daniel con pequeños gestos, y el chico, que había aprendido bajo su tutela, no necesitaba más para comprender lo que debía hacer. Al fin «*La petite suite*» llegó a su final. Álvaro dejó que Daniel concluyera, entonces, lo miró con orgullo y sonrió. Conmovida, María abandonó su asiento, se acercó a su hijo para abrazarlo y luego hizo lo mismo con Álvaro.

—Es el mejor regalo que he recibido en mi vida. Gracias.

—Fue… Sublime —confirmó Ángela, también emocionada.

Irma se secaba las lágrimas, porque lo que acababa de escuchar le había recordado a su hermano Samuel. Hacía muchos años que no pensaba en él, y en aquel momento se preguntó cómo habría sido su vida, si no hubiera muerto en tan terribles circunstancias. Estaba segura de que tocaría el piano como acababa de hacerlo Álvaro. Entonces, comprendió de dónde surgía su simpatía hacia su vecino. Supo que de alguna manera le recordaba a su hermano. No en su aspecto físico, sino en sus modales, sus gestos, su forma de tratar a los demás. Ese pensamiento la tranquilizó, porque se dio cuenta de que no se había enamorado de él.

Daniel y Álvaro recibieron la felicitación de todos los presentes, con excepción de Nadal, que permaneció un poco apartado del grupo, exprimiéndose el cerebro, mientras buscaba alguna observación crítica que hacer de una ejecución perfecta. Por fin, se aproximó con una sonrisa sarcástica. Daniel cambió la expresión de su rostro y Álvaro se mantuvo alerta.

—No está mal —comentó Nadal, mordaz—, para un estudiante y un aficionado.

—Me complace que le haya gustado —intervino Álvaro, interponiéndose entre él y Daniel, que lo miró con furia contenida—. Es indudable que el chico tiene un talento que no puede ser comprado.

—Será un gran músico sin duda —intervino Mario, cuando se dio cuenta de que el comentario del imbécil de Nadal había ofendido a sus anfitriones.

Nadal agachó la cabeza y se mordió la lengua. Estaba claro que Del Valle se refería a las últimas reseñas que la prensa había publicado sobre él. Por culpa del maldito Santos, su montaje publicitario había quedado al descubierto, su carrera musical estaba arruinada y Ángela contemplaba la posibilidad de abandonarlo. Solo permanecía con él por su nombre como músico. Si no era nadie, no lo necesitaba. Él solo esperaba la fabulosa ganancia que obtendrían del imbécil que tenía delante, para largarse a vivir la gran vida, donde nadie lo conociera.

Cuando se despidieron, Martina se acercó a Álvaro, le dio dos besos y comenzó a quitarse el collar de perlas. Él le hizo un gesto para que se detuviera.

—No, Martina. Es tuyo.

—No, por Dios —protestó ella, ofuscada—, es demasiado valioso. No lo puedo aceptar.

—Claro que puedes. Nada es demasiado valioso para una mujer como tú. Quiero que lo conserves como un recuerdo de esta noche.

Martina se dejó puesto el collar, confundida, y Álvaro se despidió de ella con un beso en la frente. Ese gesto removió la memoria de la anciana, quien comprendió que a pesar de que su mente se negaba a admitirlo, su corazón no le mentía. Martina cerró los ojos, acarició la mejilla de Álvaro y se marchó con lágrimas en los ojos. Esta vez, eran lágrimas de felicidad.

Madrid 2005 - Emilio.

Al día siguiente, Emilio se levantó tarde. La velada de la noche anterior le había causado insomnio. Había muchos detalles que analizar de aquella recepción. En primer lugar, Del Valle era mucho más rico de lo que ellos habían calculado. Aquella casa tenía más obras de arte que un museo. En segundo lugar, demostró no ser tan estúpido como esperaban. Durante la reunión, los dejó de lado. Aunque con sutileza, privilegió a una vieja advenediza como invitada especial y eso era lo que Emilio no terminaba de comprender. ¿Qué importancia podía tener una profesora de piano como Martina, para un hombre como Álvaro Del Valle? ¿Excentricidad? ¿Sentimentalismo? Tal vez el objetivo no era la anciana, sino Irma. Eso tendría lógica: hacerle un homenaje a la vieja para congraciarse con la mujer que le interesaba. Necesitaba discutirlo con Mario, porque era probable que pudieran sacar provecho de esa debilidad del empresario.

Bajó las escaleras para desayunar y preguntó por Julia, pero la asistenta le dijo que su nieta se había marchado, después de desayunar.

Emilio desplegó el periódico, mientras la mujer le servía el café. Él revisó los titulares, y comenzó a leer los artículos de actualidad que le interesaban. Llamaron a la puerta. Se sorprendió de que alguien visitara su casa un domingo, a esa hora de la mañana. La asistenta fue a abrir y regresó a los pocos minutos, pálida y asustada.

—Señor, es la Policía.

—¿Cómo dice? —preguntó Emilio con desconcierto, al mismo tiempo que apartaba el periódico y veía entrar a dos hombres.

—¿Emilio Flores?

—Sí, ¿qué ocurre aquí?

—Queda arrestado por aceptar sobornos.

—¿Es una broma? ¿Sabe usted quién soy yo?

—Sí, señor —respondió el otro policía, mientras su compañero le ponía los grilletes—. Es usted el titular de una orden de busca y captura por corrupción. Venimos a detenerlo, siguiendo las instrucciones del juez.

Un par de horas después, Emilio creyó estar en medio de una pesadilla cuando vio las fotografías que el comisario Bardina desplegaba frente a él. Las imágenes lo mostraban en un pequeño hotel de Madrid, reunido con los representantes de una empresa, con la cual su Ministerio había firmado un lucrativo contrato. Se le veía con toda claridad, recibiendo un maletín con dinero en efectivo. Emilio sabía que cuando investigaran a fondo, iban a encontrar que el presupuesto de esa empresa era el más alto de las licitaciones, porque incluía su soborno.

—¿Cómo explica esto, señor Flores?

—No diré nada. Quiero un abogado.

—Muy bien. Puede llamar a su abogado, pero le sugiero que contrate uno bueno, porque apenas comenzamos a escarbar, y lo que vamos encontrando no le augura un futuro prometedor.

Emilio se mordió los labios, mientras lo llevaban a la celda de nuevo. No había podido pagar su fianza, pues el maldito escándalo había estallado, justo cuando él acababa de invertir todo su dinero en el negocio del cobre. Hasta que Mario completara la estafa a Del Valle, no dispondría de recursos, ni siquiera para los honorarios del defensor. Tendría que conformarse con uno de oficio.

La venganza

◊

El comisario Raúl Bardina revisó de nuevo las fotografías. La noche anterior las había encontrado en su casa cuando alguien las pasó por debajo de la puerta, junto con una nota: «*El incorruptible juez no era tan incorruptible*». Sin embargo, Emilio Flores no era juez, desde hacía veinte años. Raúl comprendió de inmediato, que esa información anónima debió entregarla alguien a quien Flores declaró culpable, durante su ejercicio como juez. Lo que no comprendía era por qué se la habían hecho llegar a él. ¿Tendría relación con alguno de sus antiguos casos?

Las investigaciones sobre Flores apenas comenzaban, pero ya habían encontrado un buen número de evidencias de sobornos y manejos dolosos del patrimonio público. Ese iba a ser un escándalo de proporciones épicas, por lo que Raúl se temió que él y sus subalternos iban a estar metidos de lleno en el ojo del huracán. Además, Emilio se relacionaba con personajes poderosos. Preveía que ese caso iba a ser una pesadilla, pero seguiría adelante sin importar las consecuencias. Por primera vez, se sintió aliviado por la cercanía de su jubilación.

◊

Mario recibió la llamada de Emilio y sintió un vacío en el estómago que le causó vértigos. Tuvo que sentarse. Si Flores caía, Nadal y él también se verían en una situación muy comprometida. Emilio llevaba negocios sucios por su cuenta. El asunto de los sobornos era uno de ellos, pero había muchos delitos que también involucraban a sus cómplices. El que más le preocupaba a Mario era la muerte de Ana Roldán. Si se reabría ese caso, él podía pasar el resto de su vida en la cárcel.

—Mario, necesito dinero —exigió Emilio—. Me piden una fianza de doscientos mil euros y tengo que contratar un buen abogado.

—Sabes que en este momento yo tampoco dispongo de liquidez, hasta que Del Valle pague.

—¿Y qué esperas para presentarle el informe?

—No puedo entregarle las auditorías un domingo. Se vería sospechoso. Es probable que incluso se negara a recibirme. Mañana, a primera hora, me presentaré en su casa. Te lo prometo.

—¡Consigue ese dinero rápido! —insistió Emilio—. Te conviene.

Mario colgó el teléfono. Sudaba a mares, a pesar del frío. No comprendía cuándo había comenzado a perder el control: primero la prensa arruinando la carrera musical de Nadal. Ahora, esto. Emilio era el hilo por el que podía irse todo el tejido. La asistenta tocó la puerta y se asomó, pero Francisco no le dio tiempo de anunciarlo. Entró detrás de ella, la despidió de mala manera y cerró la puerta.

—¿Qué ocurre? —preguntó Nadal, con el ceño fruncido— ¿Qué es tan urgente que no podía esperar?

—Arrestaron a Emilio.

—¿Qué?

—Lo que oyes, el muy imbécil se confió y se dejó fotografiar, mientras recibía un soborno.

—¡Estúpido! Pero eso no tiene que ver con nosotros, ¿no?

—No seas gilipollas, Francisco —gruñó Mario. Se sirvió un wiski doble y lo bebió de un solo trago—. Emilio no va a caer solo. Si no lo sacamos del atolladero, comenzará a hablar para reducir su condena y nos implicará a nosotros.

Nadal palideció y miró a los lados, como si buscara una salida.

—¿Y qué hacemos?

—De momento, tenemos que sacarlo de allí. No tiene liquidez por el asunto de la procesadora, pero necesita doscientos mil euros y al menos cien mil más, para el abogado.

—¿Y?

—Yo también tengo comprometido todo mi capital, hasta que Del Valle suelte la pasta —Valladares dejó el vaso sobre la mesa con un golpe seco—. Solo tú puedes conseguir ese dinero, a través de Ángela.

—Ángela no me va a dar un centavo y nunca esa cantidad. Mucho menos ahora, que estoy desprestigiado.

—No te estoy diciendo que se lo pidas, imbécil, sino que falsifiques su firma y lo retires de sus cuentas —le dijo Mario, con las orejas enrojecidas.

Francisco negó con la cabeza.

—Ya lo hice con dos millones de euros, ¿crees que no se va a dar cuenta si vuelvo a hacerlo con trescientos mil?

—Será solo por unos días —insistió Mario—, hasta que el lisiado pague. Repondrás el dinero, antes de que lo note. Francisco, si Emilio comienza a hablar…

—Lo sé, los tres estamos de mierda hasta las cejas, pero te recuerdo que tú serías el más perjudicado. Eres el único a quién pueden acusar de homicidio.

Mario se levantó como si hubiera un resorte en el asiento, cogió al músico por las solapas, y le habló entre dientes.

—Y yo te recuerdo a ti, que cuando aceptaste declarar en falso, de inmediato te convertiste en mi cómplice. ¿Sabes cuántos años te pueden caer por eso?

Nadal se echó hacia atrás y se apartó de Valladares, para que lo soltara.

—¡Mierda! Está bien, lo haré, pero date prisa con el asunto del maldito cojo.

—Mañana a primera hora, tendrá el expediente en su escritorio.

◊

Los informes sobre el caso Flores que le había entregado el inspector Brito sorprendieron al comisario Raúl Bardina. Lo increíble era que ese tío había pasado de un cargo de importancia a otro revestido por un manto de honestidad, cuando era el sujeto más corrupto que él había visto en toda su carrera policial. No había negocio sucio en el que no tuviera metidas las manos, pero todos sus trapicheos los manejaba con mucha discreción. Por lo general, se trataba de sobornos que no dejaban huellas, salvo en su cuenta bancaria en Suiza.

Ese era otro misterio. Del mismo modo que Raúl había recibido las fotos comprometedoras, también le enviaron un balance real de las finanzas de Emilio Flores, por correo certificado. La información incluía el número de la cuenta del político en Suiza con todos sus movimientos, desde que la había abierto hacía veinticinco años. Era evidente que alguien con mucho poder estaba detrás de la caída del exministro. Raúl temía que lo estuvieran utilizando para beneficio de algún otro grupo de intereses. Sin embargo, la información que había recibido era auténtica, así que él estaba en la obligación de usarla después de comprobarla, sin importar de dónde proviniera.

Lo que más sorprendió al inspector Brito y al propio Raúl, fue que apenas hacía unas pocas semanas, Emilio había retirado seis millones de euros de su cuenta, dejándola en el mínimo permitido para no cerrarla. Además, supieron que también había hipotecado su casa y otras propiedades por la misma fecha, con lo que había conseguido reunir diez millones. Raúl se preguntó para qué querría tanto dinero y supuso que había en marcha algún negocio, no muy limpio. Por supuesto que Emilio se negó a hablar, pero gracias a ese descubrimiento, el comisario y sus hombres comprendieron cómo era posible que un hombre con tanto dinero y poder, no pudiera pagar la fianza y hubiera tenido que solicitar un abogado de oficio.

Raúl sospechaba que cualquiera que fuera la razón por la que Flores se puso a sí mismo en una posición tan vulnerable, debía estar relacionada con la gente que se había esforzado en encontrar las pruebas en su contra. Brito vio que el comisario estaba preocupado.

—¿Piensa lo mismo que yo, señor?

Raúl asintió despacio, antes de responder.

—Los balances de la cuenta en Suiza. Es imposible que alguien consiguiera esa información en las últimas semanas, ni siquiera meses.

—Sí, en eso mismo estaba pensando. Estoy seguro de que quién nos envió la información viene siguiendo la trayectoria delictiva de este individuo, desde sus inicios.

—Es un enorme esfuerzo, que debió requerir una gran inversión de dinero y muchas influencias —Bardina tamborileó con los dedos sobre el escritorio—. ¿Quién lo hizo? ¿Por qué Flores? ¿Por qué, ahora? ¿Qué buscan con todo esto?

—¿Quiere que inicie una investigación para averiguarlo, señor?

—No. De momento, quienes nos han informado no han cometido ningún delito —respondió Raúl, al mismo tiempo que se echaba hacia atrás en el asiento—, pero quiero que estés atento, porque no me gustaría que la

Policía y esta comisaría en particular, fueran utilizadas como instrumento para beneficio de algún poder.

—Sí, señor. No se preocupe. Mantendremos los ojos abiertos.

Madrid 2005 - El accidente.

Álvaro recibió las noticias por intermedio de Efraín. Como él había supuesto, Mario y sus cómplices no habían dejado escapar la oportunidad de estafarlo y al actuar de ese modo, se habían puesto en sus manos. El asunto de Flores estaba en marcha. Álvaro sabía que ni Mario ni Nadal soportaban estar bajo presión. Nunca tuvieron que luchar y durante toda su vida habían recibido grandes beneficios con facilidad. Si estaban asustados, cometerían errores. Lo que le preocupaba era cómo la caída de esos tres delincuentes iba a afectar a sus familias, que eran inocentes. Era inevitable que sufrieran con ello, aunque él trataría de protegerlas, hasta donde le fuera posible.

Del Valle miró por la ventana y suspiró. El invierno avanzaba. Había nevado durante la madrugada, por lo que un manto blanco cubría el jardín. Necesitaba pensar, así que decidió salir por los alrededores.

—Gracias, Efraín. Estás haciendo un gran trabajo.

—No pareces muy feliz con las noticias.

—No hago todo esto para estar feliz, sino porque alguien debe detener a esos malnacidos, para que no sigan destrozando vidas —sentenció Álvaro, volviéndose para mirar a su amigo—. Además, quiénes hemos sido sus víctimas, merecemos que se haga justicia. Sin embargo, me temo que muchas personas inocentes van a resultar lastimadas en el proceso.

—Te preocupa Irma, ¿verdad?

—Ella y sus hijos. También Julia y Ángela —Álvaro sonrió con tristeza—. Hubiera sido más fácil ejecutar el plan sin conocer a sus familias, pero eso tampoco habría sido justo. Debemos tratar de protegerlos en la medida de lo posible, Efraín.

—Eso haremos.

—Iré a dar un paseo. Necesito pensar.

—¿Vas a salir con este frío? No creo que le haga bien a tu pierna.

—Pareces mi madre —Álvaro cogió aire y lo retuvo por un momento—. Necesito hacer un poco de ejercicio… Estaré bien.

—Recuerda que me contrataste para protegerte.

—Se supone que eres mi jefe de seguridad, no mi niñera.

Del Valle se puso el abrigo y salió de la casa en dirección al bosque. Cuando cruzó el jardín, Zeus se sumó a la caminata, sin esperar a que lo llamara.

Al mismo tiempo, pero en otro lugar del bosque, Irma y Martina pasaban la tarde en el lago con Samuel y su amigo Félix. El agua ya se había congelado, así que los llevaron para que patinaran sobre el hielo. Los chiquillos sabían que la diversión estaba garantizada. Después de advertirles que se mantuvieran cerca, ambas mujeres se sentaron en las piedras habituales, para intercambiar impresiones acerca de la velada de la noche anterior. Martina le contó a Irma todo lo que había ocurrido desde que Álvaro la había recogido en su casa.

La profesora de piano había amanecido más risueña que de costumbre. Para ella, la noche anterior había sido un cuento de hadas. Le habló a su hija sobre la confesión de Álvaro, acerca de que ella le recordaba a su madre. Irma se sintió más tranquila. Había albergado el temor de que todo hubiera sido una estratagema para congraciarse con ella. Martina no le mencionó su corazonada de que Álvaro fuera en realidad Samuel. Ahora le parecía una locura. Cuando regresó a la casa y lo pensó mejor, se dio cuenta de lo absurdo de la idea. Su hijo estaba muerto. Además, ni siquiera se parecían. Si lo llegaba a expresar en voz alta, creerían que estaba senil. Sería mejor callar.

Los niños disfrutaban la excursión. Lo estaban pasando en grande deslizándose sobre el lago, que el frío invernal había convertido en un vasto espejo de hielo. Irma y Martina no los perdían de vista. Los chiquillos hacían piruetas sobre el hielo, mientras las dos mujeres entre frases de su conversación, les gritaban advertencias y hacían lo posible para que no se alejaran. En un descuido, Félix se aproximó al centro del lago, hasta que un crujido bajo sus patines lo alertó de que algo no iba bien. Samuel gritó por instinto y cogió la chaqueta de su amigo, tirándolo al suelo y haciéndolo rodar hasta un lugar más seguro.

Irma y Martina comprendieron que el lago todavía no tenía suficiente firmeza y les ordenaron a los niños regresar. Después del susto y aunque a regañadientes, ambos chavales obedecieron, se acercaron a las mujeres y comenzaron a quitarse los patines. El frío era intenso y el único sonido era el del viento agitando las copas de los árboles.

Samuel fue el primero en verlo. Álvaro se acercaba a ellos por el camino más corto, cruzando el lago. Aquel espejo de apariencia firme, también lo había engañado. Irma y Martina comenzaron a gritarle, para advertirle acerca de la fragilidad del hielo, pero él no comprendió lo que trataban de decirle, hasta que fue demasiado tarde. El suelo bajo sus pies comenzó a agrietarse con un crujido estremecedor. Álvaro trató de alejarse, pero el hielo se rompió y él desapareció en el agujero, con un chasquido escalofriante.

—¡Álvaro! —gritaron las dos mujeres a la vez.

El tiempo pareció detenerse, mientras él hacía esfuerzos por mantenerse a flote en las gélidas aguas, con el peso de su abrigo mojado tirando hacia abajo. Zeus ladraba con desesperación al borde del agujero. Desafiando la punzada en el pecho que le impedía respirar, Álvaro consiguió articular una orden.

—¡Efraín *gesucht*!

El perro estaba entrenado y buscaría a Efraín, quien, al verlo llegar solo, comprendería que necesitaba ayuda. Despacio y con precaución, Irma se acercó al borde del agujero y extendió su mano, en un intento por salvar a su vecino y amigo. Martina, con la sabiduría y la calma que le otorgaban los años, mantuvo a los niños junto a ella, asegurándose de que no se acercaran al peligro.

El frío entumecía los músculos de Álvaro y el dolor de la pierna le dificultaba los movimientos necesarios para mantenerse a flote. Con la capacidad de sus pulmones mermada por el accidente, Álvaro sabía que no iba a soportar mucho tiempo en esa situación. Sus esfuerzos eran cada vez más torpes por el intenso frío, pero consiguió sobreponerse y mantener la cabeza en la superficie. Irma le tendió una mano esperanzadora. Sin embargo, ella no tenía la fuerza suficiente para ayudarlo a salir. Si lo intentaban, ella también podía caer en el agujero. Y él no estaba dispuesto a correr el riesgo. Álvaro trató de asirse al borde, pero ya no era capaz de sentir sus dedos.

Cada vez más aturdido, Álvaro sintió que se hundía. Irma se tendió en el hielo junto al agujero, y consiguió sujetarlo por el abrigo, pero lo único que podía hacer era evitar que desapareciera en el fondo del lago. Él parecía confundido y ya no intentaba salir, estaba pálido y sus labios tenían un tinte azulado. Si no lo sacaban pronto de allí, la hipotermia lo mataría. Irma comenzó a gritar pidiendo ayuda, mientras Martina hacía esfuerzos por mantener a los niños a salvo y veía cómo se desarrollaba la tragedia, sintiéndose impotente.

La venganza

◊

Zeus entró corriendo a la casa y buscó a Efraín, siguiendo la orden de su amo. El jefe de seguridad estaba en la sala con María.

—Zeus. Regresasteis pronto. Mucho frío, ¿no? —bromeó Efraín, creyendo que Álvaro había concluido el paseo.

Juan llegó detrás del labrador con expresión desesperada.

—El perro regresó solo, Efraín —le informó Juan, sin disimular su preocupación.

—¿Cómo? —Efraín centró su atención en el animal, que le ladraba con desesperación—. Algo le ocurrió a Álvaro. ¡Zeus, Álvaro *geshucht*!

Zeus inició su carrera hacia el bosque, para obedecer la orden de buscar a su amo. Efraín y Juan lo siguieron, mientras María esperaba con el alma en un hilo, temiendo lo peor. Cuando ambos hombres alcanzaron el lago, guiados por el perro, encontraron a Irma tendida en el hielo, sujetando a alguien en el agua. Ella les gritó pidiendo ayuda y ambos compartieron su angustia cuando vieron a su jefe y amigo en el agujero. Solo la sujeción de Irma había impedido que se ahogara, porque él ya estaba inconsciente, o tal vez muerto, si se dejaban llevar por la palidez azulada de su rostro.

Efraín y Juan también se tendieron en el suelo, y le pidieron a Irma que se alejara. El frágil hielo no iba a soportar tanto peso. Efraín sujetó a Álvaro por la chaqueta en lugar de Irma. Al cabo de algunos minutos desesperantes, entre Juan y él consiguieron alzarlo lo suficiente, para deslizarlo sobre la superficie. Lo alejaron del agujero, hasta llevarlo a suelo más firme. Efraín comprobó con desesperación que no tenía pulso ni respiraba. Inició maniobras de reanimación, al mismo tiempo que los ojos se le llenaban de lágrimas. Los demás observaron sus esfuerzos con el corazón en un puño.

—Vamos, cabrón —le murmuró a su viejo amigo, al mismo tiempo que presionaba su pecho—. No voy a permitir que nos dejes, ¿lo oíste? Tú no puedes morir. No, después de lo que luchaste para llegar hasta aquí. Resiste. ¡Maldita sea, no te rindas!

Irma y Martina observaban atónitas. Juan no sabía qué hacer. Después de unos interminables minutos, Álvaro tosió. Entonces, Efraín cambió las lágrimas por una sonrisa. De inmediato, se quitó su abrigo y lanzó una mirada a Juan.

—¡Ayúdame! —le ordenó, mientras envolvía a Álvaro en su propia chaqueta—. ¡Tenemos que hacerle entrar en calor!

Juan obedeció, y entre ambos le quitaron la chaqueta empapada y le pusieron el abrigo de Efraín. Álvaro respiraba, pero no había recuperado la conciencia. Efraín lo alzó en sus brazos y le dio una orden a Juan.

—¡Regresa a la casa, que preparen mantas y llamen a una ambulancia! Explícale a María lo que pasó —Juan corrió a cumplir las instrucciones de su jefe, mientras Efraín recorría el camino de regreso a casa, con su amigo en brazos.

—Iremos con ustedes —anunció Irma—. Quizá podamos ayudar.

El jefe de seguridad se limitó a asentir. Recorrieron el camino hasta la mansión de Oria, donde María los esperaba con ansiedad. Se había ocupado de preparar mantas. También ordenó subir la calefacción y calentar agua. Ya había llamado a la ambulancia, pero le advirtieron que la nieve los retrasaría. Daniel bajó de su habitación, en cuanto supo lo que estaba ocurriendo. Él y su madre se encontraban en la puerta cuando vieron a Efraín, que traía en brazos a Álvaro, envuelto en el abrigo. María vio a su amigo, y se asustó por el color de su rostro, porque parecía muerto.

—Súbelo a su habitación —le instruyó María—. Daniel, ayuda a Efraín a cambiarlo. Hay que ponerle ropa seca, para que entre en calor. La ambulancia se retrasará por la nieve —Luego miró a Irma y a Martina. Los chiquillos las acompañaban con expresión asustada.

—Si podemos ayudar en algo… —dijo Irma.

—Sí, por supuesto. Irma, puedes asegurarte de que los empleados llenen todas las botellas posibles con agua caliente. La cocina está al fondo de ese pasillo.

—Enseguida —dijo Irma, emprendiendo el camino en la dirección señalada.

—Aguarda aquí con los niños, Martina —le pidió María—. Si necesito tu ayuda, te avisaré.

La anciana se limitó a asentir. Un nudo le apretaba el pecho. Tenía la sensación de que por segunda vez en su vida, estaba perdiendo algo muy importante para ella.

María subió a la habitación, donde Efraín y Daniel estaban cambiando la ropa de Álvaro y abrigándolo lo mejor posible. Entonces, María apoyó la mano en el hombro de su hijo.

—Daniel, busca las botellas con agua caliente que Irma ya debe tener preparadas en la cocina. Trae todas las que puedas.

—De acuerdo.

María comenzó a frotar las manos de Álvaro y le pidió a Efraín que hiciera lo mismo con sus pies. Sus extremidades estaban heladas, además de que tenía las uñas y los labios de color violeta. Él continuaba temblando. María lo interpretó como una buena señal, porque lo ayudaría a recuperar el calor.

Martina vio a Daniel cuando pasó por la sala, en dirección a la cocina.

—Daniel, ¿cómo está Álvaro?

—Se ve mal, Martina —admitió el chico, preocupado.

—¿Puedo ayudar en algo?

—No lo sé. Mi madre me pidió que llevara agua caliente. Espero que ayude.

—Entonces, no te entretengo.

Daniel cruzó la sala a toda prisa y regresó a los pocos minutos, seguido por Juan. Cada uno de ellos portaba una bandeja repleta con botellas de agua. Pocos minutos después, llegó Carlos. Su madre le había avisado por teléfono lo que había ocurrido y estaba allí, para ver si podía ayudar en algo.

Martina le pidió a su nieto que llevara a los chiquillos a casa y permaneciera allí con ellos. Entonces, la anciana superó su timidez, subió las escaleras y entró en la habitación de Álvaro. María había colocado las botellas de agua caliente alrededor de su cuerpo, al mismo tiempo que frotaba sus manos. La profesora de piano comprendió que la chica sabía lo que hacía. Eso la tranquilizó.

Carraspeó para hacer notar su presencia.

—¿Hay algo en lo que pueda ayudar?

—Hemos hecho todo lo posible para que entre en calor —reconoció María, con la voz entrecortada—. Ahora, solo podemos esperar.

Martina miró a Álvaro tendido en la cama. Recordó el momento en que le había preguntado si quería ser su madre por esa noche y la invadió un sentimiento de ternura. Se acercó a él, obedeciendo a un impulso. María comprendió sus intenciones, así que se levantó para dejarle espacio. La anciana se sentó al borde de la cama, y le acarició la cabeza y el rostro, como hacía con Samuel y con Irma cuando eran niños y estaban enfermos. Él entreabrió los ojos por primera vez. María notó que los suyos se humedecían.

—Madre… Tengo mucho… Frío…

—Lo sé, hijo —respondió Martina, con lágrimas en los ojos.

María hizo señas a Daniel para que trajera más mantas y lo abrigaron con ellas, él miró a su madre y le apretó la mano.

—Gracias…—le dijo, antes de volver a cerrar los ojos.

◊

Por fin llegó la ambulancia que llevó a Álvaro al hospital. Cuando regresó a su casa, Irma llamó a Mario y le contó lo que había ocurrido. Quiso prevenirle de que ella y los niños estaban bien, para que no se asustara si le llegaba alguna noticia del accidente. Sin darle oportunidad a explicarle el motivo de la llamada, él se negó a recibirla y le mandó a decir que no lo molestara. Estaba ocupado escribiendo un informe muy importante, para entregarlo al día siguiente. Lo que hubiera ocurrido en el barrio no era asunto suyo. Le ordenó que lo dejara en paz.

—Bueno, lo intenté —le dijo Irma a su madre, después de contarle la respuesta que había recibido.

—A tu marido, la única persona que le importa es él mismo — sentenció Martina con severidad.

Irma suspiró.

—Me temo que tienes razón. Algunas veces creo que ni siquiera le importan sus hijos, sino para exhibirlos como un trofeo.

—Espero que Álvaro supere este trance —dijo Martina, con un temblor en la voz.

Las dos mujeres trataron de volver a su rutina, pero no pudieron apartar de la mente los temores que las asediaban por la suerte de Álvaro. De vez en cuando, atisbaban por la ventana, por si veían acercarse a alguien que pudiera proporcionarles noticias. Las horas transcurrieron con una lentitud exasperante. Ya casi anochecía cuando Martina llamó a su hija.

—¡Irma, ven pronto!

—¿Qué ocurre?

—Es el coche de don Álvaro. Acaba de pasar en dirección a su casa.

Sin decir una palabra, Irma y Martina intercambiaron una mirada y se acercaron a la puerta. Ambas se pusieron sus abrigos y salieron a paso apresurado en dirección a la mansión de Oria. Subieron las escalinatas y llamaron a la puerta. Les abrió Juan, cuya sorpresa al verlas fue evidente. Daniel apareció detrás de él.

—¡Irma, Martina! ¿Todo está bien? —preguntó el joven.

—Perdona la impertinencia —dijo Irma, al mismo tiempo que se ajustaba el abrigo—, pero hemos estado preocupadas toda la tarde.

—Pasad, por favor. Afuera hace mucho frío.

Juan se hizo a un lado, para que las mujeres entraran.

—¿Cómo se encuentra don Álvaro? —preguntó Martina, sin poder contenerse.

—Me temo que las noticias no son buenas. Lo ingresaron en la UCI porque tiene una hipotermia, pero lo que más preocupa a los médicos es un problema respiratorio que lo complica todo.

—¿Qué tipo de problema? —indagó Irma.

—Álvaro sufrió la perforación del pulmón derecho en un accidente, hace muchos años, por lo que tiene reducida la capacidad pulmonar. El agua fría le ha causado graves repercusiones a su respiración.

—Por Dios. Espero que todo salga bien.

—¿Se le puede ver? —preguntó Martina.

El chico negó con la cabeza.

—Solo le han permitido entrar a mi madre por unos diez minutos. Por eso me envió a casa. Dice que allí no puedo hacer nada ahora y que me necesitará fresco más adelante —Daniel se quedó pensativo durante unos segundos, al comprender la importancia que Martina tenía para Álvaro—. Sin embargo, tal vez consigamos que permitan la visita de alguien más. ¿Quiere intentarlo, Martina?

—Por supuesto, hijo.

—Creo que a Álvaro le gustaría que tú lo acompañaras —reconoció Daniel, con un asentimiento—. Él te tiene en mucha estima.

Después de ordenarle a Juan que llevara a la anciana al hospital, Martina se puso en camino. Irma comprendió de inmediato que entre su madre y Álvaro había nacido un afecto especial.

Media hora después, Juan acompañó a Martina hasta la UCI y le explicó a María que seguían las instrucciones de Daniel. María recibió a Martina con una sonrisa de gratitud. La secretaria tenía los ojos hinchados por el llanto. Efraín hacía lo posible por consolarla, pero él mismo tampoco podía contenerse. María le cogió las manos a la profesora de piano.

—Gracias por venir, Martina. Les diré a las enfermeras que eres su madre, para que te permitan pasar.

Después de convencer a la jefa de enfermeras, la anciana entró con paso dubitativo al cubículo de la UCI donde reposaba Álvaro. El paciente respiraba a través de una máscara de oxígeno. La calefacción estaba muy alta. Martina se acercó y le sostuvo la mano. Él abrió los ojos, la reconoció y sonrió. No podía hablar a causa de la máscara, pero apretó la mano que sostenía su madre y por su mirada, ella supo que se alegraba de verla.

—Vas a ponerte bien, Álvaro. Verás que muy pronto estarás recuperado.

Él asintió. No quería que Martina se preocupara. Todavía sentía mucho frío y se le hacía difícil respirar, pero había sobrevivido a peores situaciones, así que no tenía duda de que lo iba a lograr de nuevo. Martina no pudo disimular la preocupación en su rostro. Álvaro le devolvió la mirada con un profundo cariño. Se sintió en paz, su respiración comenzó a hacerse un poco más regular, y una agradable modorra se apoderó de él. Tenía los párpados pesados. Sintió que estaba seguro, que nada malo podía pasarle. Se dio cuenta de que estaba muy cansado, no solo por la inmersión en la laguna. Era un cansancio que venía arrastrando desde la noche en que fue detenido y su vida dio un violento giro. Desde que se supo solo y tuvo que comenzar a luchar para subsistir. Ahora disponía de una oportunidad de descansar, de dejarse llevar por el sueño reparador sin el temor de la soledad. Su madre estaba allí. Ella comprendió que se había quedado dormido, al mismo tiempo que la enfermera le tocaba el hombro con suavidad, para decirle que habían pasado los diez minutos y que debía salir.

Madrid 2005 – La estafa.

Mario terminó el informe casi a la medianoche de ese domingo. Sabía que había ocurrido un trágico accidente en el barrio, pero eso no le preocupaba. No era de su incumbencia. Él no podía perder el tiempo en problemas ajenos, porque debía entregar la evaluación de costos a Del Valle, a primera hora de la mañana. Solo así podría garantizar que la transacción se llevara a cabo de inmediato, antes de que Emilio entrara en pánico y contara todo lo que sabía. Esa noche no durmió, esperando el amanecer. A las nueve en punto estaba en la puerta de la mansión de Oria vestido con su mejor traje, para pedir hablar con el señor Del Valle Vandenberg. En la reja que cerraba el jardín, el guardia le dijo que esperara. Entonces, comunicó por radio quién era y lo que quería. Le permitieron pasar, por lo que él estuvo seguro de haber conseguido su objetivo. Solo debía emplear su habilidad discursiva, para convencer al lisiado sobre cuál era la mejor oferta. Juan, el mayordomo, lo recibió y le notificó que el señor Del Valle no estaba en casa.

—¿Cómo que no está en casa a esta hora? —preguntó Mario, convencido de que se lo negaba—. ¿Es que está de viaje?

—¿No es usted el marido de la señora Andara? —preguntó Juan.

—Sí, soy yo, pero ¿qué importa eso? Le repito que es muy importante que vea al señor Del Valle, ahora mismo.

—¿Usted no ha hablado con su mujer? ¿Ella no le ha contado?

Mario se irguió y echó la cabeza hacia atrás, antes de responder.

—¿Qué tiene que ver mi mujer en todo esto? Soy un hombre muy ocupado, así que no he podido cotorrear con ella, para que me cuente nada.

—Ya veo. Eso significa que no se ha enterado.

—Que no me he enterado, ¿de qué? Oiga, lo único que quiero saber es dónde está don Álvaro Del Valle Vandenberg.

Juan asintió y habló con voz pausada, remarcando cada palabra:

—Se lo diré, señor. Ayer, don Álvaro sufrió un accidente. Cuando cruzaba el lago, el hielo cedió bajo sus pies y él cayó en el agua helada. La señora Irma y la señora Martina estaban cerca y fueron testigos de lo que ocurrió. El señor Del Valle se encuentra ingresado en la UCI y su estado es delicado. Me temo que ese asunto tan importante que quiere tratar con él tendrá que esperar, hasta que se recupere. Ahora, si me disculpa, le agradezco que abandone esta casa. Tengo la orden de no permitir la entrada a nadie, si no están aquí don Álvaro o don Efraín.

Mario se alejó de la mansión desconcertado. Lo último que esperaba era que sus planes se vieran alterados por un accidente, del que además habían sido testigos su propia mujer y su suegra. Por lo visto, el imbécil de Del Valle había cometido una torpeza que le podía costar la vida. Sintió temor. Si el estúpido moría, todos sus planes se vendrían abajo en el peor momento. Se encaminó al hospital. Debía averiguar si era cierto que estaba tan mal. En la medida en que se acercaba a su destino, se iba enfureciendo cada vez más. Necesitaba culpar a alguien de su desgracia. El chivo expiatorio más a mano era Irma, porque ella estuvo presente en el momento en que sucedió la desgracia. ¿Por qué no impidió que Del Valle cayera al agua? De no haber sido una inútil, en ese momento, él estaría entregando el informe que le resultaba vital.

Cuando llegó al hospital, Mario preguntó por Del Valle. Le informaron que continuaba en la UCI. Se acercó con la intención de ver a su cliente, para dejar constancia de su preocupación, pero antes de alcanzar su destino, se encontró con Efraín. El jefe de seguridad estaba solo. Después de una larga lista de argumentos, había conseguido convencer a María de que fuera con Daniel a la casa, para descansar un poco. Efraín se indignó cuando vio aparecer al impresentable de Mario, porque de inmediato comprendió lo que estaba haciendo allí.

—¿Desea algo? —le preguntó el amigo de Álvaro, interponiéndose en su camino.

—Quiero ver al señor Del Valle para saber cómo se encuentra, desearle una pronta recuperación y tratar un asunto de suma importancia para él.

La respuesta indignó a Efraín todavía más. Ese sujeto pretendía molestar a Álvaro en su actual estado, con un asunto de negocios. Algo que él no iba a permitir que ocurriera.

—No puede pasar —le dijo con el ceño fruncido y los músculos de la mandíbula tensos—, don Álvaro necesita descansar y este no es el momento de tratar ningún asunto con él.

—¿Y tú quién eres para impedírmelo? —preguntó Mario, al mismo tiempo que erguía los hombros—. Un empleado de tres al cuarto no va a evitar que vea a mi buen amigo. ¿Tienes idea de lo cercano que soy a tu jefe? ¿Sabes lo que te puede pasar si él llega a saber que me impediste el paso?

Efraín apretó los puños sin darse cuenta de ello.

—Correré el riesgo. Y si insiste, me veré en la obligación de llamar a la seguridad del hospital. No creo que le haga bien a su imagen de banquero próspero, que lo saquen a empujones de un lugar como este.

Mario le dirigió una mirada asesina que complació mucho a Efraín. Desde hacía muchos años le tenía ganas a ese malnacido y si no lo lanzaba por la ventana, era por respeto al lugar donde estaban. Además de que en ese momento, lo único que le importaba era el estado de salud de Álvaro. Sin embargo, Mario solo era chulito cuando se sentía en ventaja, y de inmediato comprendió que Efraín no se iba a dejar intimidar. Con los dientes apretados, le dio la espalda y se marchó. Todavía tenía la posibilidad de acudir a Julián, que parecía ser el más razonable de los que rodeaban a Del Valle.

Aquella misma mañana, cuando recibió la noticia del accidente, Julián estaba en Berlín, haciendo una inspección de la planta principal de la empresa. María se disculpó con él por no haberle avisado el día anterior, pero todo había ocurrido tan rápido, que nadie se acordó de llamarlo. Él comprendió, aunque lamentó no haberse enterado antes. De inmediato, se dirigió al aeropuerto y cogió el avión de la empresa, para regresar a Madrid. Mientras Mario abandonaba el hospital, rumiando su frustración, Julián iba camino hacia allí, desde el aeropuerto. Cuando el abogado llegó, ya Mario se había marchado. Efraín lo puso al día acerca de todo lo que había ocurrido, desde el accidente hasta la indignante visita de Valladares. Julián sabía que Mario lo iba a llamar y también cuál era el motivo de su prisa, pero vendría bien a sus planes que no lo encontrara todavía. Si estaba nervioso cometería errores, que era lo que Álvaro quería. Sin embargo, en ese momento todo eso era secundario. Lo único importante era que Álvaro superara su actual estado. La doctora Beatriz Briceño, su médica, llegó cuando Efraín le explicaba a Julián lo que sabía. Ella saludó a Efraín, antes de entrar a ver a su paciente. Al cabo de media hora, volvió a salir. Parecía aliviada. Los dos hombres se le acercaron con expectación.

—Está respondiendo bien. Sus constantes vitales se estabilizaron. Ya pasó lo peor.

—Entonces, ¿se pondrá bien? —preguntó Julián.

—Aún necesita recuperar fuerzas, pero por lo que veo, es un hombre que no se rinde con facilidad.

—Eso se lo puedo jurar —apuntó Efraín.

—Es lo más importante. Deberá permanecer ingresado. Lo trasladaremos a una habitación, donde se sentirá más cómodo. Es fundamental que descanse, así que las visitas deben estar restringidas y no debe recibir emociones fuertes.

—¿Está despierto? —preguntó Julián.

—Muy despierto —confirmó Beatriz, con una sonrisa—, tanto, que trató de convencerme de que lo enviara a casa.

Al escuchar a la doctora, Efraín supo que su amigo se pondría bien, y dejó escapar el aire que no sabía que había retenido.

◊

Mario llamó a Nadal en cuanto salió del hospital, y le dijo que se reuniera con él en su oficina, con urgencia. Al cabo de una hora, Valladares entró a su despacho en el Banco, y despidió a su secretaria con un grito cuando le ofreció un café. Solo vería a Nadal y le ordenó que localizara al señor Julián Ferrer de inmediato. Él mismo comenzó a llamar al móvil del abogado. Tenía la esperanza de que Del Valle hubiera delegado todo lo relacionado con la compra en su empleado. Si era así, se podía morir cuando quisiera el maldito cojo. Cuando Nadal llegó, Valladares lo puso en cuenta de lo que había ocurrido.

—¡Espera! ¿Me estás diciendo que Del Valle está en el hospital y no se sabe cuándo se puede concretar la venta de la procesadora?

—Es así.

—¡Joder! —Nadal se mesó el cabello con ambas manos— ¿Y a ese imbécil quien le mandó a caer en un lago helado?

—Escúchame, Francisco: no podemos esperar a que la venta se concrete, para sacar a Emilio de la cárcel.

—No, un momento —lo interrumpió su cómplice, pálido como un vaso de leche—. No puedo arriesgarme a volver a falsificar la firma de Ángela. ¿Y si el maldito cabrón se muere y no se concreta la compra? Ni siquiera sabemos quiénes son sus herederos, si tendrían intenciones de seguir adelante con el negocio o si son tan estúpidos como él.

—Nadal, si no se concreta la compra estamos jodidos, pero si Emilio habla, además, terminaremos en la cárcel. Te aseguro que todo saldrá bien —insistió Mario, echándose hacia adelante en el asiento—. Solo tienes que coger prestado el dinero por unos días, luego lo repones y nadie se entera.

Nadal desvió la mirada hacia el suelo, como si la respuesta a sus tribulaciones estuviera en la alfombra. Luego, volvió a mirar a Mario.

—Muy bien, pero después de que todo esto termine, me iré a vivir a algún paraíso tropical y no quiero saber nada de ninguno de vosotros.

—Es un trato —dijo Valladares con alivio, al mismo tiempo que volvía a marcar el teléfono de Julián.

El abogado no cogía el móvil. La respuesta a todos sus intentos era una irritante grabación que le avisaba de que estaba fuera de cobertura. Era muy probable que ni siquiera se encontrara en España. Mario sentía que la sangre le hervía, pues todo parecía tan sencillo hacía apenas unas horas, y ahora su vida se había complicado, sin que pudiera hacer nada. Todos sus problemas eran a causa del accidente de Del Valle, y estaba seguro de que se hubiera podido evitar, si su mujer no hubiera sido una inútil. Después que Nadal abandonó la oficina en dirección al Banco de Ángela, Mario salió de su despacho con rumbo a su casa, dispuesto a descargar su frustración en su víctima favorita: su mujer.

Pocos minutos después, en su casa, Irma salió de la habitación de Samuel y bajó las escaleras para reunirse con su madre, quien la esperaba en la cocina, preparando un té. María las había llamado para decirles que Álvaro mejoraba y que lo iban a trasladar a una habitación en unas horas. Se sintieron aliviadas. Álvaro se había ganado un lugar en el afecto de ambas mujeres, por la forma en que había tratado a Martina, durante la cena de cumpleaños.

Madre e hija se sorprendieron cuando escucharon a Mario, quien entró por la puerta principal, hecho un basilisco. Él le preguntó dónde estaba su mujer a la primera empleada con la que se cruzó. Entonces, apartó a la joven de un empujón y se encaminó a la cocina.

Carlos escuchó los gritos y se asomó a la escalera desde el piso de arriba. Cuando vio pasar a su padre en ese estado de ánimo, lo siguió con preocupación. El chico temió que hubiera ocurrido una nueva desgracia. Mario entró en la cocina con el rostro desfigurado por la ira, miró a Martina y a Irma, según él, las culpables de todos sus problemas.

—¡Malditas imbéciles! —les gritó—. ¡Sois tan inútiles, que ni siquiera sois capaces de evitar una desgracia!

—Pero ¿qué estás diciendo? —preguntó Irma, al mismo tiempo que se levantaba de la silla, y se interponía entre él y Martina.

Carlos entró detrás de su padre.

—Papá, ¿qué ocurre?

—Que ¿qué ocurre? —repitió Mario—. Te voy a decir lo que ocurre: por culpa de la estupidez de tu madre y de esta vieja, es posible que pierda el mejor negocio de mi vida. Eso ocurre.

Irma parpadeó sin poder creer lo que escuchaba.

—¿Negocio? ¿Qué tenemos que ver nosotras con ningún negocio tuyo?

—Del Valle tenía que aprobar una venta —explicó Mario, con el rostro enrojecido hasta las orejas—. Y por culpa de tu torpeza, que no fuiste capaz de impedir que cayera en el lago, ni siquiera he podido llegar hasta él, para entregarle el informe.

—¿Es lo único que te importa? —preguntó Irma, indignada—. Ese hombre estuvo a punto de morir, pero ¿a ti solo te preocupa que no pudiste concretar tu negocio? Eres un hijo de puta.

Mario sintió que algo subía desde su estómago. Lo invadió una ira incontenible, parecida a la que había experimentado cuando Ana Roldán le lanzó el mismo insulto, veintiséis años atrás. No pensó si dejaría marcas o si era conveniente. Deseaba hacerlo desde hacía muchos años, desde que el temor a que se reabriera el caso Roldán quedó sepultado en el tiempo. Lanzó un puñetazo contra la cara de Irma. Ella perdió el equilibrio y cayó al suelo. Martina se acercó a su hija, la ayudó a levantarse, la rodeó con sus brazos y se plantó frente a Mario. Carlos también se interpuso entre su padre y su madre. Mario no iba a enfrentarse a su hijo.

—¡Vete de mi casa! —gritó Mario.

—Lo haré con gusto —Irma palpó con suavidad el ojo, que ya comenzaba a hincharse—. Y me llevaré a mis hijos.

—¡Quédatelos! —dijo él, volviéndose hacia Carlos, que no salía de su asombro—. ¡Ninguno sirve para nada!

◊

Dos días después, Álvaro reposaba en la cama del hospital, acompañado por María. Se sentía mucho mejor. Ya había desaparecido el frío espantoso que nacía de sus huesos y que ningún abrigo era capaz de mitigar. Tenía la certeza de que habían agregado un analgésico en el gotero que alimentaba sus venas, pues la pierna no le dolía. Además, se encontraba amodorrado. Todavía tenía que esforzarse para respirar, pero mejoraba poco a poco y no veía la hora de salir de allí.

No lo dejaban solo ni por un momento. María, Efraín y Daniel se rotaban en turnos para acompañarlo en la habitación. Pablo y Juan también hacían guardias en la puerta, para asegurarse de que Mario no lo molestara. El banquero ya había hecho varios intentos de aproximación.

Se estaba quedando dormido, cuando llegó Efraín. María le lanzó una mirada de reproche a su novio por inoportuno, pero ya no había remedio.

—Lo lamento, Álvaro. No era mi intención despertarte.

—Está bien, me alegra verte. ¿Hay novedades?

—No creo que debas preocuparte por eso ahora —intervino María con el ceño fruncido—. Necesitas descansar.

—Lo que preparamos está en marcha, María. No se va a detener por mi convalecencia. Dime, Efraín, ¿qué ha pasado?

Efraín cambió el peso del cuerpo de un pie al otro. Sentía como si hubiera caído en una ratonera. Al final, comprendió que no tendría más remedio que hablar:

—Ha habido muchas novedades en los últimos dos días, Álvaro. Entre otras, detuvieron a Nadal.

—¿Nadal? —preguntó María, enarcando las cejas.

El plan contra Nadal todavía no lo habían ejecutado.

—El muy estúpido volvió a intentar sacar fondos de la cuenta de Ángela —explicó Efraín—. Por lo visto, creyó que nadie se había dado cuenta la primera vez, pero en esta ocasión, el Banco estaba prevenido y también su mujer, aunque no sabían quién era el ladrón. Ayer trató de repetir el desfalco y lo pillaron.

—¿Cómo pudo ser tan torpe? —preguntó María.

—Es la desesperación —respondió Álvaro, con un asentimiento—. Tienen miedo de que Flores los delate, para reducir su pena. Por eso necesitan pagar su fianza. Mario debe estar agobiado, así que reforzará sus intentos de hablar conmigo. Ahora son dos de sus compinches quienes pueden ponerlo en evidencia, y Nadal es más débil que Flores.

—Sí, está desesperado —confirmó Efraín, pensativo. Álvaro comprendió que le ocultaba algo.

—¿Qué ha ocurrido, Efraín?

—Te anda buscando y está llamando a Julián como loco.

—¿Qué más?

—¿Por qué iba a haber algo más? —preguntó el jefe de seguridad, al tiempo que eludía la mirada de Álvaro.

—Efraín, ¿qué más?

María lanzó una mirada suplicante a su novio, para que no dijera nada. Temía que la mala noticia pudiera afectar el estado de salud de Álvaro, pero Efraín conocía bien a su amigo y sabía que no había forma de engañarlo.

—Mario golpeó a Irma —confesó Efraín—, y la echó de su casa con sus hijos.

—¡Maldito hijo de puta! —renegó Álvaro, incorporándose—. ¿La lastimó?

—No, nada grave.

—Efraín, dime la verdad —le apremió Álvaro, clavándole la mirada.

Su amigo miró a los lados como si buscara una escapatoria.

—Te juro que está bien. Solo tiene un hematoma en un ojo. Ya puso la denuncia y se mudó con sus hijos y Martina a la vieja casa donde vivía con su madre, antes de casarse. También contrató a un abogado para iniciar los trámites de divorcio.

Álvaro respiró profundo. Siempre supo que su hermana iba a salir perjudicada de alguna manera, y no podía olvidar que Mario era un asesino. Se sentó en la cama.

—Efraín, asigna los hombres que sean necesarios para la protección de Irma y sus hijos, pero hazlo sin que lo noten. Que no permitan que el cabrón de Mario se les acerque —retiró las sábanas, se quitó el oxígeno y la aguja del brazo—. ¡María, alcánzame mi ropa, por favor! Luego, llama a Julián para que se reúna con Mario Valladares y conmigo, esta misma tarde. Que Pablo prepare el coche.

—Álvaro —Trató de detenerlo María—. ¿Te has vuelto loco? Tú no puedes salir del hospital. Hace menos de cuarenta y ocho horas estabas en la UCI. Todavía no te has recuperado.

—María, te agradezco tu preocupación, pero no voy a quedarme de brazos cruzados, mientras mi familia corre peligro. Efraín, necesitaré que me ayudes a vestirme.

Efraín y María lo miraron atónitos por un momento, pero enseguida obedecieron sus instrucciones. Conocían bien a Álvaro y sabían que cuando se le metía algo en la cabeza, no había poder humano que lo detuviera.

◊

Aquella misma tarde, Álvaro esperaba sentado detrás de su escritorio. Julián, de pie cerca de él, lo miraba con preocupación. Cuando María lo llamó para contarle que Álvaro había decidido salir del hospital contra opinión médica, pero que además quería una reunión con Valladares y con él, lo antes posible, Julián comprendió que su jefe había tomado una decisión inapelable. Y aunque no estaba de acuerdo, lo comprendía. María llamó a la puerta y se asomó.

—El señor Valladares está aquí.

—Hazlo pasar —respondió Álvaro.

María le indicó a Mario que entrara al despacho. Efraín decidió quedarse en la antesala con Juan, por si era necesaria su presencia. Temía que el banquero pudiera reaccionar con violencia contra Álvaro. Su amigo sabía defenderse, pero en ese momento estaba convaleciente, así que era más vulnerable. Una rápida mirada a María le permitió comprender que ella compartía su preocupación. Mario entró con una sonrisa hipócrita pintada en el rostro. Esperaba salir de allí con una fecha para la venta que lo convertiría en millonario y resolvería todos sus problemas.

Valladares pretendió ignorar los ceños fruncidos, las mandíbulas apretadas y los músculos tensos de los hombres que lo recibieron. El banquero asumió que la evidente hostilidad que se respiraba en la habitación, no tenía nada que ver con él.

—Señor Del Valle, no sabe lo feliz que me siento por su recuperación. Estaba muy preocupado por su salud.

—Eso me comentaron —dijo Álvaro mordaz, mientras apretaba el puño alrededor del bolígrafo que sostenía en la mano—. Siéntese, por favor.

—Gracias. Quiero decirle que lamento el accidente, que he querido expresarle mi preocupación en persona, pero algunos de sus empleados me impidieron acercarme a usted.

—Lo sé. Cumplían con su deber.

—Claro —admitió Mario, a quien se le congeló la sonrisa en el rostro cuando comprendió que algo no iba bien.

—¿Trajo los informes? —preguntó Álvaro. Su voz era cortante como el filo de un bisturí. No podía olvidar que ese sujeto había maltratado a su hermana.

—Sí, desde luego —Mario le entregó una carpeta. Álvaro ojeó uno de los documentos, mientras Julián se ocupaba del otro—: mi conclusión es que la empresa que le conviene comprar es la «Procesadora Maginsa», que, aunque es un poco más costosa que la otra, cubrirá todas sus necesidades en el futuro.

Álvaro terminó de leer las conclusiones del informe. Entonces, lo intercambió con Julián, para hacer lo mismo con el otro. Ambos hombres cruzaron una mirada. Mario tuvo la incómoda sensación de que lo ignoraban por completo.

—¿Te parece satisfactorio? —le preguntó Álvaro a Julián.

—Aquí está todo lo que necesitamos —respondió el abogado.

Del Valle asintió y centró su atención en el banquero, antes de hablar.

—Gracias, señor Valladares. Ha realizado su trabajo como esperábamos. No nos ha defraudado.

—Un placer, señor Del Valle. Entonces, ¿cuándo se concretará la compra?

—La compra ya se ha concretado —anunció Julián, cambiando el peso del cuerpo—. Firmamos la semana pasada.

—No comprendo —dijo Mario, más confundido aún—. Eso no es posible…

—Desde luego que es posible —le confirmó Julián—. Ya habíamos tomado una decisión, antes de que usted nos entregara los informes.

Álvaro le clavó la mirada y habló despacio, como si cada palabra fuera el bocado de un manjar.

—Compramos «Cobres Huelva» por cuarenta y cinco millones.

—¿Qué? —la voz de Valladares subió dos tonos.

—Sin embargo, recibirá la comisión por su trabajo, como habíamos acordado.

—Pero eso significaría solo doscientos mil euros —protestó Mario, palideciendo.

—¿Le parece poco por escribir un informe, que además es falso? —preguntó Julián, agitando el documento con desprecio—. Yo considero que es un pago muy generoso.

—No, no puede ser —insistió Mario con desesperación—. Tiene que tratarse de una broma. Eso no me alcanza ni para cubrir lo que tengo que pagar, por la hipoteca que hice sobre mi casa…

Mario se levantó del asiento como si este tuviera un resorte, y se acercó a Álvaro, quien también se puso de pie, dispuesto a defenderse si aquel sujeto lo agredía.

—Cálmese, señor Valladares —le advirtió Julián.

—¡Me has arruinado, hijo de puta! —gritó Mario, fuera de sí.

Julián pulsó la tecla de marcado automático. Efraín no respondió la llamada, pero de inmediato entró en el despacho en compañía de Juan. Mario tuvo tiempo de lanzar un puñetazo contra Álvaro, pero él no era su hermana sino un expresidiario, así que bloqueó el golpe y usó el bastón para hacerle perder el equilibrio a su adversario. Mario no supo cómo terminó en el suelo, Efraín y Juan lo cogieron, uno por cada brazo.

—Sacadlo de aquí —les ordenó Álvaro, cuya voz se escuchó como un martillo que golpeara una piedra.

No fueron necesarias más explicaciones. Ambos hombres arrastraron al banquero hasta la puerta, se aseguraron de que entrara en su coche y saliera de la propiedad. Furioso y desconcertado, Mario no comprendía nada. No tenía sentido que esperaran su informe y se reunieran con él, por una compra que habían llevado a cabo la semana anterior. Si él se hubiera limitado a ser un consejero financiero, no le hubiera importado, porque cobraría su comisión de cualquier manera, pero se había metido hasta las cejas en el negocio. Ahora era dueño de una empresa metalúrgica en quiebra, su casa estaba hipotecada y sus cuentas bancarias vacías. Además, había metido mano en los fondos del Banco y no tenía cómo reponer lo que faltaba, a corto plazo. Para colmo de males, sus dos cómplices estaban detenidos y él no disponía de recursos ni para pagarles la fianza.

El móvil lo sacó de sus meditaciones. Era su secretaria. La muy torpe no podía encontrar un peor momento para molestarlo. Sin embargo, Mario respondió.

—Señor Valladares, será mejor que venga a su oficina.

—¿Quién te crees que eres para decirme lo que debo hacer, imbécil? —le respondió él, descargando todas sus frustraciones.

La pobre mujer suspiró con resignación. Si no necesitara tanto el trabajo…

—Creo que le conviene venir, señor. Aquí hay unos señores que vienen de parte de la Supervisión de Entidades Bancarias y están llevando a cabo una auditoría.

Mario detuvo el coche, incapaz de seguir conduciendo. No era posible que la suerte le fuera tan adversa. En los quince años que llevaba al frente del Banco, nunca había surgido ninguna duda sobre su estabilidad o manejo. Y justo ahora, que él había cometido un desfalco, realizaban una auditoría. No lo pensó dos veces, cambió el sentido del coche y se encaminó al aeropuerto.

◊

Cuando Raúl recibió la noticia, pidió que se la repitieran, porque no lo podía creer. Su comisaría comenzaba a parecer un club social: primero, un ministro detenido por corrupción. Luego, un famoso director de orquesta que trató de estafar a su mujer. Y ahora, Mario Valladares, un banquero reconocido a quien habían arrestado en el aeropuerto, tratando de salir del país, después de que una investigación solicitada por los accionistas minoritarios del Banco, demostró que había cometido un desfalco. A Raúl le parecía que todos se habían vuelto locos.

Era un policía experimentado, así que comprendió enseguida que había algo que se le escapaba. Los tres investigados eran amigos desde hacía muchos años. Seguía teniendo la impresión de que había alguien muy poderoso moviendo los hilos por detrás de las bambalinas. Le molestaba que lo utilizaran, pero tenía que admitir que había recibido mucha ayuda en ese caso, aunque le hubiera gustado saber de quién. Después de la detención de Nadal, al igual que en el caso de Flores, había recibido por correo los estados de su cuenta oculta en Suiza. Alguien parecía muy interesado en servirle a esos delincuentes en bandeja de plata. Lo que más sorprendió al inspector Brito y también a él, fue que ambas cuentas se abrieron con una semana de diferencia. También comprobaron que los fondos de las dos tenían el mismo origen. Además, ambos sospechosos hicieron un retiro de la casi totalidad de sus saldos el mismo día. Llevaba demasiados años siendo policía, como para creer que todo aquello era una coincidencia.

No se sorprendió mucho cuando vio llegar a Brito con otro sobre certificado en la mano, incluso antes de que el banquero llegara al juzgado. El inspector le mostró el sobre. Igual a los anteriores: el remitente era Pedro González y provenía de Ginebra. Ya el comisario había investigado todo lo posible acerca del origen de los correos, pero solo se había encontrado con callejones sin salida.

—Déjame adivinar. Se trata de la información completa sobre una cuenta en Suiza de nuestro amigo Mario Valladares.

—Y es muy interesante —confirmó Brito.

Raúl cogió el sobre de manos del comisario y sacó varios folios de su interior.

—¿También abrió la cuenta por la misma fecha?

—Nada de eso. Es la cuenta de donde salieron los fondos para las otras dos.

—¿Me estás diciendo que fue Valladares quien le pagó a Flores y a Nadal lo suficiente, para que cada uno de ellos abriera una cuenta en Suiza?

—No solo eso. Por la misma fecha, Nadal recibió una beca del Banco de Valladares, para estudiar en una prestigiosa academia de música en Nueva York: *Juilliards*.

El nombre resonó en los oídos del comisario Bardina. ¿Dónde lo había escuchado? Asintió para animar a su subalterno.

—Sospecho que hay más.

—Por otro lado —continuó Brito—, nuestro ilustre amigo Flores comenzó a recibir apoyo para sus campañas políticas de parte del mismo Banco, desde entonces.

—¿Sabemos por qué?

—Fue hace muchos años, pero estamos revisando los archivos. En esos días, debió ocurrir algo muy importante relacionado con los tres.

—Sigue investigando —ordenó Raúl—, y me avisas lo que descubras. ¿Algo más que sea importante?

—Valladares también retiró casi todo su dinero e hipotecó todas sus propiedades, al mismo tiempo que los otros dos. Con el desfalco que hizo al banco, adivine cuál fue la cifra que reunió.

—Diez millones de euros —Brito asintió—. ¿Nos estamos volviendo todos locos? Tenemos que averiguar para qué querían ese dinero.

El inspector se puso de pie y se ajustó la pretina del pantalón.

—Lo intentaré con Nadal. Es el más débil de los tres y se derrumbará cuando sepa que su amigo Valladares no puede ayudarlo.

◊

Aquella noche, Irma y Martina se encontraban en la cocina de su antigua casa. Irma todavía tenía el ojo hinchado y el hematoma ya comenzaba a cambiar de color. Martina siempre había albergado el temor de que Mario se volviera agresivo. Hasta que ocurrió. Sin embargo, le tranquilizaba la reacción que tuvo su hija: había denunciado a Mario y se había llevado consigo a sus hijos. Aunque Irma estaba aterrorizada. Su exmarido era un hombre muy poderoso. Tenía miedo de que cumpliera su amenaza de quitarle a los chicos, si lo abandonaba.

Irma estaba muy lejos de imaginar los problemas que tenía encima el hombre a quien ella atribuía tanto poder. Carlos entró en la cocina para servirse una gaseosa y sostuvo la mano de su madre, como una forma de manifestarle apoyo. Para el chico, ver el lado oscuro de su padre había sido devastador. Él lo había creído un hombre admirable, un triunfador, y también el marido y padre ideal. Cuando fue testigo de la agresión a su madre, la imagen que había cultivado durante años se le vino al suelo en un instante.

Llamaron a la puerta. Cuando Irma abrió, se encontró dos hombres en la entrada. La imagen despertó recuerdos dolorosos en Martina, quien se encontraba detrás de ella. Veinte años más viejos, pero se trataba de los mismos policías que se habían llevado a su hijo, aquella fatídica noche. Se presentaron como el comisario Bardina y el inspector Brito. El comisario tomó la palabra.

—¿Es usted la señora Irma Andara?

—Sí, soy yo. ¿Qué ocurre?

—Policía —dijo el comisario, al mismo tiempo que mostraba su credencial—. Me temo que somos portadores de malas noticias. ¿Nos concede unos minutos, por favor?

Irma buscó apoyo en su madre, quien a pesar de que sentía el corazón en un puño, asintió para animar a su hija. Irma se hizo a un lado para permitirles pasar y los acompañó hasta la sala.

—¿Qué ocurre, caballeros? —les preguntó, haciendo gala de una notable entereza.

—Su marido, el señor Mario Valladares, ha sido arrestado por fraude.

—¿Qué? ¡Mi padre no es un ladrón! —gritó Carlos, incapaz de contenerse.

—Calla, hijo —le aconsejó su abuela—. Deja que se expliquen.

—Recibimos una denuncia. Durante una auditoría solicitada por los inversionistas, se descubrió un desfalco al Banco y todos los indicios condujeron al señor Valladares.

—Tiene que ser un error —musitó Carlos.

El comisario le hizo un gesto a su compañero para que se explicara. Cuando Nadal supo que Mario también había sido detenido se vino abajo, y le confesó al inspector Brito toda la historia sobre la estafa de la procesadora de cobre. El inspector le informó a la familia sobre los cargos que pesaban sobre Valladares, aunque sin dar nombres ni entrar en detalles.

—Creo que ustedes tienen derecho a saber lo que está ocurriendo y lo que deberán enfrentar —anunció el comisario—. Por eso estamos aquí. Me temo que el señor Valladares hipotecó su casa y vació sus cuentas, para conseguir el capital que le permitía cometer la estafa. Eso significa…

—Que Mario nos dejó en la ruina —concluyó Irma.

—Lo lamento —le confirmó Bardina.

Ella sacudió la cabeza.

—No es su culpa, comisario. Lo más importante es que estamos juntos. Le agradecemos que nos haya informado lo que está ocurriendo. No teníamos idea de lo que Mario se traía entre manos.

Los policías cruzaron una mirada entre sí.

—Lo sabemos, señora Andara. Ya la hemos investigado y tenemos claro que no participaba en los negocios de su marido. También sabemos que puso una denuncia por malos tratos y que está a punto de divorciarse.

Un escalofrío recorrió la espalda de Martina cuando escuchó esas palabras en labios del policía. ¿Qué tan cerca estuvo Irma de verse involucrada en los delitos de su marido? Carlos tenía la mirada perdida. Su mundo se estaba desmoronando a pasos agigantados.

—¿No es posible que estén equivocados, comisario? —preguntó de repente—. Mi padre es un hombre muy rico. No tenía motivos para cometer un desfalco ni para estafar a nadie. No lo necesitaba.

Raúl suspiró con tristeza.

—Lo lamento, chaval. Me temo que tu padre actuó como lo hizo, porque se le presentó la oportunidad de estafar a otro hombre más rico que él, pero necesitaba mucho dinero para alcanzar su objetivo. Creyó que podría reponerlo, antes de que nadie se diera cuenta, pero algo falló.

—Álvaro Del Valle —dijo Martina, que enseguida comprendió lo que había ocurrido—. Era el hombre al que Mario quería estafar, ¿verdad?

—Sí, señora —reconoció Raúl—, pero su víctima resultó ser más listo de lo que creía y no cayó en la trampa que le habían tendido. El señor Valladares y sus amigos lo subestimaron, sin darse cuenta de que un hombre no llega a donde llegó Del Valle, siendo un estúpido. Lamento ser el portador de malas noticias para su familia.

—No tiene por qué disculparse, comisario —le dijo Irma—. Mario tomó el camino equivocado y por primera vez en su vida, está sufriendo las consecuencias de sus propios actos.

Aunque no podía decirlo en voz alta y lamentaba el dolor por el que estaba pasando Carlos, Irma sintió un profundo alivio. El hombre que la amenazaba ya no podría lastimarla ni tampoco a sus hijos.

Madrid 2005 - Controlando daños.

Álvaro estaba sentado en su despacho en un sillón de respaldo alto, junto a la chimenea encendida. Un leve olor a madera quemada inundaba la habitación. Zeus reposaba tendido a su lado, como el fiel compañero que era. Álvaro se permitió relajarse. El agradable calor del fuego aliviaba el dolor de su pierna y le facilitaba la respiración. Aunque no quería reconocerlo, se sentía exhausto. Su doctora había aceptado atenderlo en su casa, después de que consiguió superar el enfado con él, por haberse marchado del hospital contra sus indicaciones.

Sus amigos hacían lo posible para que descansara, pero él no era hombre de sentarse a esperar que ocurrieran las cosas, así que no les facilitaba la tarea. Después de pasar toda la mañana dando instrucciones y resolviendo problemas, María lo convenció de que reposara un poco, por lo que accedió a leer un libro junto al fuego, pero hacía rato que no pasaba de la misma página y que el libro descansaba sobre su regazo, mientras él dormitaba.

María llamó a la puerta, antes de asomarse. Álvaro se despertó, sorprendido al comprender que se había quedado dormido. Ella no pudo evitar sentirse mal por verse obligada a interrumpir su descanso, pero el motivo que la hizo entrar era de mucha importancia. Se acercó a él, y lo miró con preocupación.

—Lo siento, Álvaro. No quería despertarte.

—Ni siquiera me di cuenta cuando me quedé dormido —admitió él, al mismo tiempo que se estiraba como un gato—. ¿Qué ocurre, María?

La secretaria desvió la mirada, antes de responder.

—Alguien quiere verte.

—¿Alguien? —preguntó él, percibiendo angustia en la voz de su amiga—. ¿Quién?

—Raúl Bardina. Quiere hablarte sobre la estafa que planeaban Valladares y sus cómplices.

Álvaro cogió aire y clavó la mirada en ella. La noticia terminó de despertarlo y el corazón le martilleó el pecho. Sabía que tarde o temprano debería enfrentarse al hombre que había sido el instrumento de sus enemigos para destruirlo. Había albergado la esperanza de poder escoger el lugar y el momento. Sin embargo, era lógico que al conducir la investigación hacia la comisaría de Raúl, el rastro terminara llevándolo hasta él.

—Hazlo pasar.

—¿Estás seguro? —preguntó María con un parpadeo—. Quiere hablar contigo sobre el negocio de la procesadora. Puedo decirle que aún estás convaleciente y que se informe a través de Julián.

—Tendré que enfrentarlo tarde o temprano, María. Este es un momento tan bueno como cualquier otro.

—De acuerdo —aceptó ella, aunque no muy convencida.

María salió de la caldeada habitación. Afuera esperaba Raúl.

—Puede pasar, comisario —lo invitó la secretaria con amabilidad—. ¿Desea tomar algo?

—No, gracias. Trataré de ser breve. Sé que el señor Del Valle acaba de salir del hospital.

—Le agradezco su consideración.

Raúl entró casi con timidez. Aquella casa era impresionante. Aunque no era el tipo de lugar que a él le hubiera gustado para vivir, comprendió enseguida que para muchas personas resultaría una tentación irresistible. El despacho era muy grande, con un escritorio de caoba al fondo y un recibo pequeño cerca de la chimenea, que en ese momento estaba encendida. Sentado junto a ella, se encontraba el hombre del que tanto había escuchado hablar en los últimos días. Álvaro comenzó a ponerse de pie con la ayuda del bastón, y Raúl comprendió que no le resultaba fácil. Se sintió culpable por importunarlo, en medio de su recuperación.

—Por favor, no se levante. No es necesario, señor Del Valle.

—Gracias, comisario —respondió Álvaro, al mismo tiempo que regresaba a la comodidad de su asiento. El perro se incorporó, atento a los movimientos de su amo—. Siéntese, por favor.

—Lamento molestarlo. Sé que necesita descanso, pero debo hablar con usted.

—¿En qué puedo ayudarlo, comisario?

Raúl clavó la mirada en su anfitrión. Tenía la sensación de que se le escapaba algo. El hombre que tenía delante imponía autoridad, aun sentado en aquel sillón y con su salud comprometida. Era evidente que se encontraba en un momento poco propicio, pero nunca se le hubiera ocurrido atribuirle debilidad. Comprendió que los hombres que investigaba por estafa debieron sentirse intimidados por él. También que había despertado su envidia. Álvaro permanecía impasible y a la espera.

—No sé si se habrá enterado —tanteó Raúl—, pero hemos arrestado al señor Valladares, por cometer un desfalco en su Banco.

—Sí, ya lo sabía —admitió Álvaro con indiferencia—. Algunos de mis empleados tienen el deber de mantenerme informado de lo que ocurre a mi alrededor.

—Lo que tal vez no sepa es el motivo por el que cometió el desfalco. Esa es la razón por la que he venido.

—¿Tendría que ver con la compra de la metalúrgica?

—Por lo visto, usted está bien informado.

—Es necesario para los negocios que administro —respondió Álvaro, al mismo tiempo que se relajaba y apoyaba las manos en los reposabrazos—. La información es la clave del éxito. En estos casos, dejarse llevar por las apariencias puede conducir a cometer errores de consecuencias graves.

—¿Usted sabía que Valladares pretendía estafarlo? —preguntó Raúl, cuando comprendió que aquel trío había subestimado al millonario.

Antes de responder, Álvaro se inclinó hacia adelante, asumiendo una actitud más alerta.

—Tardó demasiado en entregar el informe. Luego, mis colaboradores me notificaron que una de las empresas que queríamos comprar había cambiado de dueños, y que uno de los compradores era el hombre a quien le había solicitado la evaluación de esa empresa. Además, hizo la negociación a través de una sociedad limitada. La conclusión era inevitable.

—¿Qué hizo usted?

—Supongo que lo que cualquier otro hombre de negocios en mi lugar. Solicité una segunda evaluación a otro grupo financiero, confirmé que la otra empresa era la adecuada y cerré el negocio con ellos.

—¿Qué hizo con respecto a Valladares?

—Lo dejé entregar su informe, que resultó bastante apartado de la realidad. Luego, le notifiqué que el negocio ya se había cerrado.

—¿Cómo reaccionó?

—Bastante mal. Intentó agredirme.

—¿Lo consiguió? ¿Llegó a lastimarlo?

—No, pude contenerlo. Entonces, mi jefe de seguridad lo echó de aquí. ¿Hay algo más que desee saber, comisario?

—¿Conserva usted los informes que le entregó Valladares? —preguntó Raúl—. Pueden ser una prueba importante frente al juez.

—Desde luego.

Álvaro se levantó y se acercó a su escritorio apoyándose en el bastón, abrió uno de los cajones y sacó dos expedientes. Raúl lo siguió, cogió los documentos y los ojeó. Esa sería la prueba definitiva para comprobar la intención dolosa del banquero. Además del desfalco, el fiscal podría agregar intento de estafa.

—Gracias por su tiempo y su colaboración —dijo Raúl, extendiendo la mano—. Lamento haber tenido que perturbar su descanso. Espero que se recupere pronto, señor Del Valle.

—No es necesario que se disculpe, comisario. Usted solo cumple con su deber.

Raúl salió del despacho y Álvaro se sentó detrás de su escritorio. Se sentía exhausto, como si hubiera corrido kilómetros. Una mezcla extraña de emociones lo abrumaba. Ya todo estaba en marcha y no hubiera podido detenerlo, aunque lo intentara, pero no quería intentarlo.

Durante su espera en el aeropuerto, Julia no podía quedarse quieta. Daniel la contemplaba con una sonrisa sarcástica. Parecía una chiquilla la víspera de Reyes. Ella no veía a su padre desde las Navidades anteriores y lo echaba mucho de menos. Lo llamó en cuanto detuvieron a su abuelo. Él no pareció muy sorprendido. Por lo visto, sospechaba de la honorabilidad del viejo político desde hacía muchos años, pero era su suegro y nunca tuvo pruebas contra él.

Lo que sí sorprendió a Martín fue la noticia de que Flores había caído en la ruina, que su chalé estaba hipotecado y sus cuentas en rojo. Aquello era muy extraño. Julia le advirtió a su padre que tendría que abandonar la casa antes de dos semanas y no sabía qué hacer. Daniel le había ofrecido acogerla en la suya, pero él mismo no vivía con su padre, por lo que a Julia le daba apuro aceptar, aunque el propio tutor de Daniel se había ofrecido a recibirla como huésped.

Martín le dijo que no debía preocuparse y comprendió que sus días errantes debían terminar. Su hija lo necesitaba. Después de una corta argumentación con su jefe en el periódico, le dieron una plaza en la redacción. Regresaba a Madrid, esta vez para quedarse. Con él venía su compañera de aventuras, Natalia Gómez, atraída por la curiosidad. Ahora Julia oteaba entre los pasajeros del avión recién llegado de *Catar*, buscando identificar a su padre. Por fin lo vio, antes que él a ella, y lo sorprendió con un caluroso abrazo.

A Martín se le hacía difícil aceptar que su pequeña se había convertido en una jovencita, que estaba a punto de presentarle a su novio. Después de los abrazos, presentaciones y saludos, Julia se interesó por los planes de su padre.

—¿Vas a venir a la casa del abuelo?

—No, prefiero alojarme en un hotel, mientras encontramos una casa. ¿Cuándo debes mudarte?

—Me dieron de plazo hasta la próxima semana. No es mucho tiempo.

—Sabes que puedes venir a casa si lo deseas. No necesitas preocuparte —intervino Daniel.

Julia negó con la cabeza, antes de que el chico terminara de hablar.

—Te lo agradezco mucho, pero me parecería un abuso con el señor Del Valle.

—Álvaro está de acuerdo —insistió Daniel—. De hecho, fue idea suya.

—Sería una molestia.

—¿Estás de broma? Allí podrían vivir tres familias de okupas sin que lo supiéramos.

Julia suspiró y se encogió de hombros.

—Muy bien, si me echan antes de que mi padre encuentre un alojamiento, me mudaré unos días contigo. Si tú estás de acuerdo, papá.

—Sí, claro —aceptó Martín—. Es muy generoso de tu parte, Daniel, pero espero que no sea necesario.

Llegaron al coche. Pablo los esperaba. Martín y Natalia intercambiaron miradas de sorpresa cuando vieron la limosina y al chófer. Pablo cogió el equipaje y lo metió en el maletero, mientras Daniel abría la puerta de atrás, para que subieran Martín, Julia y Natalia. Luego, él ocupó el asiento del acompañante. Pablo cerró la puerta y encendió el motor.

—¿Adónde los llevo, señor? —le preguntó a Martín.

—Al centro. Natalia tiene un piso allí. Luego, yo puedo coger un taxi hasta el hotel.

—No es necesario, Martín —intervino Daniel—. Dejaremos a Natalia y luego te llevaremos al hotel.

—No quiero abusar del tiempo de tu chófer. Es posible que tu padre lo necesite.

—No. Álvaro no es mi padre, sino mi tutor. Además, me dejó claro que el coche, Pablo y yo, estaremos a disposición de Julia el día de hoy.

—Me gustaría conocer a tu tutor, para darle las gracias por su generosidad.

—Estoy seguro de que pronto tendrás la oportunidad.

Julia rodeó el brazo de su padre con los suyos.

—El señor Del Valle me ha apoyado mucho. Se ha mostrado muy preocupado por mi bienestar, desde que se llevaron al abuelo.

Natalia entornó los ojos.

—¿Del Valle? ¿Álvaro Del Valle? —Julia asintió—. ¿No será el accionista principal de *Torba Technologies*?

—Sí, es él —reconoció Daniel.

—Creí que vivía en Viena.

—¿Lo conoces? —preguntó Julia.

—¿Qué si lo conozco? Ya me gustaría. La mitad de los periodistas de Europa darían el brazo derecho por conseguir una entrevista con él, pero nunca ha concedido ninguna.

—¿Lleváis mucho tiempo viviendo en Madrid? —preguntó Martín, para desviar la conversación.

—Desde finales de verano.

—Ya llegamos al centro, señor —anunció Pablo—. ¿En qué calle está el piso?

Natalia le dio la dirección exacta al chófer. Un par de minutos después, se detuvieron frente a un viejo edificio, que necesitaba una mano de pintura.

—Aquí es.

—Muy bien, señora —dijo Pablo—. Si me permite, le subiré el equipaje.

Cuando Natalia abandonó el coche, Martín fue consciente de que el paso que acababa de dar implicaba un enorme cambio en su vida. Mientras estuvo casado con Silvana, la madre de Julia, él pasaba largas temporadas en Madrid. Sin embargo, después de su muerte, la ciudad le traía demasiados recuerdos y prefería mantenerse en constante movimiento, aunque ahora comprendía que había dejado a Julia demasiado tiempo sola. La madre de Silvana había sido una mujer dulce y bondadosa, que volcó en su nieta todo el amor que había profesado a su hija. Martín no podía imaginar un mejor lugar para que Julia creciera, que bajo los cuidados de Elisa. Sin embargo, el año anterior, la abuela de Julia había muerto y desde entonces, ella quedó al cuidado de su abuelo.

Martín comprendió que había cometido un error. Después de que Elisa murió, él debería haber regresado para ocuparse de su hija. Le habría evitado pasar por el mal trago de ser testigo del arresto de su abuelo y de que la amenazaran con echarla a la calle. Aún no comprendía cómo su exsuegro había llegado a esa situación, pero Julia era su hija y él debía ocuparse de su bienestar.

Pablo regresó, después de ayudar a Natalia con su equipaje. Martín le dio la dirección del hotel, que no estaba muy lejos del lugar donde se encontraban.

—Me quedaré contigo —anunció Julia con firmeza—. Te esperaré en la recepción, para que comamos juntos.

—Veo que lo tienes todo planeado. ¿Vas a dejar solo a tu novio?

—Tengo clase esta tarde, Martín —le informó Daniel.

—¿Clase? ¿No estáis de vacaciones?

—Debo ensayar para un concierto benéfico que se llevará a cabo en un par de semanas.

—Daniel es un pianista muy talentoso, papá. Tienes que oírlo, es genial.

—No sabía que te gustara la música clásica.

—Ahora, sí —respondió Julia con una sonrisa.

Daniel desvió la mirada. Desde que había conocido a Julia, albergó el temor de que resultara lastimada con los planes de Álvaro, pero pasada la primera impresión por el arresto de su abuelo, ahora parecía feliz con la posibilidad de vivir con su padre. Eso tranquilizaba a Daniel y él sabía que también sería una buena noticia para Álvaro.

◊

Julián llamó a la puerta de la modesta casa de los Andara. Martina abrió y se sintió atemorizada, pues ella no lo conocía. La profesora de piano temió que ese hombre de aspecto serio y vestido con excesiva formalidad trajera el anuncio de nuevas desgracias.

—¿Puedo ayudarlo en algo?

—Usted debe ser la señora Martina —Ella asintió—. Mi nombre es Julián Ferrer. Soy el representante legal de *Torba Technologies*. Vengo de parte del señor Del Valle y deseo hablar con la señora Irma Andara.

—Adelante —lo invitó Martina, a su pesar—. Siéntese, por favor, ¿desea tomar algo?

—Un café estará bien.

—Enseguida le aviso a Irma y le traigo el café.

Julián observó la casa, mientras esperaba. Era sencilla, pero acogedora. Sabía que Álvaro quería proteger a su familia, por encima de cualquier circunstancia. Irma entró en la sala con expresión preocupada.

—Buenas tardes, señor...

El abogado se puso de pie.

—Mi nombre es Julián Ferrer.

—Siéntese, por favor, señor Ferrer. Mi madre me dijo que viene de parte del señor Del Valle. ¿Cómo se encuentra él?

—Mejor. Se está recuperando con mucha rapidez. Según su médica, en pocas semanas estará bien.

—Me alegra escucharlo. Nos llevamos un susto enorme cuando cayó en ese agujero.

—Álvaro es consciente de que usted evitó que se ahogara y se siente muy agradecido.

Martina llegó con el café y lo sirvió. Luego, se excusó con la intención de regresar a la cocina.

—Por favor, no se vaya —le pidió Julián, con la mayor amabilidad que pudo imprimirle a su voz—. Creo que lo que tengo que hablar con la señora Andara, también es de su interés.

—Quédate mamá, por favor —le pidió Irma. Martina se sentó junto a su hija y le sostuvo la mano—. Escuche, señor Ferrer, sé que mi marido trató de estafar a don Álvaro, pero le juro que nosotras no teníamos idea de sus intenciones.

—No se preocupe. Ya lo sabemos. Los actos del señor Valladares son de su única responsabilidad, y lo que ocurrió no repercute en el afecto que Álvaro siente hacia ustedes. El asunto que me trae es otro.

Irma y Martina suspiraron con alivio. El abogado continuó:

—Deben saber que todo comenzó por un encargo que Álvaro le solicitó al señor Valladares: el análisis financiero de unas empresas que él quería comprar.

—Lo sabemos —reconoció Irma.

—El caso es que el señor Valladares hizo el trabajo, aunque los resultados no fueran los deseables. Una labor de esas características genera honorarios, aun cuando en este caso, la falsedad de las conclusiones anularía la relación laboral.

—No creo que Mario se atreva a querer cobrar por esa auditoría —Irma se balanceó un poco en el asiento y frunció el ceño—. Ni siquiera él es tan descarado. Por favor, dígale a don Álvaro que se olvide de pagarle algo a Mario. ¡Sería el colmo!

—No, creo que no me expliqué bien. Álvaro no tiene intenciones de darle un céntimo al hombre que pretendió engañarlo, pero él siempre paga sus deudas y considera que está en la obligación de cumplir sus compromisos.

—Disculpe —lo interrumpió Irma, confundida—, creo que me he perdido. Si no tiene intenciones de pagarle a Mario, ¿cómo es que siente que tiene un compromiso?

—Álvaro cancelará la comisión derivada del trabajo del señor Valladares —explicó Julián—, pero la beneficiaria será usted.

—¿Por qué yo? —preguntó Irma, apretando la mano de su madre.

—Porque usted es su mujer, y no siendo correcto que el beneficiario sea el señor Valladares, lo lógico es que sean usted y sus hijos.

Julián abrió el portafolio que llevaba con él, sacó un sobre que contenía un cheque y se lo entregó a Irma. Ella se llevó la mano a la boca para ahogar un grito, porque el talón que sostenía en la mano era suficiente para resolver los problemas financieros inmediatos, derivados de los malos manejos de Mario. Entre ellos, pagar la cuota universitaria de Carlos y el colegio de Samuel.

Julián sonrió complacido. Le encantaban ese tipo de encargos. Se grabó la expresión de ambas mujeres, para describírsela después a su jefe. Entonces, continuó su explicación:

—Son doscientos mil euros, que corresponden a la comisión de la venta de la empresa metalúrgica.

—¡Es demasiado! —La voz de Irma subió medio tono—. No tengo derecho a recibir este dinero.

—Desde luego que sí —insistió Julián—. Álvaro comprende que su decisión de no seguir el consejo de su marido, en la compra de la empresa, causó problemas financieros a su familia. Así que considera justo pagar lo acordado.

Julián se levantó sin borrar la sonrisa de su rostro. Los ojos de ambas mujeres se llenaron de lágrimas.

—¿Cómo podemos agradecerle a don Álvaro y a usted por su generosidad?

—Me pidió que les dijera que prefiere que lo llamen por su nombre de pila, y que se sentiría honrado si lo siguen considerando su amigo.

Madrid 2005 - Natalia.

Natalia se encontraba sentada en la sala de espera del despacho del comisario que llevaba el caso de Emilio Flores. Sabía que de eso se trataba su trabajo: de no darse por vencida. Ningún funcionario recibía a la prensa con agrado, pero un periodista en su sala de espera era peor que un dolor de muelas, por lo que muchas veces preferían atenderlos y darles alguna información, siempre que pudieran perderlos de vista, lo antes posible. Lo importante no era lo que decían sino lo que ocultaban, de manera que si el reportero era capaz de dilucidar la verdad, solía ser suficiente para encontrar el hilo de la noticia.

Después de tres horas, por fin la secretaria le anunció que el comisario había aceptado recibirla. Ella le sonrió a la funcionaria, quien la acompañó con evidente desagrado. Natalia no se inmutó. Había conseguido hacerse respetar en el hostil medio del periodismo de investigación, así que el mal humor de una empleada no la detendría. Entró en el despacho de Raúl Bardina. Se trataba de una habitación austera, con el aire impersonal propio de las oficinas gubernamentales. Olía a tabaco, desinfectante barato y papel viejo. En cuanto su secretaria anunció a la periodista, una arruga casi imperceptible se formó entre las cejas del comisario.

—Adelante, señorita Gómez. Tengo entendido que es de la prensa. ¿En qué puedo ayudarla?

Natalia sonrió.

—Estoy interesada en el caso Flores.

—Ya veo —Raúl se echó hacia atrás en el asiento—. Tal vez les resulte interesante a los periodistas, porque se trata de un político de larga trayectoria, pero le aseguro que, desde el punto de vista policial, el caso es bastante común.

—¿Común? No es lo que tengo entendido.

—Al señor Flores lo descubrieron cuando recibía un soborno. Encontramos suficientes evidencias contra él y solicitamos una orden de busca y captura. Eso es todo.

—Tengo entendido que no pudo pagar su fianza, aun siendo un hombre tan rico. ¿Cómo lo explica?

—Invirtió en malos negocios, en el peor momento.

—¿Invirtió?

—Es lo que dije —respondió Raúl, con voz cortante.

—¿Qué les hizo sospechar de Flores? —insistió Natalia—. ¿Por qué el seguimiento?

—Al igual que ustedes los periodistas, nosotros también tenemos nuestras fuentes confidenciales.

—¿Alguien lo delató? ¿Tenía cómplices?

—Todo eso forma parte del sumario, así que no puedo revelarle nada más.

—¿Sabe usted en qué negocio invirtió el señor Flores, para dejarlo al borde de la ruina? —preguntó Natalia.

—Lo estamos investigando. También es información confidencial —argumentó Raúl, desviando la mirada.

—¿Lo están investigando? Entonces, ¿tampoco es legal?

—Me reservaré la información al respecto.

—¿Tiene algo que ver con la detención de Nadal, el director de orquesta y con Valladares, el banquero?

—¿Por qué debería tener algo que ver?

—Porque los tres eran amigos y por lo visto, de la noche a la mañana su comisaría se ha convertido en un club de golf. ¿No cree que sea mucha coincidencia?

—Lo que creo es que la entrevista terminó —respondió Raúl. Su voz cortó el aire como una navaja.

—Gracias, señor comisario. Ha sido usted de gran ayuda.

◊

Media hora más tarde, Natalia miraba impaciente hacia la puerta, mientras esperaba en una cafetería cercana a la comisaría. Le preocupaba la posibilidad de que el chico cambiara de opinión. Un joven que usaba un mono de una empresa de mantenimiento entró con pasos cortos y lanzando miradas a su alrededor. Si lo descubrían, se metería en serios problemas, pero necesitaba la pasta.

—¿Lo averiguaste?

—Sí, aquí está —El chico le entregó un sobre, después de asegurarse de que nadie les prestaba atención—. Les hice copias como me pidió.

—¿Alguien te vio?

Él sacudió la cabeza.

—Estoy seguro de que no. El comisario salió de su despacho para que pudiéramos reparar la lámpara y mi jefe me dejó solo por algunos minutos, para hablar por el móvil con privacidad. Entonces, aproveché la oportunidad. Copié los documentos allí mismo y guardé las copias en la caja de herramientas. Me pagará lo que me prometió, ¿verdad?

—Natalia sacó los folios para ojear su contenido y desplegó una sonrisa de satisfacción.

—¿Tiene que leerlo aquí? —preguntó el joven empleado de mantenimiento con los brazos cruzados, apoyados sobre la mesa, mientras movía la pierna de arriba abajo en sacudidas frenéticas.

—Desde luego. Debo asegurarme de que se trata de lo que acordamos.

—Está todo. ¿Tiene la pasta?

—No tan rápido, chico.

Natalia continuó leyendo, hasta que encontró la información que buscaba. Entonces, desplegó una sonrisa.

—Así que la víctima de la estafa fue Álvaro Del Valle Vandenberg. A estos sujetos deberían condenarlos, pero por estúpidos.

—¿Por qué? —preguntó el chico, intrigado—. ¿Qué tiene de especial ese tío? ¿Por qué le sorprende tanto?

—Que, ¿por qué me sorprende? Solo a un imbécil se le ocurriría intentar estafar a Álvaro Del Valle. En algunos círculos empresariales y financieros lo llaman el Lobo. El tío tiene un olfato especial para los negocios, así como para descubrir a los truhanes, además de que dispone de uno de los mejores sistemas privados de información en Europa.

—Quizá esos tíos no lo sabían. ¿Me da la pasta?

—Aquí la tienes —aceptó la periodista, sacó un sobre de su cartera y se lo dio al joven, que salió de allí a toda prisa.

Natalia se quedó unos minutos más en la cafetería, para revisar los documentos que el joven del departamento de mantenimiento había copiado del despacho del comisario. Allí había material para más de un artículo, pero todavía tenía un problema por delante: necesitaba conseguir una entrevista con Álvaro Del Valle. Su instinto le decía que él era el centro de todo. No podía ser casualidad que después de mudar su residencia principal de Viena a Madrid, comenzaran a caer personajes importantes de su entorno. Él debía estar detrás de eso de alguna forma. Ella necesitaba averiguar cómo y por qué.

Todo alrededor del enigmático personaje era muy interesante. Natalia lo investigaba desde hacía mucho tiempo. Era hijo de un exitoso empresario que le había dejado una cuantiosa herencia, la cual tenía su origen en una fábrica de repuestos para maquinarias. Durante su juventud se le tenía por irresponsable y poco confiable, más preocupado por divertirse que por sus estudios o la empresa familiar, hasta que un accidente de automóvil lo llevó al umbral de la muerte. Algunos afirmaban que había fallecido, pero que cuando los médicos ya se habían dado por vencidos, se levantó de la camilla. Consiguieron salvarlo, aunque le quedaron algunas secuelas. A partir de entonces, su comportamiento había cambiado por completo. Se volvió responsable, estudioso, trabajador, y se esforzó en su propia recuperación, superando todas las dificultades. Los que lo conocían bien afirmaban que no parecía la misma persona. Cuando su padre murió, un par de años después, Álvaro hizo algunos cambios en la empresa, para enfocarse en la tecnología. Invirtió casi todo su capital para estar a la cabeza de las investigaciones, en el preciso momento en que ocurrió el auge de los ordenadores personales. Su capital se incrementó con rapidez, en especial porque tenía un ojo de halcón para seleccionar las inversiones más lucrativas. Su riqueza y su poder crecieron como la espuma. De ahí su apodo de El Lobo. Se alejó de sus antiguos conocidos y compañeros de juerga. Además, después de la muerte de su padre se rodeó de gente desconocida, pero muy eficiente y de una lealtad inquebrantable.

Natalia comenzó a buscar una manera de acercarse al misterioso hombre, que parecía ser el alfa y el omega de aquel extraordinario caso. Entró en la sala de redacción del periódico, donde su compañero se encontraba trabajando. Martín la vio venir y por su expresión se imaginó que su visita no era desinteresada.

—¡La respuesta es no! —sentenció él, antes que Natalia pudiera abrir la boca.

—¿Siempre eres tan amable?

El periodista se levantó de la silla y se acercó con prisas a la botella de agua. Natalia le siguió el paso. Él se sirvió un vaso y pretendió que le interesaba más su contenido que lo que ella tuviera que decir.

—Te conozco, Natalia, sé que quieres algo y también que no me gustará escucharlo.

Ella soltó un suspiro.

—Solo vine a saludarte.

—Natalia, no me engañas.

En esta ocasión, la periodista resopló.

—Está bien, está claro que no tengo ninguna oportunidad contigo, pero tenía la esperanza de que pudieras hacerme un favor, por nuestra antigua amistad.

—Ya te dije que no.

—Pero ¡si no sabes de qué se trata!

—Pero sé que si acepto, luego me arrepentiré.

—Martín —murmuró ella, ladeando la cabeza y enarcando las cejas—, solo quiero que me ayudes a conseguir una entrevista con Del Valle o al menos que me lo presentes. Yo me encargo de lo demás.

—¿Es solo eso? —Martín sacudió la cabeza como un perro saliendo del agua—. Nadie lo ha conseguido nunca.

—Pero ahora hay un nexo familiar; tu hija es la novia de su pupilo y está claro que Julia le simpatiza.

—¿Y quieres que aproveche eso, que utilice a Julia para que tú tengas tu entrevista? —le preguntó él, con el ceño fruncido—. ¿Tanto te interesa?

—No quiero que uses a Julia, pero es probable que quiera conocerte, que en algún momento te invite a su casa o coincidan en algún lugar. Podría acompañarte. No te pido más.

—Estás jugando con fuego, Natalia —le advirtió Martín—. No creo que al Lobo le guste que lo manipulen. Además, creí que te interesaba el caso de Flores y sus cómplices. ¿Ahora vas detrás de Del Valle?

—De eso se trata, Martín. Es información confidencial, pero la víctima de la estafa frustrada era Del Valle.

—¡No me jodas! ¿Esos imbéciles trataron de estafar al Lobo? —Natalia asintió—. No me sorprende que terminaran como lo hicieron.

—A mí tampoco me sorprende el resultado, pero sí me hace dudar la coincidencia.

—¿Qué coincidencia?

Natalia cambió el peso del cuerpo de un pie al otro, antes de explicarse:

—Álvaro Del Valle decide mudarse a Madrid después de vivir veinte años en Viena, y pocas semanas después, sus «amigos» terminan en la cárcel por tratar de estafarlo.

—Es evidente que vieron a un hombre muy rico, lo subestimaron y quisieron conseguir beneficios, sin saber quién era en realidad.

—Estoy de acuerdo en que ellos no sabían con quién estaban jugando —admitió la periodista con un asentimiento—, pero ¿y él?

—Él fue la víctima —le recordó Martín.

—¿Estás seguro? —preguntó Natalia, subiendo la voz medio tono—. Ese hombre dispone de uno de los sistemas de información privados más eficientes de Europa. Una mosca no aletea a un kilómetro de él, sin que se entere. ¿Y tú crees que no sabía quiénes eran Valladares y sus amigos?

—Visto de esa forma… —reconoció Martín.

—Entonces, si lo único que quería era cambiar su país de residencia, ¿por qué se relacionó con un banquero corrupto como Valladares, en lugar de buscar otro más honesto? Estoy segura de que no fue por error.

—¿Crees que lo preparó? Que les puso una trampa.

—Cuanto más lo pienso, más convencida estoy.

—¿No lo estarás sobreestimando? Quizá solo fue un error de cálculo.

—Martín, estamos hablando de El Lobo —él asintió, porque Natalia tenía razón.

—Pero ¿por qué tomarse tantas molestias? ¿Qué importancia podrían tener esos tres hombres para él?

—Eso es justo lo que pretendo averiguar.

Madrid 2005 - Raúl.

Raúl volvió a mirar las fotos. Eran el contenido del último sobre que había recibido de Pedro González. Contempló a un Mario Valladares muy joven en compañía de una hermosa chica: Ana. Recordaba aquel rostro. Fue una de sus primeras investigaciones, recién ascendido a inspector. El crimen lo había cometido el novio de la chica, para librarse de la responsabilidad de su embarazo. Las fotografías que tenía en la mano eran las mismas que el antiguo compañero de instituto de Mario, Juan Carlos Guerra, le había vendido a Efraín. No dejaban dudas acerca del tipo de relación que existía entre Mario y Ana. Lo que desconcertó a Raúl fue la fecha que la misma cámara fotográfica había dejado impresa en un borde de las fotos. Apenas dos semanas antes de la muerte de la joven. Eso significaba que existía una posibilidad cierta de que el hijo no nacido de Ana hubiera sido engendrado por Valladares, pero entonces, ¿por qué la información de ese noviazgo no había surgido durante la investigación?

El joven Andara, el novio de la chica, siempre se mantuvo firme en su declaración de no haberla tocado. Si había dicho la verdad, si el niño que esperaba Ana no era suyo, entonces, Andara nunca tuvo motivos para cometer el homicidio. La posibilidad de haber cometido un error durante la investigación, que hubiera llevado a un inocente a prisión, pesó sobre los hombros del comisario como una losa. Además, Andara había muerto durante una reyerta en la cárcel. Y él tenía una cuota de responsabilidad sobre esa muerte.

Brito tocó la puerta del despacho. Raúl lo invitó a entrar. El inspector tenía una expresión preocupada que no le gustó al comisario.

—¿Qué ocurre, Juan?

Brito se sentó frente a Raúl con la mirada fija en la punta de sus zapatos. Habló en un murmullo:

—Encontramos la relación entre Valladares, Flores y Nadal, en la fecha en que se abrieron las cuentas.

—Eso es una buena noticia. ¿Cuál es el problema?

—No le va a gustar, señor —le advirtió el inspector, al mismo tiempo que levantaba la mirada y la clavaba en su superior—. La relación es el juicio de Samuel Andara. ¿Lo recuerda? Nosotros lo investigamos y lo arrestamos por homicidio.

Raúl cerró los ojos cuando comprendió lo que significaban las palabras de su subalterno. Si Flores y Nadal recibieron beneficios económicos de Valladares en fecha cercana al juicio de Andara, el motivo más evidente era el soborno. Flores fue el juez y Nadal el testigo más importante de la fiscalía. Esa nueva información y las fotos que tenía en la mano despertaban dudas acerca de la culpabilidad del chaval. Si Valladares era el padre del bebé de Ana y por eso la asesinó, pudo inculpar a Samuel Andara para librarse. En ese caso, Samuel fue el chivo expiatorio de un hombre sin escrúpulos, y él había sido el instrumento para llevar a cabo ese vil acto. ¿Se había dejado influenciar por las primeras evidencias y la presión de la opinión pública, que pedía la cabeza del novio? ¿Había sido tan torpe?

—Sí, recuerdo el caso. A la vista de las nuevas evidencias, ahora considero que es probable que Samuel Andara fuera inocente —afirmó Raúl, al mismo tiempo que le entregaba el sobre con las fotos al inspector.

—¿Pedro González? —El comisario asintió—. ¿Qué quiere que hagamos, señor?

—Habla con el juez de guardia, preséntale las nuevas evidencias y dile que queremos reabrir el caso de Ana Roldán.

—¿Qué espera encontrar después de tantos años, comisario?

—Las evidencias de la investigación se archivaron. Entre ellas había muestras de tejido del embrión, así como piel que encontraron bajo las uñas de Ana. Ahora tenemos el recurso del ADN.

Brito asintió y cogió aire, antes de formular la siguiente pregunta:

—¿Cómo las comparamos? ¿Pedimos la exhumación del cuerpo de Andara?

—Sí. Elabora un informe y solicita una orden para el juez que incluya la solicitud, para que también comparen las muestras del embrión con el ADN de Mario Valladares. Fundamenta la petición en las fotografías que nos envió Pedro González.

—Sí, señor. ¿A dónde piensa ir?

—Acabo de comprender por qué de todas las comisarías de Madrid, todas las evidencias anónimas relacionadas con este asunto se han concentrado en esta, y por qué parece que alguien nos está controlando como a marionetas.

—¿Por qué? —preguntó Brito con curiosidad.

—Todo se relaciona con Andara. Creo que detrás de este asunto se encuentra alguno de sus excompañeros de prisión. Iré a hablar con uno de los hombres que cumplió condena con él. Necesito averiguar quién es nuestro misterioso amigo, Pedro González.

◊

Un par de horas después, Raúl entró en el taller mecánico, para preguntar por el hombre que había ubicado en la lista de exconvictos, que habían cumplido condena junto con Samuel Andara. Le señalaron a uno de los empleados, que trabajaba debajo de un coche.

—¿Manuel Arteaga?

—Soy yo —dijo el interpelado, al mismo tiempo que rodaba la plataforma sobre la que trabajaba, y se ponía de pie—. ¿Quién es usted?

—Soy el comisario Raúl Bardina.

—Oiga, yo estoy limpio desde hace muchos años. No quiero líos con la Ley.

—Lo sé. Solo quiero hablar con usted, porque creo que puede ser de ayuda en un caso que investigo.

—Muy bien. Si me espera media hora, me toca descanso. Nos vemos en el bar del frente.

Raúl esperó en la barra, tomándose un café. Media hora después entró Manuel y pidió el menú del día. Luego apremió al policía.

—No dispongo de mucho tiempo. Usted dirá.

—Necesito algunos datos acerca de la época en la que estuvo en prisión. En especial, entre los años 1980 y 1982.

—No es algo de lo que me guste hablar o que quiera recordar.

—Lo comprendo, pero es importante.

—Adelante, pero le advierto que no delataré a nadie. Eso me podría costar caro, incluso estando afuera.

—¿Conoció usted a Samuel Andara?

—Todos conocimos a Samuel. Era un buen chico. Demasiado joven para estar allí. Se notaba que no pertenecía a la prisión. No merecía lo que esos desgraciados le hicieron.

—¿Tenía amigos? ¿Alguien a quien le tuviera confianza?

—Sí, tenía dos amigos. Estaba el viejo Eladio: un preso que llevaba toda la vida en aquella cárcel. Siempre decía que el chaval no debería estar allí, así que hizo lo posible por protegerlo de los reos más peligrosos. Murió unas semanas antes de que aquellos salvajes apuñalaran a Samuel. Es probable que no se hubieran atrevido a hacerlo, de haber estado vivo Eladio.

El camarero puso una cerveza sobre la barra y Manuel dio un sorbo.

—¿Y el otro? —preguntó Raúl— ¿Recuerda su nombre?

—Sí, ese era Efraín. Otro chiquillo. Creo que también fue víctima de alguna injusticia. Decían que su delito no fue ni para la sentencia que recibió ni para esa prisión, pero el tío que lo denunció tenía influencias. Ya sabe...

—¿Qué tan cercano era Efraín a Samuel?

—Efraín le debía mucho a Samuel. Además de que lo respetaba y le tenía mucho aprecio.

—¿Por qué? —Quiso saber Raúl.

El mecánico encogió un hombro.

—Efraín era imprudente. El chico se metía en líos. Ya me entiende: robar comida o cigarrillos a quien no debía, tíos peligrosos que no perdonaban ningún desliz. Recuerdo una ocasión en que le robó unos cigarrillos a uno de la banda de El Víbora, un mal bicho. El sujeto se dio cuenta de que le faltaban, Samuel se echó la culpa a sí mismo, y le dieron una paliza que lo envió a la enfermería por unas cuantas semanas. Efraín se sintió responsable.

—¿Sabe usted qué ha sido de Efraín?

El camarero puso el plato con el menú del día frente a Arteaga.

—Lo siento. Solo sé que algunos años después de la muerte de Samuel, se presentó un abogado para revisar su caso. Lo sacó en un *pis pas*. Desde entonces, no supe más de él —Manuel cogió los cubiertos y Raúl captó la indirecta.

—Gracias. Ha sido usted de mucha ayuda. Que tenga buen provecho.

◊

Álvaro tocaba el piano en el salón de música, ajeno a todo lo que le rodeaba. Esos eran los únicos momentos en los que podía ser él mismo. A pesar de que ahora lo reconocían por su habilidad en los negocios, la música era lo único que le proporcionaba satisfacción. Lo otro era un papel que tuvo que asumir, la vida de otra persona que se vio obligado a vivir cuando sus sueños se truncaron. Sus aliados y competidores no sospechaban lo poco que le importaba el dinero. Desde muy joven había comprendido la importancia de estar informado. Por eso desarrolló una red que le mantenía al día con todo lo que ocurría. También aprendió a predecir la conducta de amigos y adversarios, porque era necesario para sobrevivir en el ambiente en el que se movía en la cárcel. Esas habilidades lo convirtieron en un brillante hombre de negocios, al que resultaba muy difícil engañar. Pero en el fondo, él seguía siendo un músico, un artista, y el piano lo único que le proporcionaba satisfacción.

Terminó de tocar y levantó la cabeza. Frente a él estaba Efraín, que todavía se sorprendía cuando lo escuchaba. Álvaro comprendió que traía noticias. Su amigo sabía que no le gustaba que lo interrumpieran mientras estaba sentado al piano, así que solía respetar esos momentos. Su presencia debía tener un motivo importante. Álvaro lo miró y asintió, dispuesto a escuchar.

—Reabrieron el caso —anunció Efraín con voz firme.

Álvaro cerró los ojos, porque ese era el verdadero objetivo de su lucha, de su vida, y por fin lo había conseguido. Llenó sus pulmones de aire con el fin de calmarse.

—¿Cuándo?

—En cuanto recibieron las fotos. Harán comparaciones del ADN —Álvaro asintió.

Él sabía el resultado que iban a arrojar esos análisis, porque nunca había tocado a Ana. Por fin, después de tantos años, el nombre de Samuel Andara quedaría limpio del epíteto de asesino. Sintió que el corazón le latía más aprisa pues estaba cerca, muy cerca de lo que tanto anhelaba. Se preguntó qué estarían sintiendo los policías que lo habían condenado en aquel momento: ¿Decepción, por haberse equivocado? ¿Culpa? De cualquier manera, la verdad por fin iba a salir a la luz. El verdadero asesino de Ana pagaría por su crimen y también por haberle destrozado la vida.

—¿Qué hacemos ahora? —preguntó Efraín.

Álvaro cerró la tapa del piano.

—Esperar y estar atentos.

—Hay algo más.

—¿Qué?

—El comisario Bardina está tratando de encontrarme. Visitó a Manuel Arteaga, para hacerle algunas preguntas sobre ti y tus amistades en la prisión.

—Ya lo esperaba —reconoció Álvaro—. A ningún policía le gusta sentirse manipulado, y Bardina no es tonto. Debe ser consciente de que alguien está moviendo los hilos detrás de las bambalinas. ¿Qué más? —preguntó, al ver la expresión de Efraín.

—Hay una periodista: Natalia Gómez. Se trata de una amiga del padre de Julia. Está haciendo preguntas sobre ti. Por lo visto, sospecha que todo ha sido una trampa para Valladares y compañía. Y de alguna forma la ha relacionado contigo. Quiere acercarse, a través de Martín.

—Una chica inteligente —reconoció Álvaro, con una sonrisa—. Será interesante conocerla.

—Álvaro, no la subestimes. Podría ser peligrosa.

—No lo hago, Efraín. Sin embargo, siempre es agradable hablar con alguien tan brillante como para no dejarse llevar por las apariencias. Dejemos que se acerque, pero que lo consiga por sus propios medios.

Efraín asintió, aunque no le gustaba la idea. La chica podía ser más astuta de lo que Álvaro imaginaba y él estaba allí para evitarle a su amigo cualquier problema de seguridad.

◊

Dos días después, Raúl hacía lo posible por mantener el talante, mientras permanecía de pie junto a la tumba de Samuel Andara. Si aquel chico había sido inocente y fue condenado por sus errores durante la investigación del crimen, tendría que cargar con la culpa el resto de su vida. Estaba dispuesto a afrontarlo, pero quería terminar con aquello lo antes posible. En cuanto abrieron el sepulcro, el olor a putrefacción invadió el camposanto como un reproche contra la profanación. Por suerte, habían convencido a la madre y la hermana de Andara de que no estuvieran presentes durante la exhumación. El inspector Brito, de pie junto a Bardina, lo miró de reojo.

—¿Se encuentra bien, comisario?

—Estoy bien, pero ¿comprendes lo que significaría que este chaval hubiera sido inocente, después de todo? Tú y yo seríamos corresponsables de su desgracia, pero en especial yo, que fui quien dirigió la investigación.

—Nos guiamos por las evidencias y…

Raúl sacudió la cabeza.

—No, Juan. Me temo que esa no es una excusa. Tengo una responsabilidad con este chico. Ya no puedo salvarlo, pero al menos, reivindicaré su nombre. Aunque para hacerlo tenga que reconocer mi propia incompetencia.

—Es usted muy duro consigo mismo, señor. No fue usted el único que cometió errores en este caso. Éramos un equipo.

—Yo dirigía ese equipo, Juan. No puedo eludir mi responsabilidad.

—Usted no lo enjuició.

—No, el juicio estuvo a cargo de Flores, y te recuerdo que recibió una fortuna para asegurar la condena del chaval —reconoció Raúl con tristeza—. Todo estaba arreglado y jugaron con nosotros como si fuéramos títeres.

Por fin los enterradores terminaron su trabajo y sacaron el ataúd, que ya mostraba evidencias de deterioro. Cuando lo abrieron, dejaron a la vista lo que quedaba de los restos de Samuel Andara y el olor a muerte se hizo casi insoportable. No era la primera vez que Raúl presenciaba una exhumación. Era parte de su trabajo, pero esta era diferente. Esta vez, la muerte venía cargada con la culpa. Un nudo le subió a la garganta y lo amenazó con ahogarlo. Se cubrió la nariz con un pañuelo para no sentir el olor que salía del féretro. Tocó el hombro de Brito para advertirle y se alejó con pasos apresurados, en busca de su coche. El inspector se ocuparía. Trasladarían los restos mortales de Samuel a la morgue, donde el forense recogería muestras de tejidos, para realizar las pruebas de ADN. Él ya había visto suficiente.

Una semana después, el comisario Bardina visitó a la madre de Samuel. Aunque Brito se había ofrecido para hablar con la familia, el comisario se negó. Se sentía obligado con la madre y la hermana de Andara. Irma le abrió la puerta, sin disimular su sorpresa.

—Comisario.

—Señora Andara, quisiera hablar con la señora Martina Leiva y con usted.

Ella lo invitó a entrar. La reapertura del caso por el que Samuel fue condenado reabría viejas heridas y se sumaba a los problemas que habían caído sobre ellas, como una tormenta inesperada. Irma condujo al policía hasta la sala y se sentó junto a Martina, que la esperaba en el sofá.

—Señora Leiva, señora Andara, les agradezco su colaboración. Ya hemos recibido los resultados de las pruebas que solicitamos de los restos de su hijo. La comparación del ADN de Samuel con el embrión resultó negativa.

—¿Quiere decir que Samuel no era el padre de ese niño? ¿Qué tal vez mi hijo decía la verdad, cuando negó haber tocado a su novia?

Raúl asintió despacio. La vergüenza y la culpa le atenazaban la garganta. Durante la investigación, él ni siquiera contempló la posibilidad de que el chaval no estuviera mintiendo.

—Es lo que demuestra el resultado. Y en ese caso…

—Samuel no habría tenido ningún motivo para matar a su novia —sentenció Martina, con expresión severa.

—Hay algo más… —reconoció Bardina. Ambas mujeres guardaron un silencio expectante— La piel que encontramos bajo las uñas de Ana Roldán no era de Samuel…

—¡Mi hijo era inocente!

Por la expresión del comisario, Irma comprendió que las revelaciones no habían terminado.

—¿Saben quién asesinó a Ana?

El policía suspiró.

—Un testigo anónimo nos proporcionó una fotografía que demostraba que Mario Valladares y Ana Roldán mantenían una relación sentimental, apenas un par de semanas antes del asesinato. Solicitamos la comparativa del ADN. La piel que encontramos bajo las uñas de Ana se corresponde con el ADN de Mario Valladares, y las pruebas de paternidad con el embrión, también resultaron positivas.

Irma abrió mucho los ojos y sus cejas se enarcaron.

—¡Mario mató a Ana! —gritó, sin poder contenerse.

—Estamos encontrando evidencias contundentes de que el verdadero asesino de Ana Roldán fue Mario Valladares. Él fue quien protagonizó la discusión que escuchó el padre de la joven. Después de matarla, él y su familia utilizaron su poder económico para inculpar a Samuel y usarlo como chivo expiatorio.

—Mi pobre hijo —Martina rompió a llorar, mientras Irma palidecía y permanecía inmóvil, tratando de encajar aquel nuevo golpe. Acababa de comprender que el padre de sus hijos era un asesino despiadado.

—Le prometo que haré todo lo que esté en mi mano para que los responsables de incriminar a su hijo paguen por ello. Y también me aseguraré de que su nombre quede limpio.

—Gracias, comisario —dijo Martina con los ojos bañados en lágrimas—. Estoy segura de que es sincero, pero nada de lo que haga me devolverá a mi hijo.

—¿Qué pasará ahora? —preguntó Irma.

—Con la nueva evidencia, Mario Valladares será juzgado por la muerte de Ana. A Flores y a Nadal se los acusará de complicidad.

—¿Cómo es posible que terminara casándome con el hombre que arruinó la vida de mi hermano? —se preguntó Irma.

—Lo lamento mucho, señora Andara, pero no creo que fuera una coincidencia.

—¿A qué se refiere?

—Me resulta muy duro decirle esto, en especial frente a su madre, pero es posible que se casara con usted, para estar cerca de la familia de Samuel y enterarse si se reabría el caso.

—Me utilizó —Irma cerró los ojos y dejó escapar un suspiro—. Nunca estuvo enamorado de mí. Eso explica muchas cosas.

Todavía con los ojos anegados de lágrimas por Samuel, Martina apoyó la mano en la de su hija, para darle consuelo.

Madrid 2005 - Encuentros.

Cuando Natalia bajó del coche en la plaza del barrio Bosque Negro revisó su atuendo: chándal, zapatillas deportivas, vaso térmico con agua, una cinta sobre la frente… la imagen perfecta de una chica haciendo *footing*. Ahora solo había que esperar que la suerte la acompañara esta vez. Era el tercer día que recorría el bosque con la intención de hacerse la encontradiza, pero la fortuna le había resultado esquiva. Martín se había negado en redondo a introducirla en la casa de su consuegro. Lo consideraba una traición a Julia, y también al hombre que había protegido a su hija por intermedio de Daniel, pero Natalia insistió tanto, que consiguió que le revelara que el Lobo solía pasear por el bosque.

—Nunca he visto su rostro y por allí debe pasear mucha gente. ¿Cómo lo reconozco?

Martín dejó escapar un suspiro, arrepentido por su desliz, pero ya era tarde.

—Del Valle tiene una vieja lesión en una pierna, así que usa un bastón para andar y por lo general, lo acompaña un perro.

—¿Un hombre como él pasea por el bosque solo, con la compañía de un perro? Creí que tendría una legión de guardaespaldas.

—No le gusta que nadie lo acompañe en sus paseos. Al parecer, ese es un punto de discusión constante con su jefe de seguridad. Ni siquiera acepta restringir el paso de los vecinos hacia el bosque.

—¿Restringirlo? ¿El bosque le pertenece?

—Por completo —reconoció Martín, con un asentimiento.

—Gracias. Te debo una.

—Pues págamela de una vez. No quiero que uses mi nombre o el de Julia. Y nadie debe saber que yo te hablé de los paseos.

—Descuida, seré una tumba.

Natalia tuvo que recorrer un par de kilómetros a pie, pero dejar el coche más cerca hubiera cantado demasiado. Su plan era hacerse pasar por una vecina. Una vez en el linde del bosque comenzó a correr, sin dejar de prestar atención a su entorno. No tardó en verlo, cerca de la laguna. Del Valle iba bien abrigado y como le informó Martín, usaba un bastón. Un precioso perro labrador trotaba a su lado, pletórico de energía. Natalia se sorprendió, porque esperaba a alguien mucho mayor. Ahora, debía buscar una excusa para abordarlo.

Álvaro se dio cuenta de la presencia de la chica. Era la primera vez que la veía por allí y le pareció muy atractiva, así que decidió conocerla. En voz baja le dio una orden a Zeus.

—¡Zeus *begrüssen*!

El perro corrió hacia Natalia moviendo la cola y ella lo vio como la oportunidad que buscaba, así que se detuvo, lo dejó aproximarse y le acarició la cabeza. Álvaro se acercó a ambos, simulando preocupación.

—¡Zeus *ruhig*! —le ordenó, y el perro regresó a su lado— Lo lamento mucho, es demasiado sociable. Espero que no la haya molestado.

—Al contrario, me gustan mucho los perros. Es muy simpático.

—Mi nombre es Álvaro Del Valle.

—Natalia Gómez —respondió ella y se estrecharon las manos.

Álvaro reconoció el nombre, gracias a la advertencia de Efraín. Comprendió que el encuentro no había sido casual. La chica lo propició y él debía reconocer que era lista, porque de no haber sido por su jefe de seguridad, lo habría engañado. Decidió seguirle el juego.

—Es la primera vez que la veo. ¿Vive cerca?

—Sí —mintió ella—, a un par de kilómetros. Me mudé hace poco.

—¿Le gusta este barrio?

—Bastante. Es muy tranquilo.

—Menos de lo que parece —comentó él, con sarcasmo—. Estoy interrumpiendo su ejercicio. Continúe, por favor.

—Está bien. Comencé a correr hace un largo rato, así que pensaba descansar.

—¿Cuánto tiempo suele correr?

—Una hora.

—¿Lleva corriendo una hora? —Álvaro ladeó la cabeza—. La felicito, no parece usted cansada. Debe estar muy acostumbrada al ejercicio.

—Sí —balbució Natalia un poco azorada. Martín tenía razón sobre la astucia de El Lobo—. Me ejercito con frecuencia, así que tengo buena resistencia.

—¿Me haría el honor de acompañarme? —preguntó él, al mismo tiempo que apoyaba parte de su peso en el bastón—. Tenía intenciones de sentarme junto a la laguna.

—Será un placer.

Se sentaron en un par de rocas. La respiración de Álvaro ya era casi normal, aunque Beatriz le seguía diciendo que debía cuidarse del frío. Observó de reojo a la chica. Sabía que le había mentido, que solo buscaba información. De haber sido otra persona, no la hubiera dejado ni acercarse, pero el atrevimiento de la joven le gustó y ella también, así que le siguió la corriente.

—¿Vive aquí desde hace mucho tiempo, señor Del Valle?

—Desde el verano pasado.

—¿Le gusta la urbanización?

—Todavía no lo decido.

—¿A qué se dedica?

—Negocios, ¿y usted?

—Soy periodista —confesó ella. Él enarcó las cejas.

—¡Qué bien! ¿Y dónde trabaja?

—Trabajo por mi cuenta —Natalia se quitó la cinta de la frente, se acomodó el cabello y volvió a colocársela—. Hago reportajes, que luego vendo a los periódicos.

—¿Trabaja en algo en especial en este momento?

—Sí, en el caso Flores. Ya sabe, el político que pillaron aceptando sobornos.

—Sí, ya lo sé.

—Tengo entendido que estuvo en su casa, poco antes de que lo arrestaran.

—¿Tiene entendido? Supongo que este encuentro no ha sido del todo casual.

Ella cerró los ojos y suspiró. Luego tensó los músculos de la espalda. ¿Lo habría echado todo a perder? Habló con voz pausada.

—Lo siento, quería una entrevista con usted y no sabía cómo acercarme. Supongo que no ha sido muy honesto de mi parte.

—Al contrario, me está diciendo la verdad y se lo agradezco. Si hubiera intentado engañarme, ya no estaríamos hablando.

—Entonces, ¿sabía quién era desde el principio?

—Solo desde que me dijo su nombre. Ya tenía información sobre su investigación.

Natalia lo miró asustada y comprendió el reparo de Martín. Del Valle no era un hombre al que se le pudiera engañar.

—¿Me dará una entrevista?

Álvaro sacudió la cabeza.

—No, lo lamento mucho.

—¿Puedo saber por qué?

—Porque mi vida privada no debe ser de conocimiento público.

—¿Y qué me dice del caso Flores? ¿O de la estafa que pretendieron llevar a cabo los tres hombres que hoy se encuentran en la cárcel?

—Tampoco hablaré sobre ese tema, señorita Gómez. Me temo que ha perdido su tiempo.

—¿No hay forma de que cambie de opinión?

—No, en verdad lo siento —Álvaro se levantó de la roca—, pero debo decirle que me alegró mucho conocerla y que me hubiera gustado que fuera en otras circunstancias. Ha sido un placer. Lamento haberla decepcionado.

Él se alejó en dirección a su casa. Natalia sintió que había perdido una oportunidad única y reconoció que a ella también le habría gustado conocerlo en otras circunstancias. El Lobo no era lo que esperaba: era un hombre amable, muy interesante, y tuvo que reconocer que le gustaba. Álvaro iba pensativo, la chica le atraía y era muy lista, pero lo mejor fue que no había tratado de engañarlo y eso era algo que tendría que tomar en cuenta.

◊

Raúl entró en el despacho de Brito. El inspector le había dejado un mensaje para avisarle de que tenía información sobre Efraín Sánchez, alias Pedro González, así que el comisario se acercó hasta la oficina de su subalterno.

—Recibí tu mensaje. ¿Cuál es la novedad?

Brito cerró el documento que estaba leyendo y sacó una carpeta del cajón de su escritorio.

—Llevé a cabo la investigación sobre Efraín Sánchez como me solicitó, comisario.

—¿Y bien?

—Como le informó Arteaga, Efraín era compañero de celda de Samuel, y fue quien dio la voz de alarma cuando lo apuñalaron. Al parecer, su caso había sido viciado. Lo encarcelaron por una estafa menor, cuya pena máxima no debió superar los treinta y seis meses, en un centro de detención de mínima seguridad. De hecho, cualquier juez lo hubiera sentenciado solo a una multa, pero la víctima disfrutaba de poder político y resintió sentirse burlado, así que consiguió que le dieran seis años en una prisión de máxima seguridad. En 1984 se presentó un abogado privado que se ocupó del caso…

—¿Quién pagó los honorarios del abogado?

—No se sabe. No fue el propio Efraín, pues el chico no tenía blanca.

—¿Interrogaste al abogado?

—Desde luego, pero se amparó en el secreto profesional. Nada que hacer por allí. El caso es que el leguleyo consiguió sacar a Efraín de la cárcel de inmediato. El chaval ya había cumplido la máxima condena posible por su delito.

—¿Qué ocurrió después?

—Desapareció.

—¿Desapareció? ¿Cómo es eso posible?

—Como lo oye. No hay registro de su dirección ni de empleo, no le dieron el alta en la Seguridad Social. Nada.

—Tal vez regresó a sus actividades en los bajos fondos.

—Eso mismo fue lo que pensé, así que contacté con un par de informantes. Recuerdan haber visto a Efraín poco después de su salida de la cárcel. Dicen que iba como un pincel: traje, corbata y toda la pesca, pero juran que no participó en ninguna actividad ilegal.

—Entonces, ¿qué fue a buscar?

—Información.

—¿Información?

—Al parecer, pagó bien por información acerca de una violación que ocurrió unos años atrás, en un pueblo bastante apartado.

—¿Y qué quería saber?

—Quería encontrar a la víctima, a la chica.

—¿Para qué?

—Nadie lo sabe.

—¿La encontró?

—Tampoco tuve confirmación de eso. Después de aquellas indagaciones, volvió a desaparecer. Solo hay registros de su salida del país en 1985.

—¿Hacia dónde?

—Ginebra, Suiza.

—Fue a indagar sobre las cuentas —concluyó Raúl, Brito asintió—. Alguien con poder económico lo sacó de la cárcel y le dio los recursos para su investigación. Efraín Sánchez trabaja para otra persona, pero ¿para quién? ¿A quién más le podía interesar lo que le pasó a Samuel? ¿Qué más averiguaste?

—Me temo que no mucho. Seguir sus actividades fuera del país en una investigación extraoficial no es tarea fácil. No puedo decirle qué hizo o dónde estuvo estos últimos veinte años.

Raúl daba golpecitos a la mesa con la punta de su bolígrafo, mientras hablaba.

—Sabemos lo que hizo. El fruto de su trabajo nos ha puesto la vida del revés. Lo que no sabemos es por qué o dónde consiguió los recursos.

Los movimientos inconscientes del comisario estaban poniendo de los nervios a Brito, pero el inspector supo contenerse.

—Pero sabemos dónde está ahora.

Raúl levantó la mirada para prestar atención.

—¿Dónde?

—Ingresó a España hace algunos meses y no hay registro de que volviera a salir.

—¿Está en España? —Brito asintió—. ¿Sabemos dónde?

—No, por desgracia. De nuevo, parece que se lo ha tragado la tierra.

◊

A Roberto Gabán lo condujeron hasta la sala de visitas de la cárcel, donde se sentó a esperar a Valladares. Era uno de los mejores abogados criminalistas del país y aceptó ese caso como un reto. Había leído en los periódicos sobre los tres hombres que ahora serían sus clientes y después de revisar sus expedientes, le surgió una duda: quién pagaba sus elevados honorarios. Estaba seguro de que ninguno de los investigados se encontraba en condiciones de hacerlo.

Se entrevistó primero con Flores y con Nadal. Ahora, lo haría con el peor de todos: Valladares. En realidad, no sentía mucha simpatía hacia ellos, pero él era el abogado defensor y como siempre, haría el mejor trabajo posible. Por fin, apareció su cliente.

Tenía las manos sujetas por grilletes, se movía con lentitud y daba pasos cortos. Se sentó frente a él y lo miró con indiferencia.

—¿Quién es usted? No doy entrevistas.

—Soy su abogado defensor.

La sorpresa se asomó a los ojos del reo.

—Creí que era el otro, el chico.

—Ese era el público, pero ya me entregó toda la información sobre el caso. Mi nombre es Roberto Gabán.

Valladares se envaró en el asiento como si hubiera recibido una descarga eléctrica.

—¿El famoso criminalista? No tengo dinero para pagarle.

—Lo sé. Alguien más cubrió mis honorarios.

—¿Quién?

—Esperaba que usted me lo dijera.

—En este momento, no se me ocurre nadie que pueda o quiera ayudarme —reconoció Mario, sacudiendo la cabeza.

—Pues por lo visto, sí existe esa persona. No solo llevaré su caso, sino también el de sus amigos. Ahora, señor Valladares, necesito que me aclare algunas dudas sobre el homicidio de Ana Roldán.

◊

Los juicios comenzaron diez días después. El primero correspondió a los desfalcos y el intento de estafa. Necesitó pocas audiencias, pues las pruebas eran contundentes. En pocas semanas encontraron culpables a los tres investigados. Las sentencias variaron de cuatro a seis años, en función del nivel de implicación y los otros delitos que había cometido cada uno. Las propiedades de todos serían subastadas y sus cuentas congeladas. Luego comenzó el juicio que era más importante para Álvaro: el asesinato de Ana.

La venganza

Se celebraría un solo juicio para los tres. El abogado les había advertido a los reos que, a pesar de los años transcurridos, la acusación contaba con
pruebas considerables contra ellos. El ADN y los movimientos de las cuentas
bancarias eran los ases de la fiscalía. No quedaban dudas acerca de la responsabilidad de Mario en el asesinato de Ana. Lo único que podía argumentar era
que lo había cometido en un impulso, sin premeditación, y que todo su comportamiento posterior fue consecuencia del miedo. Por otro lado, Nadal y
Flores tenían pocas justificaciones para su conducta, pero el abogado alegaría
que se dejaron llevar por un momento de enajenación y que estaban arrepentidos. Lo peor era que como consecuencia de lo que hicieron, un chico
inocente resultó condenado a prisión y acabó muerto.

Entre los asistentes al juicio estaban las familias de los acusados, pero
no en todos los casos para apoyarlos. En realidad, la familia de cada uno había
sido tan maltratada en su momento, que no se sentían obligados a darles apoyo. Solo Carlos tenía sentimientos encontrados hacia su padre. Irma y Martina
esperaban un veredicto de culpabilidad, para que Samuel pudiera descansar en
paz. Martín asistió en compañía de Natalia, no para apoyar a Flores, sino porque el juicio era noticia. Julia se negó a asistir.

Ángela se encontraba en Roma, pues su matrimonio con Nadal siempre había sido una farsa. Ella sabía que él era un mediocre, pero conseguía
buenas críticas, lo cual le proporcionaba un aire de sofisticación al ego de su
mujer. En las últimas semanas todo había cambiado y la verdad quedó al descubierto. Entonces, el muy cretino se atrevió a robarla. Cuando su banquero
le avisó de que en su cuenta se había cometido un desfalco a través de la falsificación de su firma, ella comprendió que el responsable había sido Francisco.
Se negó a poner la denuncia, no porque quisiera protegerlo, sino porque sabía
que lo intentaría de nuevo. Así que cuando lo hizo, ya el banco estaba prevenido y lo denunciaron. Ahora, ella tenía la excusa perfecta para divorciarse, y
lo celebró festejando en Roma. La suerte de Nadal, le tenía sin cuidado. Se
daba por satisfecha con la condena por el desfalco.

M.J. Fernández

Irma se sorprendió cuando vio a María y Daniel entre los asistentes. Se preguntó qué interés podrían tener ellos en ese juicio. No podía imaginar que ambos querían tener la satisfacción de ver caer a Nadal.

Durante tres semanas, fiscal y defensor expusieron sus argumentos, pruebas y testimonios. A pesar de los esfuerzos de la defensa, era inevitable darse cuenta de la indiferencia que los acusados demostraron por sus víctimas. Carlos terminó de comprender la clase de persona que era su padre. Después de los últimos testimonios, Raúl encontró a Brito en la puerta del juzgado.

—Ya sabemos el nombre de quien pagó al defensor. No va a creerlo.

Madrid 2005. El Juicio.

Álvaro esperaba las noticias de ese día. Además de la información que le proporcionaba María, dos hombres de Efraín asistían a cada una de las sesiones. Tenían la responsabilidad de escribir un informe detallado y entregárselo a su jefe. Efraín se mantenía a prudente distancia. Raúl le pisaba los talones y no quería que lo reconociera como el misterioso informante. María todavía no había regresado, cuando Juan tocó la puerta y se asomó al despacho.

—El comisario Bardina quiere verte.

—Hazlo pasar —respondió Álvaro.

Raúl entró. Del Valle se encontraba sentado detrás de su escritorio y tenía mejor aspecto que en su última visita.

—Señor Del Valle, estoy aquí porque quiero que me explique su conducta.

—¿A qué se refiere?

—¿Por qué pagó los honorarios de un abogado defensor, para los hombres que lo estafaron?

Del Valle se echó hacia atrás en el asiento y entrelazó sus dedos.

—Es muy simple, comisario —respondió con voz pausada—. Considero que todos tenemos derecho a una buena defensa.

—No lo comprendo, ¿Qué interés tiene usted en ayudar a esos hombres? ¿Qué relación tiene con ellos y qué está ocurriendo aquí?

—¿Quiere que hablemos de intereses, señoría? —Álvaro se levantó del asiento y se acercó a él despacio, apoyado en el bastón.

—¿A qué se refiere?

—¿Quiere usted justicia, comisario Bardina? ¿O venganza? Tal vez, lo que en realidad desea es conjurar su sentimiento de culpa.

Raúl palideció.

—¿De qué está hablando? Soy un funcionario de la Ley. Quiero que esos hombres paguen por sus crímenes.

—¿No tiene nada que ver con el hecho de que usted dejó que lo manipularan y llevó a un inocente a la cárcel? Un chico que murió en prisión, porque usted no hizo bien su trabajo.

El comisario frunció el ceño.

—¿Qué sabe usted de eso? No tiene nada que ver con la pregunta que le hice, pero sí, tiene razón. Esos cabrones me utilizaron, destrozaron la vida de un chico inocente y sí, quiero que paguen por ello.

—¿Y qué me dice de los inocentes en peligro hoy, comisario?

—¿De qué está hablando?

—De los hijos de Valladares, de la nieta de Flores. ¿No cree que por el bien de ellos, sus familiares deben recibir la mejor defensa posible? ¿No cree que ellos merecen la oportunidad que se le negó a ese joven que usted quiere vengar?

—¿Me está diciendo que envió al mejor defensor de la ciudad, para que defendieran a esos delincuentes, porque quiere proteger a sus hijos y su nieta?

—Ellos merecen saber que se hizo suficiente por ayudarlos.

—¿En serio cree que son inocentes?

—Lo único que creo es que merecen una buena defensa, si no por ellos, por sus familias.

—No sé qué interés tiene usted en este asunto, señor Del Valle, pero le juro que si esos asesinos se libran por su culpa, iré a por usted.

—Muy bien, comisario, pero cuando lo haga, no olvide cómo comenzó todo esto.

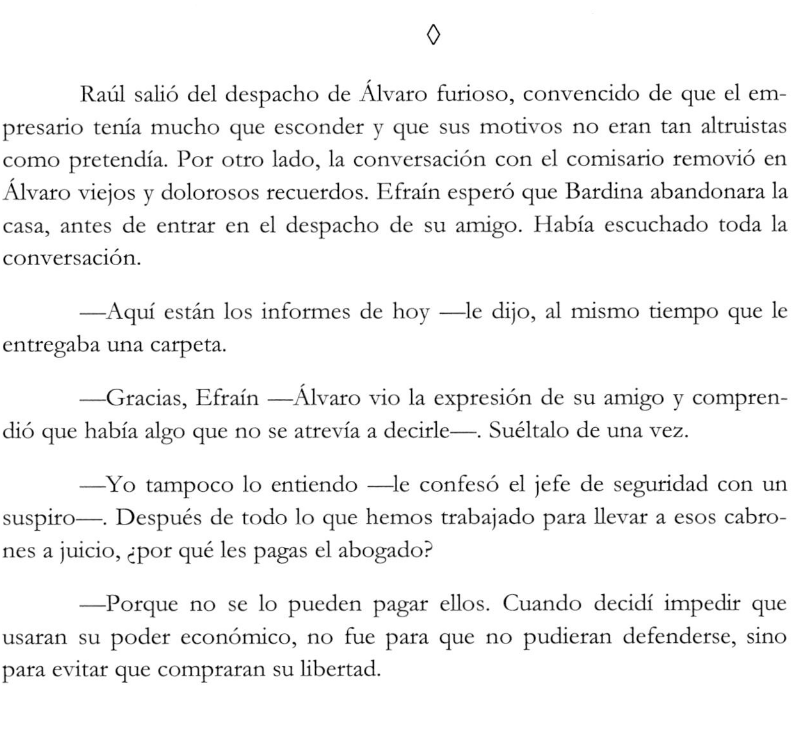

Raúl salió del despacho de Álvaro furioso, convencido de que el empresario tenía mucho que esconder y que sus motivos no eran tan altruistas como pretendía. Por otro lado, la conversación con el comisario removió en Álvaro viejos y dolorosos recuerdos. Efraín esperó que Bardina abandonara la casa, antes de entrar en el despacho de su amigo. Había escuchado toda la conversación.

—Aquí están los informes de hoy —le dijo, al mismo tiempo que le entregaba una carpeta.

—Gracias, Efraín —Álvaro vio la expresión de su amigo y comprendió que había algo que no se atrevía a decirle—. Suéltalo de una vez.

—Yo tampoco lo entiendo —le confesó el jefe de seguridad con un suspiro—. Después de todo lo que hemos trabajado para llevar a esos cabrones a juicio, ¿por qué les pagas el abogado?

—Porque no se lo pueden pagar ellos. Cuando decidí impedir que usaran su poder económico, no fue para que no pudieran defenderse, sino para evitar que compraran su libertad.

—Sigo sin comprender.

Álvaro volvió a sentarse. El cansancio se reflejaba en su rostro.

—Quiero justicia, Efraín, no venganza. Si permitía que esos hombres fueran juzgados sin una buena defensa, siempre quedaría la duda acerca de los resultados del juicio. No quiero dejar cabos sueltos que puedan dar pie a una apelación. Tampoco quiero que sus hijos queden con cargos de conciencia.

—Eres un hombre muy peculiar, pero supongo que de no ser así, yo tampoco estaría aquí.

—¿De qué hablas? ¿Por qué no ibas a estar aquí?

—Porque fui yo quien debió recibir aquella paliza que te dieron los matones de El Víbora, pero estoy seguro de que yo no la habría sobrevivido.

—¿A qué viene eso después de tantos años, amigo?

—Yo nunca lo he olvidado, Samuel.

—Yo tampoco, Efraín —confesó Álvaro—, pero no fue tu culpa, sino de aquellos salvajes que mantenían un reinado de terror en la prisión. No debes sentirte culpable por eso. Ya hay demasiada culpa acumulada a mi alrededor. Con la de mi madre, mi hermana y el comisario, tengo suficiente. ¿Cómo va el juicio?

—Con o sin abogado defensor, no se ve bien para los acusados. Mañana se dictará el veredicto.

—Muy bien. Entonces, mañana iré al tribunal.

—¿Estás seguro?

—Nunca había estado tan seguro de algo en mi vida. Ahora, si no te importa, quiero estar solo, amigo. Necesito pensar.

La venganza

Efraín salió del despacho preocupado, pues no era capaz de imaginar lo que sentía Álvaro en ese momento. No podía dejar de admirarlo. Cualquier otro hombre en su lugar hubiera querido venganza, pero Álvaro no. Sin importar las circunstancias, él siempre conservaría su humanidad.

◊

La sala estaba repleta de gente. Entre las familias, los curiosos y los periodistas, no cabía un alma más. El juicio tuvo mucha repercusión en los medios, pues no todos los días se juzgaba por homicidio a un banquero, un político y un renombrado músico. Antes de que cerraran las puertas, apareció un hombre alto que se apoyaba en un bastón. De inmediato atrajo la atención de algunos de los periodistas, Natalia entre ellos.

—¿Qué hace aquí el Lobo? —le preguntó en voz baja a Martín, quien siguió la mirada de ella.

—Tal vez quiere saber cómo terminará el juicio de esos tres —murmuró el periodista—. Después de todo, trataron de estafarlo.

—No lo sé, creo que hay mucho más.

—No te dejes llevar por la imaginación; la noticia está frente a ti, no detrás. A menos que lo que en verdad te interese no sea la noticia —agregó Martín con una sonrisa maliciosa, por la que se ganó un puñetazo en el brazo.

Raúl también se dio cuenta de la presencia de Álvaro y se preguntó cuál sería su interés en ese juicio, que solo estaba centrado en el homicidio de Ana Roldán. Los abogados y el juez ocuparon sus lugares. Los siguieron los acusados. Álvaro se sentó en la última fila. Había llegado a un momento crucial de su vida. Por fin cumpliría la promesa que se hizo a sí mismo de conseguir Justicia. Los letrados expusieron sus alegatos finales y el defensor estuvo brillante, pero solo pudo apelar a la piedad del juez. Una vez terminadas las exposiciones de los abogados, se dictó el veredicto.

Nadie se sorprendió cuando declararon culpables a los tres hombres. Álvaro cerró los ojos, sin poder creerlo. Por fin, su nombre había quedado libre del estigma de ser un asesino. Los ojos se le humedecieron. María apoyó su mano sobre el brazo de él. Comprendía bien lo que estaba sintiendo, porque para ella también significaba su propia reivindicación.

Raúl suspiró. Por unos momentos había sentido el temor de que el brillante abogado de la defensa consiguiera librar de su justo castigo a esos hombres. El veredicto no aliviaba su culpa, pero reivindicaba una injusticia. Irma y Martina rompieron en llanto. Carlos ya no podía reconocer a su padre en el hombre que acababa de ser condenado, y también lo pudo la congoja.

Ahora solo restaba escuchar la sentencia. Veinte años para Mario y quince para sus cómplices. Comenzarían a cumplirla cuando terminaran la que apenas comenzaban por estafa. Ninguno de los tres volvería a ver la calle hasta que fuera un anciano. Los guardias se llevaron a los condenados y la sala comenzó a desalojarse. Cuando Raúl salió de la sala, pasó junto a Álvaro. No le dijo ni una palabra, pero le lanzó una mirada feroz, que él sostuvo con estoicismo. Álvaro se preguntó si acababa de ganarse un enemigo.

Madrid 2005 - Epílogo.

Los guardias de la prisión escoltaron a Nadal hasta la sala de visitas. Francisco no imaginaba quién querría verlo. Quizá el abogado que tramitaba su divorcio. Recibió una enorme sorpresa cuando encontró a Daniel, el joven pupilo de Del Valle.

—¿Qué haces aquí, chaval? ¿Vienes de parte de tu tutor?

—No, Francisco. Vine por mí.

—¿Qué quieres?

—Quería verte allí dónde estás, donde debiste estar desde el día que violaste a mi madre.

—¿De qué coño estás hablando?

Daniel se echó hacia adelante y se apoyó en la mesa que lo separaba del reo.

—No pretendas no saber de qué te hablo. Hace veinticuatro años engañaste a mi madre, para llevarla a un lugar apartado y la forzaste. Ella era solo una niña.

Nadal parpadeó con desconcierto. Entonces, su cerebro comenzó a hacer conexiones.

—¿María era…?

—Tienes lo que mereces, Francisco.

—¿Qué edad tienes? —preguntó Nadal, con la voz entrecortada.

—Vine a decirte que no quiero otra cosa que saber que te pudres en la cárcel.

—¡Soy tu padre! —exclamó Nadal, incapaz de escuchar al joven.

—No —lo contradijo Daniel, sacudiendo la cabeza—, tú eres el hijo de puta que me engendró. Mi padre es Álvaro, porque él fue quien me crio, quien se ha preocupado por mí, desde que tengo memoria.

—Daniel…

—Vete a la mierda, Nadal, y olvídate de mí, que de ti yo lo único que quiero es que te mueras en este lugar.

Daniel salió de la sala de visita. En la puerta lo esperaba Pablo, quien le pasó el brazo por los hombros sin decir una palabra. Ambos se encaminaron hacia el coche, donde se sentaron a esperar a Álvaro.

◊

Álvaro siguió al guardia hasta la oficina del director de la prisión. Gracias a Julián había conseguido que le permitieran visitar a Mario en privado. No quería testigos de su encuentro con su viejo enemigo. Aquel lugar le removió recuerdos desagradables de una parte de su vida que hubiera querido olvidar, pero que mantenía siempre muy presente. Mario esperaba junto al director de la prisión, quien saludó a Álvaro y salió con el guardia, después de advertirle que estarían al otro lado de la puerta y que avisara si el reo le daba problemas.

—¡Del Valle! ¿Qué hace aquí?

Álvaro se paró frente a él y lo miró a los ojos sin pronunciar palabra. Mario comenzó a moverse con inquietud.

—Me dijeron que usted pagó el abogado defensor. ¿Vino a ayudarme? Tal vez se pueda apelar. Sé que parece que quise estafarlo, pero eso no es verdad. Puedo explicarlo todo… —Su interlocutor se mantuvo en silencio y el nerviosismo de Mario se incrementó—. Si me ayuda, le seré de mucha utilidad en sus negocios. Me convertiré en su servidor más fiel…

—¡Mírame bien, Mario! —exclamó Álvaro con expresión pétrea.

—Sí, señor. ¿Qué debo ver?

—Todavía no lo comprendes, ¿verdad? —Álvaro apretó el puño alrededor del bastón, con todas sus fuerzas—. La pérdida de control de la prensa, las pruebas que surgieron contra ti y tus cómplices, todo lo que te arrastró hasta este lugar fue un esfuerzo llevado a cabo por mi gente y por mí. ¿Sabes por qué?

Mario guardó silencio por primera vez. Cada palabra de Del Valle lo hundía más y más, como si el suelo se hubiera convertido en una ciénaga.

—¿Usted? ¿Por qué? —balbució, confundido—. No lo comprendo. ¿Qué pude hacerle para que me odie tanto, si ni siquiera lo conocía?

—Tú y tus amigos destrozasteis vidas para satisfacer vuestros apetitos. Una de ellas fue la de Samuel Andara… ¡Mi vida! Por eso regresé de la muerte para hacer Justicia.

—¡Samuel Andara! ¿Me está diciendo que usted es Samuel Andara? Eso no es posible. Usted está loco… Samuel Andara murió. Yo me aseguré de que no saliera vivo de la cárcel.

Álvaro asintió despacio.

—Siempre supe que tú estabas detrás de aquel apuñalamiento, pero ya no importa, porque no te alcanzaría la vida para pagar por eso también. Tal vez yo esté loco, pero no te equivoques… Samuel Andara era un buen chaval, un ingenuo que cometió el error de cruzarse en tu camino, y por eso murió asesinado en una cárcel. Ya no queda nada de ese chico. Yo soy el hijo de puta que hizo posible traerte aquí, y que se asegurará de que no vuelvas a ver la calle.

Mario quedó boquiabierto, sin saber qué responder. Ahora lo comprendía todo: el hombre que tenía frente a él afirmaba ser el mismo a quien él había sacrificado para salvarse. Su chivo expiatorio, que resurgió de sus cenizas para cobrar venganza. No comprendía cómo, ni siquiera creía que fuera cierto, pero eso no importaba. Por alguna razón, Del Valle sí lo creía, así que se atribuía el derecho a vengarse y era lo bastante poderoso, para que Mario comprendiera que estaba perdido. Se puso de rodillas llorando, suplicándole perdón. Álvaro lo miró con asco, le dio la espalda y salió de allí sin mirar atrás.

◊

Pocos días después, Efraín esperaba nervioso en el altar. Álvaro a su lado, lo observaba con una sonrisa divertida. Pablo, desde uno de los bancos guiñó un ojo a su jefe, pues le había ganado una buena pasta en la última apuesta: seis a uno que habría boda antes del fin de año. Álvaro no esperaba que Efraín se decidiera tan pronto. Se alegraba de haber perdido la apuesta. Mientras se escuchaban los acordes del órgano, María recorrió el pasillo, cogida del brazo de Daniel. Después de la ceremonia, acudieron a la recepción. Natalia acompañó a Álvaro en el festejo. Esa noche, ambos olvidaron que ella era periodista. Querían darse la oportunidad de una relación más personal.

Fue una celebración íntima, solo con los amigos y sin el lujo de las últimas cenas, cuya finalidad había sido manipular a sus enemigos. En esta ocasión era diferente; solo un grupo reducido. Efraín y María saldrían de viaje de novios esa misma noche, luego regresarían a la casa que Efraín había comprado en ese mismo barrio.

La venganza

Álvaro también había decidido mudarse. La mansión de Oria ya había cumplido su cometido. Efraín, María y Daniel harían una nueva vida, así que el lugar resultaba demasiado grande y fastuoso. Julián había encontrado una casa cercana que satisfacía sus necesidades, pero sin excesos. La mansión y todo su contenido se convertiría en un museo que había donado al Ayuntamiento, para beneficio de la comunidad. Álvaro se sintió libre por primera vez en su vida, pues ya no existía un estigma sobre su verdadero nombre. Su recuerdo no volvería a estar relacionado con un homicidio. Era el momento de rehacer su vida y la razón por la que comenzaba a mirar a Natalia con otros ojos.

◊

Un día después de la boda, Irma se encontraba en casa de su madre y la miraba con preocupación. La melancolía se había apoderado de Martina desde el juicio. Todo lo ocurrido durante las últimas semanas había removido viejos y dolorosos recuerdos en la anciana, reavivándolos como si la tragedia se hubiera apoderado de sus vidas de nuevo. Samuel estaba muerto y nada le iba a devolver a su hijo. El tiempo transcurrido no lo hacía más fácil. Además, ahora también temía por la suerte de Irma y sus nietos, que tendrían que afrontar la quiebra y las difíciles circunstancias en las cuales los dejó Mario.

Después de la comida, el olor a café se había apoderado de toda la casa. Los chicos subieron a sus habitaciones, mientras Irma hacía lo posible por animar a su madre. No era una tarea fácil. El timbre de la puerta las sacó de su rutina. Irma se levantó del sillón y se dispuso a abrir. Martina permaneció indiferente. Carlos y Samuel bajaron las escaleras con curiosidad. Irma estaba segura de que sería algún vendedor y se disponía a despacharlo con rapidez. Se quedó inmóvil cuando encontró a Álvaro en el umbral. Él desplegó una afectuosa sonrisa en cuanto la vio.

—Hola, Irma. ¿Puedo pasar?

—Claro, es bienvenido, don Álvaro. Iba a servir el café que preparó mi madre, ¿le apetece?

—Siempre me apetece el café de Martina —respondió él, con una sonrisa.

Irma lo miró con desconcierto por la familiaridad de su respuesta. Martina se levantó despacio del sofá de la sala, sin saber qué pensar de esa inesperada visita. Carlos continuó bajando las escaleras, pues intuyó que si Del Valle estaba allí, debía ser por algo importante. Samuel corrió hacia él y le dio un abrazo. Después de saludar al chiquillo, Álvaro se enderezó y buscó a su madre con la mirada. Había sido uno de sus mayores temores cuando comenzó su cruzada en busca de Justicia. Temía que algún inocente resultara perjudicado. En especial, si ese inocente era su propia madre.

Álvaro se acercó a Martina despacio. Irma titubeó por un momento y sus palabras salieron de forma atropellada.

—Su visita es una agradable sorpresa, don Álvaro. Bienvenido a nuestra casa.

—Gracias, Irma. Por favor, tutéame y permíteme que también lo haga.

Ella asintió, un poco desconcertada. El empresario detalló todo lo que le rodeaba.

—Después de todos estos años, nada ha cambiado en esta casa.

Sin comprender a qué se refería, Irma se excusó y se encaminó a la cocina para buscar el café, mientras Martina se preguntaba el motivo de la visita del empresario. Al cabo de un par de minutos, Irma regresó con una bandeja y la colocó sobre la mesita. Álvaro se acercó a una repisa con fotos de la familia, cogió la fotografía de Samuel y la escudriñó, fijándose en los detalles. Se vio a sí mismo como un chico sonriente, sin grandes problemas. ¡Qué poco podía imaginar todo lo que tendría que vivir cuando posó para aquella cámara!

—Es mi hijo —murmuró Martina.

Álvaro apartó la mirada de la foto, para centrarla en su madre.

—Lo sé.

—¿Quién es usted? —preguntó Martina con tono suplicante—. ¿Qué quiere de nosotros?

Irma se llevó la mano a los labios.

—Mamá… no…

—Usted tuvo mucho que ver con la reapertura del caso de Ana Roldán, ¿verdad? —preguntó la anciana.

Álvaro se quedó pensativo por un momento y luego asintió.

—Yo proporcioné las pruebas que reabrieron el caso. Se las hice llegar al comisario Bardina a través de Efraín, mi jefe de seguridad.

—¿Por qué? —insistió Martina—. ¿Qué interés podía tener usted en eso?

—Quería que se hiciera Justicia y limpiar el nombre de Samuel.

—¿Por qué? ¿Conoció usted a mi hijo? —preguntó Martina, en un esfuerzo por encontrarle sentido a aquella extraña situación.

—Puede decirse que lo conocí mejor que nadie, pero eso ya no tiene importancia.

Fue un momento de revelación. Martina se acercó a Álvaro con los ojos inundados en lágrimas. La idea que reapareció en su mente era absurda. Aquel hombre ni siquiera se parecía a Samuel, pero su corazón de madre le gritaba que tenía que creer. Ella lo había reconocido cuando lo escuchó tocando el piano, en sus gestos, sus modales, su personalidad. Salvo por la apariencia física era evidente, solo que no se había atrevido a aceptarlo. Ahora lo tenían frente a ellos, buscando la mejor forma de explicarles lo que parecía imposible. Cuando estuvo junto a él, lo miró a los ojos, le acarició la mejilla y le preguntó con timidez.

—Eres tú, ¿verdad? Eres Samuel.

Álvaro sonrió y asintió, ella lo abrazó, mientras los demás contemplaban la escena con desconcierto.

—¿Cómo…? —balbució Irma—. Eso es imposible.

—No sé cómo ni tampoco por qué —explicó Álvaro, cuando Martina por fin se separó de él—. Cuando me apuñalaron en la cárcel, perdí la conciencia… debí morir, mi cuerpo murió, pero yo desperté en el cuerpo de otro chico que sufrió un accidente de coche. En el cuerpo de Álvaro Del Valle.

Por un momento todos quedaron inmóviles, mientras hacían lo posible por digerir aquellas palabras. Lo más lógico sería negarlo por absurdo, por imposible, pero al igual que le ocurrió a Martina, la personalidad, los gestos, la interpretación en el piano, habían logrado que la sospecha ya hubiera germinado también en Irma, quien abrazó a Álvaro con lágrimas en los ojos. Él tampoco pudo evitarlas.

Aunque querían creerle, ambas mujeres necesitaban más evidencias para reconocer lo imposible. Carlos era más escéptico. Mientras bebía el café de su madre, Álvaro les reveló detalles que solo podía conocer Samuel. Su familia lo acosó a preguntas, haciendo lo posible por asimilar la situación. Álvaro les contó muchas de las cosas que ya sabían y les explicó aquello que no se supo en el juicio: cómo despertó en el cuerpo que no era el suyo, su amistad con Julián, con Efraín y María. Cómo se hizo cargo del hijo desconocido de uno de sus enemigos. Cómo planificaron su venganza. Era demasiado lo que debía decirles, así que cuando se dieron cuenta, ya había anochecido.

—Vine a contaros que estoy vivo, pero no fue lo único que me trajo aquí.

—¿Nos tienes más sorpresas? —preguntó Carlos.

—Alguna —reconoció él, al mismo tiempo que sacaba un documento del bolsillo interno de la chaqueta, y se lo entregaba a Irma—. Esto es tuyo.

Irma abrió el folio y se quedó impresionada.

—Álvaro, ¿qué es esto?

—El documento de propiedad de tu casa.

—¿Cómo…?

—La casa salió en subasta pública, así que la compré para ti y para los chicos. No voy a permitir que la perdáis.

—Escucha, te lo agradezco, pero no puedo aceptarla. No tendría cómo mantenerla. Mario nos dejó en la ruina.

—Tendrás cómo mantenerla, Irma —la contradijo él—. He arreglado que recibáis el veinte por ciento de las acciones de *Torba Technologies*. Eso es suficiente para mantener media docena de casas como esa.

—Álvaro, no es necesario…

—Sí lo es. Nunca quise que salierais perjudicados. Solo que se supiera la verdad —Se volvió hacia Martina—. Tú también recibirás un cinco por ciento de las acciones, mamá. Con eso tendrás una jubilación sin preocupaciones.

—No necesito dinero, Samuel —protestó su madre.

—Lo sé, pero yo quiero que lo tengas.

—Escuché que te habías mudado —intervino Carlos.

—Sí —confirmó Álvaro—, esa casa resultaba excesiva, pero compré otra en el mismo barrio, justo al lado de la vuestra, así que tendréis un vecino ruidoso, porque pienso dedicar la mayor parte de mi tiempo libre al piano.

—¿Y podré ver a Zeus? —preguntó Samuel.

—Pues, eso es algo de lo que quería hablar contigo —le dijo Álvaro a su sobrino—. Verás, la nueva casa es un poco más pequeña y Zeus está acostumbrado a mucho espacio, por lo que me preguntaba si tú podrías cuidarlo por mí.

—¡Claro que sí! —gritó Samuel, saltando de alegría. Entonces, miró a su madre con expresión interrogadora—. ¿Puedo, mami?

—De acuerdo —aceptó Irma sonriendo. Entonces miró a su hermano—. Sospecho que voy a tener muchos problemas para mantener la disciplina con vuestro tío cerca.

Álvaro sonrió, antes de mirar a su madre, que le devolvió la mirada con complicidad, al mismo tiempo que le guiñaba un ojo.

Nota de la autora: Querido lector, espero que hayas disfrutado el libro. Si te gustó la historia y quieres hacerme alguna pregunta, o recibir información acerca de nuevas publicaciones y promociones, puedes contactarme en la siguiente dirección: m.j.fernandezhse@gmail.com. Me complacerá mucho responder a cualquier inquietud que quieras plantearme. Gracias,

M.J. Fernández